Diane d'Henri
Wo ist meine Braut?

Wo ist meine Braut?

Die Reisen der Diane d'Henri

aufgezeichnet
von Freddy Rohrer

Diane d'Henri

Zytglogge

Alle Rechte vorbehalten
Copyright by Zytglogge Verlag Bern, 1991
Titelfoto: Hans-Peter Siffert
Gesamtherstellung: Allgäuer Zeitungsverlag GmbH, Kempten
ISBN 3 7296 0387 6

Zytglogge Verlag Bern, Eigerweg 16, CH-3073 Gümligen
Zytglogge Verlag Bonn, Cäsariusstrasse 18, D-W-5300 Bonn 2
Zytglogge Verlag Wien, Strozzigasse 14–16, A-1080 Wien

Inhalt

	Seite
1. Kapitel: Es gibt keinen Zufall	7
2. Kapitel: Salzburg und der Rosenkavalier	27
3. Kapitel: Die Jagd der Gejagten	36
4. Kapitel: Luxus um jeden Preis	52
5. Kapitel: Flucht nach Paris	65
6. Kapitel: «Komm auf die Schaukel, Luise …»	75
7. Kapitel: Liebeserklärung eines Sterbenden	86
8. Kapitel: Überleben mit Schmierseife und Soda	96
9. Kapitel: Zwei Frauen wie ein Ehepaar	110
10. Kapitel: Als «Ladyship» beim Lord Mayor von London	129
11. Kapitel: Grethe Weiser wird mein Rettungsanker	145
12. Kapitel: Wohin gehöre ich – nach München, Basel oder Zürich?	163
13. Kapitel: Schmerzhaftes Zurück zu den Wurzeln	170
Epilog	187

1. Kapitel: Es gibt keinen Zufall

Rundherum tobt der Zweite Weltkrieg. Davon spürt man hier wenig. Im Zürcher «Baur au Lac» jedenfalls treffen wir uns nach wie vor jeden Dienstag nachmittag zum Kaffeekränzchen. Immer dabei ist Pia, ein grosses, schlankes und schönes Mädchen, Mannequin von Beruf und Geliebte eines sehr bekannten Kaufmanns. Dann aber auch ihre Freundin Rita. Durch sie lerne ich eine Welt kennen, die mir bisher fremd gewesen ist. Sie öffnet mir die Augen, dass es nicht nur unsere vornehme Welt gibt. Rita lehrte mich die Ellbogen benützen, mich nicht zu ducken, sondern durchzusetzen.
Kaffeekränzchen? Nein, diese Bezeichnung ist ungenau, treffender wäre «Thé dansant». Aber da wir es freilich nie bei Tee belassen, sondern an Cocktails nippen, nennen wir unsere Zusammenkünfte nach guter britischer Art «Hen-Parties».
Heute sind wir sechs junge Frauen, elegant aufgemacht, wie das hier zum guten Ton gehört. Wir tuscheln, erzählen uns den jüngsten Gesellschaftsklatsch, machen gegenseitig mehr oder weniger ehrliche Komplimente über unsere Kleider. Aber am liebsten lassen wir uns entführen. Auf die Tanzfläche, wo English-Waltz und Rumba, die amerikanischen Modetänze Jive und Swing das Hauptrepertoire der Hauskapelle ausmachen. Und besonders beliebt ist bei uns der Tango. Wenn er gekonnt getanzt wird – wir hatten ihn in Privatstunden gelernt –, ist er an Präzision und Sinnlichkeit kaum zu überbieten.
Gegen 18 Uhr lassen wir das Kaffee- und Kuchengeschirr abtragen. Eine neue Bestellung ist überflüssig, denn die Kellner, die hier ein Leben lang dienen, kennen sie auswendig. Für mich heisst sie: weisser Martini mit grüner Olive. Daran bin ich gewöhnt, Sommer und Winter, es spielt keine Rolle, ob die Band im Garten aufspielt oder in der Hotelhalle.
Bald darauf haben unsere Männer – Gatten, Kavaliere und Freunde – in ihren Geschäften Feierabend und holen uns im «Baur au Lac» ab. Das ist immer ein «Hallo!» beim Eintreten und dann eine artige, respektvolle Begrüssung mit Handkuss.

Heute abend bin ich gleichzeitig nervös und erwartungsvoll. Das Gespräch mit Rita, das wir vor ein paar Tagen im «Café Huguenin» geführt haben, geht mir nochmals durch den Kopf. «Du solltest nicht so allein leben», hat sie zu mir gesagt. «Ich stehe noch zu sehr unter dem Eindruck meiner Scheidung von Sam. Ich glaube, ich werde nie mehr heiraten.»
«Du wirst», hat Rita energisch protestiert, «ich weiss sogar einen Mann für dich.»
«Du elende Kupplerin!»
«Soll ich dich mit ihm bekannt machen?»
Schliesslich habe ich die Einladung zum Apéritif im «Baur au Lac» akzeptiert, wo mich Rita mit dem grossen Unbekannten zusammenbringen will. Ich bin zwar neugierig, zwinge mich jedoch zur Gelassenheit, so als erwartete ich höchstens eine angenehme Stunde bei einem Dry Martini. Die Halle füllt sich allmählich. Wir nicken Bekannten zu. Ich schaue auf die Uhr – sechs Uhr ist längst vorbei.
«Wo bleibt nun dein Herkules?» frage ich Rita.
«Nur nicht nervös werden, Diane. Du wirst sehen, er ist der Mann für dich. Ich lernte ihn in Ascona kennen, wirklich ein Bild von einem Mann, sensibel, gescheit, äusserst elegant und weltgewandt. Alle Frauen fliegen auf ihn, selbst die verheirateten, glaube mir. Und einen Charme hat er ...»
«... aber auf jeden Fall hat er auch eine Untugend», lache ich, «er ist unpünktlich.»
Rita bemüht sich vergeblich, gleichgültig zu erscheinen. Ich geniesse ihre Unruhe. Plötzlich fliegt die Tür auf, und fast überfallmässig stürzen unsere Männer und Freunde in die Halle. Mein Blick schweift hinüber zum Eingang. Rita stösst mich in die Seite: «Da ist er!»
Mir steht das Blut still: Es ist Ivor! Wie angewurzelt bleibt der Hüne stehen. Er breitet seine Arme zu einer theatralischen Geste aus und ruft so laut, dass die übrigen Gäste und das Personal die Köpfe nach uns drehen:
«Wo ist meine Braut?»
Unsere Clique weiss einen Augenblick lang nicht, ob sie sich vor Lachen ausschütten oder sich entsetzen soll. Mein Herz rast. Der Puls hämmert in meinen Schläfen. Die Finger verkrampfen sich im Taschentuch auf meinem Schoss. Träume

ich? Ivor und ich sehen uns in die Augen und können es nicht fassen, dass wir uns nun wiederbegegnet sind. Mit grossen Schritten kommt er auf mich zu und umarmt mich wortlos.
«Ihr kennt euch?» Rita starrt uns an. Bevor sie auch nur ein weiteres Wort herausbringt, zieht mich Ivor zum Tanzsaal neben der Halle. Eng umschlungen bleiben wir stehen. «Es ist kein Zufall, Diane, ich wusste immer, dass ich dich wiedersehen würde.»
Wir fangen an zu tanzen. Die anderen folgen unserem Beispiel. Über die Köpfe hinweg flüstert Ivor Rita zu: «Ich danke dir, dass du mir eine so hübsche Braut ausgesucht hast.» Er drückt mich sanft an sich, und ich lege meine Wange an seine Brust. Das Orchester spielt einen Charleston. Mir ist nicht nach Ausgelassenheit zumute. Ivor führt mich zurück in die Halle. Er bestellt vom feinsten Champagner und verkündet, dass wir beide das Wiedersehen und die Verlobung feiern. «Denn», raunt er mir zu, «wir werden uns nie wieder trennen, ist das klar?»
Aus meiner Handtasche nehme ich die Hälfte einer Münze, meine Hälfte unseres gemeinsamen Talismans. Ich halte sie in der hohlen Hand, wie schützend, als könne sie gerade jetzt zu Boden fallen. «Ich habe sie immer bei mir gehabt, immer, auch in den schlimmsten Tagen.»
«Weisst du, Diane, ich habe dich seit unserer ersten Begegnung nie mehr verlassen. In Gedanken war ich immer bei dir.»

> Unsere erste Begegnung. Es war auf meiner Hochzeitsreise mit Sam, nach der Einschiffung in Genua mit Ziel Ägypten. Die «Esperia» war ein Luxusdampfer, der nur Erstklasspassagiere aufnahm. Einer der Stewards in makelloser Uniform führte uns in unsere Kabine auf dem Bootsdeck. Ich schaute mich um. Es gab kein Badezimmer, also gab es auch keine Ausweichmöglichkeit, kein Refugium. Man war gezwungen, in einem Raum zu sein, sich in diesen ungewohnt engen vier Wänden zu entkleiden und anzuziehen.
> «Die Badezimmer sind am hinteren Ende des Ganges», sagte der Steward, der meinen suchenden Blick richtig deutete, und empfahl sich.

Das Gepäck wurde gebracht. Viel zuviel Gepäck für diese Doppelkabine. An der Fensterwand stand auf dem Tisch eine grosse Vase mit gelben Rosen. Die konnten nur von Mama sein. Sie folgte Sam und verfolgte mich also bis an Bord unseres Schiffes in die Flitterwochen. An der Vase lehnte ein Telegramm. Sam sah es als erster, ging zum Tisch, nahm die Depesche und las sie. Ich ging auf Sam zu. Er hielt das Papier so, dass ich es selbst nicht lesen konnte. Er las vor: «In Gedanken bei euch stop wünsche euch gute Überfahrt stop in Liebe eure Mama.» War das wirklich alles, was da geschrieben stand? Sam zerknüllte das Telegramm und warf es in den Papierkorb.
Wir gingen an Deck. Die Taue wurden gelöst. Ein Beben und Rollen ging durch das Schiff. Schmutzige Gischt spritzte hoch, und die schaulustige Menschenmenge an Land wich zurück. Inmitten des Gewühls bahnte sich ein Herr in Grau verzweifelt einen Weg zur Gangway. Vergebens, die Matrosen hatten sie schon eingezogen. In letzter Sekunde gelang es ihm, über ein Fallreep an Bord zu kommen. Die «Esperia» legte ab, suchte behutsam den Hafenausgang und stach in See.
Wir gingen in die Bar und bestellten uns an einem der Tischchen einen Drink. Zwei Tische weiter entdeckte ich den Herrn in Grau: gross, schlank, Glatze, ein schön geformtes Gesicht, grüne Augen. Sein Anzug war aus bestem englischem Tuch, von Meisterhand geschneidert. Eine auffallende Persönlichkeit. Er war allein und schaute unentwegt zu uns herüber.
«Sam, das ist doch unser Zimmernachbar vom Hotel du Roc in Lugano, weisst du, den wir ein paar Mal in der Halle gesehen haben.» Sam drehte sich unauffällig um. Die beiden nickten sich zu. Etwas später hatte ich den Herrn in Grau noch einmal an der Reling getroffen, als ich auf Sam wartete und traurig war, weil er nicht erschien.
«Herrliche Stimmung, nicht wahr», sagte er, «das Meer, dieser wunderbare Sonnenuntergang.» Ich hätte gerne länger mit ihm geredet. Wer war er, woher kam

er? Kein Schweizer. Bestimmt nicht! Ein «homme du monde», ganz gewiss, das sah man ihm an. Doch obwohl er blendend aussah und die Frauen sich nach ihm umdrehten, schien er allein zu reisen. Die Bar füllte sich mit Gästen, die bereits für den Abend hergerichtet waren. «Es ist Zeit, sich umzuziehen», sagte Sam und bezahlte.
Wieder in unserem Schlafzimmer, tat ich ungeniert, ja, ungehemmt. Ich zog mich zum ersten Mal vor Sam aus. Ich dachte, er bemerke es, aber er nahm keine Notiz. Ich zog eines meiner hübschesten Abendkleider an, setzte mich an den Toilettentisch und zupfte an meinem Haar herum, das lose auf die Schultern fiel. «Gefalle ich dir, Sam?» Ich erschrak fast vor meinem eigenen Mut. «Wie bitte?» fragte er zerstreut und sah mich überrascht an, als ob er erst jetzt meine Gegenwart wahrnähme.
Der Zahlmeister führte uns zu unserem Tisch. Wir waren gerade im Begriff, uns zu setzen, als wir am Nebentisch die Sorells erblickten. Wie alle aus unseren Basler Kreisen, waren auch Sorells mit uns verwandt. Adeline Sorell, eine liebenswürdige, sympathische Frau, winkte uns zu: «Hallo, hallo, das ist aber eine Ueberraschung!» René Sorell grüsste uns, und Yvonne, ihre siebzehnjährige Tochter, nickte freundlich. «Wir sehen uns dann nach dem Diner zum Kaffee!» Adelines Stimme war so laut, dass die Leute an den Nebentischen aufschauten. Sam schien es peinlich.
«Die Welt ist halt ein Dorf, wo man hinkommt, Verwandte. Ich glaube, es ist unmöglich, ihnen zu entfliehen. Sogar auf einer einsamen Insel würde man ihnen begegnen», sagte ich, wie wenn ich mich für sie entschuldigen müsste. Wir lasen die Speisekarte, Sam bestellte den Wein, und ich hatte zum ersten Mal das Gefühl, so etwas wie glücklich zu sein und zu meinem Mann zu gehören. Immerhin war ich jetzt eine verheiratete Frau in den Flitterwochen, auch wenn ... ich errötete, obschon es doch nur ein Gedanke war. Sam sah auf, als hätte ich etwas gesagt. Er schien etwas zu über-

legen und begann, in der Vorspeise, einem Hummersalat, lustlos herumzustochern. Plötzlich sagte er in bestimmtem Ton: «Es ist sehr wichtig, dass wir Sorells nachher sprechen, ich wollte schon immer mit ihm ins Geschäft kommen. Vielleicht ergibt sich jetzt eine Gelegenheit.» Der zweite Gang wurde gereicht. Es war eine «Poularde à la Grecque» mit Spinat, Zwiebeln und Knoblauch, dazu ein trockener Reis. Ich dachte unwillkürlich an unsere Köchin Kathy, der die Zubereitung von Reis nie gelingen wollte. Jetzt schien Sam das Essen zu geniessen, jedenfalls wurde er sichtlich besserer Laune. Seine Stirnfalten legten sich ein wenig, um seinen Mund herum schien sich ein Lächeln abzuzeichnen, und als er seine Serviette weglegte, berührte er wie zufällig meine Hand. Adeline und René Sorell erwarteten uns bereits im Salon, wo der Mocca serviert wurde.

«Auf Hochzeitsreise, wer hätte gedacht, dass wir uns hier treffen!» Adeline hatte das Gespräch eröffnet und zog mich sanft zu sich aufs Sofa. Sie war bekannt für ihre routinierte Liebenswürdigkeit, ihren Charme. Sie war überall beliebt, wusste alles von allen und war dennoch keine bösartige Schwätzerin. Intrigen lagen ihr fern. Sie war kleinwüchsig, sehr vornehm und gepflegt – eine wahre Gesellschaftsdame, die einfach überall mit dabei war. Ihr Mann dagegen war sehr zurückhaltend, ein stiller, in sich gekehrter Mann. Aber er war ein erfolgreicher Unternehmer.
Die Herren rauchten eine Zigarre. Sam war in seinem Element. Endlich konnte er über Geschäfte und Dinge reden, von denen ich nichts verstehe. In der Halle wurde getanzt. Die Musik drang bis zu uns. Die jüngeren Leute eilten hinüber.
Der Salon war beinahe leer, als plötzlich zwei ältere Damen auf unseren Tisch zukamen. Laut war die Begrüssung zwischen den beiden und Adeline. Sie wurden uns vorgestellt: «Miss Penny Green und Miss Mary Blossom, zwei Weltenbummlerinnen, die man immer wieder auf einem andern Kontinent antrifft.»

Sam ergriff die günstige Gelegenheit, etwas weiter vom Tisch abzurücken, um mit René Sorell ungestörter über Börsen und Devisenmärkte reden zu können. Ich erfuhr, dass die beiden alten Damen immer da zu finden sind, wo Saison ist. Im Winter kreuzen sie in St. Moritz auf, im Frühling in Monte Carlo; man sieht sie auf einer Kreuzfahrt in den Fernen Osten, dann wieder in afrikanischen Gewässern oder, wie jetzt, auf dem Mittelmeer in Richtung Kairo und Luxor. «Die ganze Welt haben wir schon bereist», erzählte mir Miss Blossom, die sich neben mich gesetzt hatte, «Ägypten wird Ihnen gefallen.»
Als sie hörte, dass wir auf Hochzeitsreise waren, brach sie in Entzücken aus und bestellte Champagner. Man unterhielt sich angeregt. Die beiden Kosmopolitinnen mit ihrem britischen Humor wussten endlos Geschichten zu erzählen. Trotzdem wäre ich lieber allein mit Sam gewesen und hätte gern mit ihm getanzt. Aber mein Mann schien nicht daran zu denken.
Der Champagner kam. Das Eis klirrte. Man stiess gegenseitig an. Da, plötzlich, entdeckte ich den Herrn in Grau. Er stand, mit dem Rücken zu uns, unter der Tür. Als die Musik eine Pause einlegte, drehte er sich um, blickte über die Tanzenden hinweg uns sah zu uns herüber. «Is it possible, that is our Ivor, kaum zu glauben!» Die beiden Damen waren ausser sich vor Freude und überschütteten den Herrn in Grau mit Nettigkeiten. Immer wieder riefen sie «Ivor, dear!» Er trat an unseren Tisch, und Miss Blossom stellte vor: «Ivor von Radvany – Diane Falkenberg.»
Der blendend präsentierende Mann kam neben mich zu sitzen: «Wir kennen uns zwar vom Sehen, Madame, aber nun – und es gibt keinen Zufall! – werden wir uns vorgestellt. Ich freue mich, Frau Falkenberg, Sie kennenzulernen.» Jetzt erst hörte ich aus seiner Sprache den Wiener Akzent heraus, der seinerseits ungarisch eingefärbt war. Sam und René hatten sich schon weiter zurückgezogen, ihre Geschäfte waren ihnen offensichtlich wichtiger als unsere gesellschaftlichen Gespräche.

Der Champagner machte mich etwas nervös und gereizt. Am liebsten hätte ich Sam gebeten, sich endlich zu mir zu setzen, ich war schliesslich auf meiner schönsten Reise und war keine Frau, deren Liebessehnsucht nach jahrelanger Ehe verlöscht ist. Aber genauso kam ich mir vor. Herr von Radvany muss meine Unruhe bemerkt haben, denn er sagte unvermittelt: «Freuen Sie sich auf Ägypten, gnä' Frau! Es ist ein herrliches Land, es wird Ihnen gefallen, bestimmt. Ich selbst besitze in Luxor eine Villa. Ich kenne Ägypten recht gut, es wäre mir eine Ehre, Ihnen und Ihrem Herrn Gemahl Kairo zeigen zu dürfen.»
Ich dankte. Sams Gleichgültigkeit mir gegenüber ging mir auf die Nerven, sie tat weh. «Sicher möchten Sie tanzen, Diane», sagte Adeline, «ich werde den beiden ins Gewissen reden, Ihr Sam ist schliesslich auf Hochzeitsreise und nicht geschäftlich unterwegs.» Sam musste die Worte gehört haben: «Ich tanze nicht, Diane weiss das, und übrigens ist es schon spät, ich glaube, wir sollten uns jetzt zurückziehen.» Mich gegen Sams Entscheidung aufzulehnen, war aussichtslos. Ausserdem war der Abend schon ziemlich verdorben. Also folgte ich meinem Mann in unsere «Gemächer».
Die fünf Tage Fahrt an Bord der «Esperia» waren angenehm. Die See blieb ruhig, man gewöhnte sich an das Leben ohne Horizont. Jeden Abend sassen wir mit den Sorells zusammen, und jeden Abend kamen die beiden alten Damen an unseren Tisch. Und Ivor von Radvany war dabei.
Wir hatten Alexandria erreicht. Die Passkontrolle fand im Rauchsalon statt. Die Passagiere standen wie in einem Pferch zusammengetrieben. Plötzlich tauchte Ivor von Radvany neben mir auf. Er nahm meine Hand, führte sie langsam zum Mund und küsste sie. Dann sah er mir in die Augen: «Ich nehme nie Abschied von jemandem, den ich wiedersehen will. Ich erwarte Sie bestimmt in Luxor, aber vielleicht treffen wir uns schon in Kairo?» «Ich würde mich freuen», sagte ich kurz. Ich war verwirrt. «Es ist immer schmerzlich,

ein Schiff zu verlassen. Für kurze Augenblicke ist so ein Schiff Heimat und Zuflucht. Auf Wiedersehen.» Er griff abermals nach meiner Hand und küsste sie einen Moment länger, als es reiner Höflichkeit entspricht.
Da wir mindestens drei Wochen in Kairo zu bleiben gedachten, liess Sam ein Zimmermädchen kommen, das mir beim Auspacken der zahlreichen Koffer behilflich war. Nach der engen Kabie auf der «Esperia» war es eine Wohltat, wieder eine Suite mit Salon, geräumigem Schlafraum und Badezimmer betreten zu können. Ich atmete richtig auf.
Der Speisesaal im «Shepherd's Hotel» war menschenleer. «Tja», sagte Sam, «hierzulande wird spät zu Abend gegessen, ich weiss das, aber ich bin müde und möchte früh zu Bett gehen.» Der Maître d'Hôtel kam auf uns zu: «Aber sicher, erst ab acht Uhr ist der Speisesaal geöffnet. Doch vielleicht ziehen die Herrschaften den Grillroom vor, er ist klein und sehr gemütlich.» In diesem Augenblick betraten ein paar Schweizer das Restaurant. Unter gewöhnlichen Umständen hätte ich Sam gewiss dazu gebracht, mit mir in den Grillroom umzusiedeln. «Ach was», sagte er mürrisch, «jetzt, wo wir schon einmal da sind.» Wir setzten uns an den uns zugewiesenen Tisch. Die Speisekarten wurden gereicht. «Wir nehmen das Menu, das ist das einfachste», sagte Sam und schob die Karten von sich. Es wurde das ungemütlichste Essen, das ich mit Sam je einnahm. Er sprach kaum ein Wort, obschon ich mir alle Mühe gab, ihn aufzuheitern und zum Sprechen zu bewegen. Als wir auf die Terrasse kamen, war niemand hier. Die Gäste waren in ihren Zimmern, um sich umzuziehen. Sam zündete sich eine Zigarette an, eine ägyptische «Simon Arzt». «Wir dürfen nicht vergessen, welche für Mama einzukaufen, sie sind ihre Lieblingssorte.»
Also dachte er unablässig nur an Mama? Ich nickte stumm und hatte auch keine Lust mehr zu reden. Sam erhob sich und ging in die Hotelhalle. Er kam mit einem Stoss Post zurück. Ich erkannte sofort den obersten Brief — Mamas unverkennbares blaues Briefpapier.

«Post von zu Hause?» fragte ich harmlos. Sam schaute auf, und dann sah ich, wie der Brief von Mama wie durch Zauberhand zuunterst zu liegen kam.
Zurück in unserer Suite nahm ich an, Sam würde die Post öffnen. Nichts dergleichen geschah. «Die Briefe, Sam», insistierte ich, «bestimmt ist einer von Mama dabei, oder?» «Ich habe jetzt keine Lust, Briefe zu lesen». Er bemühte sich, einen unbekümmerten Tonfall zu finden. «Aber ich sah doch den blauen Umschlag, es muss ein Brief von Mama sein!» bohrte ich weiter. Sam verzog sein Gesicht und zog die Briefe aus der prallen Jakkentasche. Er öffnete das oberste Kuvert, das mit Schreibmaschine beschriftet war. Er begann zu lesen, langsam und bedächtig: «Sehr geehrte Herren, wir kommen zurück auf unsere seinerzeitige Kontaktaufnahme betreffend Lieferung von Rohseide ...» «Lass doch bitte diesen Unsinn, Sam. Hier, der unterste» – ich zeigte mit dem Finger darauf – «hier, das ist ein Brief von Mama. Bitte gib ihn mir oder lies ihn vor!» Meine Hartnäckigkeit kam mir selber fremd vor. «Ich werde ihn dir vorlesen. Also: ‹Meine Lieben, nun seid Ihr sicher wohlbehalten in Kairo angekommen – wie ich Euch beneide! Hier regnet es ununterbrochen, so dass ich mich nach Sonne und Wärme sehne. Die nächste Reise werden wir zusammen machen.›»
Sam legte eine Pause ein und fragte mich, ob ich etwas zu trinken haben wolle. Ich verneinte und bat ihn, weiterzulesen. «Eh, eh ... wo bin ich stecken geblieben? Ach ja, hier: ‹Nun muss ich noch einen ganzen Monat ausharren, aber ich gönne Euch ja diese Reise ... bitte lasst mich wissen, wie es Euch geht, ich kann es kaum erwarten, von Euch ein Lebenszeichen zu bekommen, und sei es auch nur eine Ansichtskarte ...›» Sam sah auf: «Die gute Mama, wir fehlen ihr sehr. Ich werde in die Halle gehen und ihr ein Telegramm schicken.»
«Aber lies mir doch den Brief zu Ende vor, Sam!» Er suchte umständlich jene Stelle im Brief, wo er stecken geblieben war. Endlich fuhr er fort, mit bewegter Stimme, wie mir schien. Ob er beim Lesen Sätze ausliess?

Oder übersetzte er beim Lesen das «Du» in die Mehrzahl? Dass in unserem Haus an der Lindenstrasse die Maler- und Tapeziererarbeiten fast fertig und eine Köchin sowie ein Kindermädchen eingestellt seien, wurde uns – oder ihm – weiter mitgeteilt. «Auch eingerichtet ist das Haus, so dass Ihr nur kommen braucht, um es zu bewohnen», schloss der Brief. «Die gute Mama», sagte Sam, «sie gibt sich so viel Mühe. Wenn wir zurück sein werden, haben wir nichts mehr zu tun, als einzuziehen.»
«Findest du das lustig, Sam? Ich hätte mein Haus lieber selbst eingerichtet.»
«Du bist undankbar, Diane.» Das Zischen in seiner Stimme war nicht zu überhören. «Wann hättest du denn Zeit gehabt, Dienstboten einzustellen?»

Sam wurde zum Concierge gerufen. Dort übergab ihm ein livrierter Diener in orientalischer Tracht ein Riesenkuvert. «From Pascha Schazli, he my Master, I wait for answer.» Es war eine Einladung für eine Abendgesellschaft. «Selbstredend werde ich dem Pascha schriftlich danken. Von René, der diese Einladung zustande gebracht hat, weiss ich, dass der Pascha ein ganz grosser und geschickter Kaufmann ist. Vielleicht lässt sich da etwas machen», war Sams Kommentar.
Drei Tage später wurden wir von einem Rolls Royce des Paschas vor dem «Shepherd's» abgeholt. Mit den Sorells fuhren wir zum Palast unseres Gastgebers. Adeline genoss den Augenblick. Ihr gefiel das Bombastische – der Wagen mit Standarte, die livrierten orientalischen Lakaien, die gaffende Menschenmenge. Ein Märchen aus «1001 Nacht» war Wirklichkeit geworden. «Schade, dass Mama das alles nicht miterlebt.» Sam war sichtlich beeindruckt, doch seine Gedanken schienen in Basel zu sein.
Rechts und links vom Eingang standen hohe Säulen, die Treppe war mit einem schweren, prachtvollen Teppich ausgelegt. Salutierende, uniformierte Wachen säumten das Portal. Ein fetter Mann in orientalischer

Kleidung, ein Eunuch offenbar, nahm uns in Empfang. Auf der Terrasse kam uns der Pascha entgegen. Er sah aus wie ein orientalischer König, trotz des weissen Smokings. Adeline ging als erste auf ihn zu. Er umarmte sie, dann begrüsste er uns: «Ich freue mich, die Freunde meiner Freunde bei mir bewirten zu dürfen.» Dann stellte er uns von Tisch zu Tisch die übrige Gesellschaft vor, und — welche Ueberraschung! — die englischen Ladies Blossom und Green waren da und auch Ivor von Radvany. Er erhob sich und kam freudestrahlend auf uns zu. Wir waren fast wieder «en famille».
Ein europäisch gekleideter «Chef de Service» bat zu Tisch. Ein Speisesaal war das, wie ich ihn noch nie gesehen hatte, obwohl es ja in unserer eigenen Familie sehr vornehm und gediegen zuging. Vergoldete Stühle, herrliche Blumenarrangements, Kristallgläser mit goldverzierten Wappen und Rändern, blaues, handgemaltes Geschirr; hinter jedem Gast stand ein Bediensteter. Adeline Sorell sass zur Linken des Paschas, ich rechts von ihm, und neben mir hatte Ivor von Radvany seinen Platz. «Was habe ich Ihnen gesagt, Madame? Es gibt keinen Zufall!» begann er sein Gespräch mit mir und neigte sich mir leicht zu, «ja, ich treffe Sie nun zum dritten Mal.» Ich hatte plötzlich auch das Gefühl, dass es eine Gesetzmässigkeit der Begegnung geben muss. Dass, wie Ivor von Radvany auf jeder Silbe betonte, einem jeden von uns «et-was zu-fällt». Nein, unsere Begegnung konnte kein Zufall mehr sein.
«Werden Sie mich in Luxor bestimmt besuchen?» fragte er nach einer Weile leise. Er schien Wert darauf zu legen, mich wiederzusehen, und ich tat es auch.

Nach diesem Abend, der sämtliche Sinne betörte, brachte uns der Rolls zurück ins «Shepherd's». Unsere fröhliche Stimmung wollten wir bei einem gemeinsamen Umtrunk verlängern. Ich setzte mich zu Sam, lehnte mich an ihn und war glücklich. Sam trank wie gewohnt seinen doppelten Whisky, war heiter und scherzte mit Adeline. Ihre Tochter Yvonne hatte sich

mit der in unseren Kreisen üblichen Migräne-Entschuldigung zurückgezogen.
«Welch ein Fest! Bestimmt war es der Höhepunkt unseres ganzen Aufenthalts in Ägypten. Pascha Shazli ist wirklich ein Schatzli, und wenn man denkt, dass er mit seinen vierzig Jahren noch Junggeselle ist? Die Frauen liegen ihm doch zu Füssen, ich bin sicher, dass ihm keine widerstehen könnte.» Adeline geriet ins Schwärmen. «Ich bitte dich, der Pascha hat einen makellosen Ruf, und im übrigen» – René Sorell wies seine Frau zurecht – «im übrigen hast du ja einen Schwips. Ich glaube, es ist an der Zeit, zu Bett zu gehen.»
Es dauerte noch einen doppelten Whisky für Sam, dann verabschiedeten wir uns von den Sorells. Nicht gewohnt, so viel Alkohol zu mir zu nehmen, spürte ich dessen Wirkung: Ich war ausgelassen und glücklich wie nie zuvor. Mit allerlei Kapriolen versuchte ich Sam zum Lachen zu bringen, was mir jedoch nicht gelang. Ich setzte mir in den Kopf, heute eine tolle Liebesnacht mit Sam zu verbringen. Ich zog mich langsam aus, einmal mehr in seiner Gegenwart. Ich tänzelte um ihn herum, spöttelte und lachte, eine Hülle nach der andern fiel zu Boden. Sam setzte sich und zündete sich eine Zigarette an. Sein Gesichtsausdruck erschreckte mich. Fand er mich albern? Ich schaute an mir hinunter. Ich war bis auf mein kurzes Hemd nackt. Doch er sah mich gar nicht. Unsicher ging ich ins Badezimmer und verriegelte hinter mir die Tür.
Vor Wut riss ich mir das Hemd vom Leib. Nackt, wie ich war, rückte ich einen Stuhl vor den grossen Spiegel, um mich anzusehen. Ich drehte mich nach allen Seiten; was ich sah, war mein eigener Körper, der Leib einer sehr jungen Frau, schlank und ideal gewachsen, mit einer Haut wie Elfenbein, weich und glatt, die Brüste jungfräulich klein. Ich strich mit den Handflächen meinem Körper entlang, wie um mich zu vergewissern, dass ich es war, die da vor dem Spiegel weinte. Wütend fuhr ich mir durch die Haare, damit sie in Unordnung gerieten. Am liebsten hätte ich mich geschlagen, mir

weh getan, ich war verzweifelt: Kann ein Mann mich lieben, der neben mir schläft und mich nicht zur Kenntnis nimmt?
Ich liess Wasser in die Wanne fliessen. Ein heisses Bad würde mich besänftigen, sagte ich mir. Ich schüttete eine halbe Flasche Badezusatz hinein. Die Kristalle lösten sich auf und verbreiteten einen herrlichen Duft. Dann überlegte ich, wie es mit einem andern Mann wäre, einem Mann, der mich leidenschaftlich nimmt, wie ich es aus Büchern wusste, die uns Mädchen zu lesen verboten waren. Der Gedanke brachte mich in Wallung. Dann aber schämte ich mich wieder meiner leiblichen Lust. Was hinderte Sam, mich zu lieben, mich zu umarmen, mich endlich zur Frau zu machen?
Ich ging hinüber. Zögernd schloss ich die Tür auf und ging ins Schlafzimmer. Sam war nebenan im Salon. Er sass am Schreibtisch und spielte mit seinem Füllfederhalter. Vor ihm lagen Briefe. Ich ging auf ihn zu, blieb stehen, sah ihn an, sagte nichts. Ich hoffte nur, dass er jetzt handeln würde. «Du musst sehr müde sein, Diane», sagte er, «ich habe noch Korrespondenz zu erledigen. Geh du zu Bett und schlaf dich richtig aus.»
Doch ich kam nicht zur Ruhe. Immer wieder schloss ich die Augen und zwang mich, mir auszumalen, was auf mich zukommt. Ich hatte keine konkreten Wünsche, war nur unsicher und, ja, unerfahren. Wenn ich den Versuch machte, die Gedanken über meine nächste Zukunft mit Sam zu verscheuchen, dann waren sie erst recht da und belasteten mich. Ich wälzte mich im Bett rastlos hin und her.
Sam bemerkte meine Unruhe nicht. Nach seinen vielen doppelten Whiskies schlief er immer sofort ein.
Mich aber quälte die Frage: Was ist notwendig, damit das Notwendigste geschehen kann? Was wusste ich überhaupt von Sex und Sexualität? Rein gar nichts. Ich erschrak angesichts meiner Unwissenheit. Das Wort Sex war in unserem Elternhaus nie erwähnt worden, es existierte einfach nicht. Wie in allenfalls vergleichbaren englischen Aristokratenkreisen hatten nur die Körper-

teile vom Hals an aufwärts und von den Knien an abwärts Namen. Alles, was dazwischen ist, war tabu. Über Fleischliches zu reden, war unschicklich und wurde streng geahndet. Doch was ich hier mit Sam erlebte, steigerte sich für mich zur körperlichen und seelischen Qual. Ich wollte nicht glauben, dass man Berührung als abstossend empfinden kann. Wäre ich mit einem anderen Mann glücklich? Wie ein Blitz schoss es mir durchs Hirn: Ivor von Radvany!
Nach einem ausgedehnten Ausflug in die altägyptische Kultur mit Pharaonen, Pyramiden, muffigen Mumiengräbern und dem Ritt auf einem Eselsrücken kamen wir ziemlich erschöpft zurück ins «Sheperd's». Sams erste Sorge war die eingetroffene Post. Tatsächlich kam er ziemlich beladen in unser Zimmer. «Nun Sam, von wem sind die Briefe?» fragte ich. Er blätterte sie durch. «Da ist einer für uns beide.» «Von wem – von Mama, denke ich?» «Stell dir vor, er ist nicht von Mama!» Sam sagte es in höchst gereiztem Ton. «Hier, lies selbst!» Ich nahm den Brief und las. Es war eine Einladung von Ivor von Radvany.
«Das kommt doch wohl nicht in Frage, ich werde ihm ausrichten lassen, dass wir zu müde sind, nach unseren Exkursionen noch auszugehen. Zudem habe ich heute abend eine Bridge-Partie mit den Sorells verabredet. Aber bitte, wenn du willst, kannst du ja schnell hinübergehen.»
Mit ausgestreckten Armen kam mir Ivor von Radvany entgegen. Er sah jung und strahlend aus, war hemdsärmlig, richtig salopp gekleidet und trug Sandalen – der Junggeselle im begehrenswertesten Alter. Wir gingen um sein sehr geschmackvolles, mit vielen Kostbarkeiten ausstaffiertes Haus und kamen auf eine Terrasse mit Blick auf den Nil. Ein schwarzer Boy brachte eisgekühlte Getränke.
«Es gibt keinen Zufall, das habe ich Ihnen schon wiederholt gesagt. Und dass Sie heute allein kommen, auch das ist kein Zufall.» Mit einer Handbewegung bat er mich zu den Sesseln. «Kann sein», sagte ich, aber ich

merkte, dass ich ziemlich unsicher tönte. Ich lachte ihm glücklich zu.
«Unsere Begegnung ist eine Wiederbegegnung – aber davon später.» Eine Weile sassen wir schweigend nebeneinander, doch ich fühlte seine Zuneigung, seinen Blick auf meinem Hals, meinen Schultern, auf meiner Brust. Ich begann zu glühen. Es war wie eine Berührung. Diese wissenden Augen erregten mich. Ein leises Zucken bewegte seine Lippen: «Ich habe Sie schon immer gekannt.» Vom Nil her zog eine kühle Brise auf. Mein Gastgeber legte seine Hand auf meine: «Trinken Sie Ihr Glas aus, wir wollen ins Haus gehen.» Die Halle war gross. Auf farbigen Steinfliesen lagen üppige Teppiche, auch ein Zebrafell. An einer der Wände reichten die Büchergestelle bis hinauf an die Decke. Ein riesiger Marmorschreibtisch war über und über mit Papierbögen, Büchern, Notizblöcken und anderem Kram belegt. Inmitten dieses heillosen Durcheinanders stand eine Schreibmaschine, in die ein halb beschriebenes Blatt eingespannt war.
Nach einem einfachen Mahl, das uns zwei Boys unauffällig und geschickt serviert hatten, wechselten wir in einen der Räume, die den Blick zum Nil auftaten. Der Himmel war tiefschwarz. Ein Sternenmeer tat sich auf, die Mondsichel war sichtbar. «Zunehmend», sagte Ivor von Radvany, und ich fragte ihn, ob er sich für Astrologie interessiere. Er nickte eifrig und bat mich um meine Daten. «Der Zufall will es, dass ich die Stunde meiner Geburt kenne», sagte ich.
«Zufall? Es gibt keinen Zufall!» Wir lachten beide und benahmen uns wie Kinder, vergnügt und ausgelassen. Er holte aus seinem Schreibtisch eine Horoskopschablone. Dann schlug er Bücher auf und rechnete, zeichnete Linien, und nach einer Weile sagte er, er könne mir im Augenblick nur einen ungenauen Ueberblick geben.
«Aber ich möchte wissen», sagte ich ungeduldig, «ob ich glücklich werde. Wie Sie wissen, bin ich auf der Hochzeitsreise und liebe meinen Mann – das heisst, ich will ihn lieben. Am Anfang ist man sich fremd und ...»

Er sah mich vielsagend an. Zwillinge wie ich seien Menschen mit offenem Charakter. Er sagte viel Schmeichelhaftes über mich, und ich wusste nicht so recht, ob er scherzte oder nicht. Ich kannte mich in Horoskopen nicht aus, aber ich nahm ihm das Versprechen ab, für mich eine richtige Sternanalyse anzufertigen.
Eigentlich war es an der Zeit, ins Hotel zurückzugehen; für eine jungvermählte Frau wie mich würde es ungehörig sein, den Gatten lang allein zu lassen. Er hätte sich Sorgen machen können. Ivor von Radvany schien meine Gedanken erraten zu haben. «Eine halbe Stunde könnten Sie mir noch schenken, die Bridgepartie Ihres Herrn Gemahls ist sicher noch nicht zu Ende.» Er klatschte in die Hände, und auf dieses Kommando brachten die Boys Champagner, zu dem ich immer mehr Zuneigung bekam. «Trinken wir auf unsere Freundschaft, und dass wir uns wiedersehen.» Er sprach aus, was auch ich dachte.
«Rauchen Sie?» fragte er mich unvermittelt und streckte mir ein wunderschönes Zigarettenetui entgegen.
«Nein, ich habe nie geraucht», sagte ich.
«Oh, Frauen sollten nie rauchen. Eine Frau ist wie eine Blume, sie duftet und strahlt ihre Schönheit aus. Der Tabakrauch jedoch beraubt sie dieser betörenden Eigenschaften.»
«Sie reden wie ein Poet.»
«Ich bin Schriftsteller und Drehbuchautor. Ich schreibe mit Leidenschaft, als echter Skorpion tue ich alles mit Leidenschaft und Kraft.»
«Das sieht man Ihnen an. Nun kommt es nur noch auf Ihren Aszendenten an, oder nicht?» Wir lachten unbeschwert.
«Darf ich Diane zu Ihnen sagen?»
Meine Erziehung meldete sich: «Nein, bitte nicht, das ‹Du› können Sie mir anbieten, wenn ich mit meinem Mann komme.» «Ausgezeichnet. Und Sie werden doch bestimmt kommen?»
«Bestimmt.» Er sah mich plötzlich eindringlich an. Sei-

ne Mundwinkel hingen herunter: «Ich möchte, dass wir uns wiedersehen. Und nun will ich Ihnen etwas geben, das Sie für immer behalten sollen. Es ist nichts Wertvolles, es soll Ihnen nur sagen, dass Sie, wenn Sie mich einmal brauchen – mich wiedersehen können...» Er stand auf, ging zu einer Kommode, entnahm ihr etwas und legte es in meine Hand. Ich wollte sie öffnen, aber er hielt sie fest: «Diane – Pardon! – Madame, ich lege diese Münze in Ihre schöne, kleine Hand. Es ist die Hälfte einer Münze, ich selbst behalte den anderen Teil. Ich wusste schon immer, dass der Tag kommen würde, an dem ich die eine Hälfte jemandem gebe, den ich wiedersehen möchte.»
«Also kein Zufall?»
«Nein, kein Zufall.»
Die Zeit schien stillzustehen. Ich dachte an Sam, der einen solchen herrlichen Abend lieber beim Kartenspiel verbrachte als bei seiner Frau. Ich sah Ivor von Radvany vor mir und wärmte mich beim Gedanken, dass er nicht so egoistisch ist wie mein eigener Mann. Ich wollte lieben, ich wartete mit meinem sehnsüchtigen Körper auf die Umarmung, ich war bereit, alles zu geben, um glücklich zu machen und glücklich zu sein.
Ivor von Radvany brachte mich zurück ins Hotel. Im Bridgesalon waren alle Tische noch besetzt. Wir blieben in der Tür stehen. Als Sam aufsah, nickte er uns kurz zu, es war das Zeichen, sich zu verabschieden. Ich trat zum Tisch, an dem Sam mit unbewegter Pokermiene seine Karten hielt. Hatte er verloren? Ich blieb stumm zwischen ihm und Adeline stehen, die nach langem Zögern eine Karte auf den Spielteppich warf.
«Geh schon schlafen, Kleines», sagte Sam schliesslich, «die Partie ist noch nicht beendet, wir fordern eine Revanche.»
«Mir zuliebe», sagte Adeline in Siegerpose und zwinkerte mir zu.
Dass ich noch immer nicht im eigentlichen Sinn Sams Frau war, kränkte meine Gefühle. In unserem Schlafzimmer zog ich mich aus, nahm wiederum ein Bad mit

betörenden Essenzen. Ich zitterte vor Erregung. Mich fröstelte trotz der schwülen Luft, die im Raum lag. Doch ich schwor mir, dass diese Nacht meine Hochzeitsnacht würde. Ich fieberte dem Augenblick entgegen, da Sam und ich uns endlich als Liebespaar vereinen würden.
Ich getraute mich kaum zu atmen, als ich im Nebenzimmer Schritte hörte. Er betrat den Schlafraum und trug seinen neuen ägyptischen Morgenrock. Sam erschien mir in diesem Augenblick begehrenswerter und imposanter denn je.
Bewegungslos lag ich da. Er kam schweigend auf mich zu. Es war unheimlich still. Hatte er die gleiche Absicht wie ich, da er beim Spielen keinen Whisky, sondern Mineralwasser getrunken hatte?
Es schien eine Zeremonie zu sein, wie er sich auf mich zu bewegte und neben mir die Bettdecke aufschlug. Ich fühlte seine Hände an meinen Oberschenkeln, seine Finger streiften das hauchdünne Spitzenhemd über meine Hüften hinweg, entblössten meine Brust und reizten die Warzen, dass sie frech hervortraten. Ich kam seinem Leib entgegen, drängend, begehrend. Er griff zu, ekstatisch, nahm Besitz von mir, unbeherrscht, aber männlich. Dann drang er in mich ein, plötzlich, mit ungestümer Kraft. Ein schneller, schmerzhafter Vorgang war es. Ich vermisste die Lust auf Hingabe, Gefühle, die ich kurz zuvor im Bad empfunden hatte.

Die Trennung von Luxor fiel mir schwer. Ein letztes Mal gingen wir mit Sorells zu Ivor von Radvany. Ich fand aber keine Gelegenheit, mich mit ihm unter vier Augen zu unterhalten. Auch die beiden alten Damen, Miss Penny Green und Miss Mary Blossom, waren anwesend sowie ein Professor, der uns die Geschichte und Kultur Ägyptens nähergebracht hatte. Sam schien sich wohl zu fühlen, er unterhielt sich angeregt mit den beiden Ladies, denen es gelang, ihn zum Lachen zu bringen.
Kurz vor dem endgültigen Abschied war ich für einen

kurzen Augenblick mit Ivor von Radvany allein im Garten seines Hauses. «Ich habe Ihr Horoskop angefertigt.» Seine Stimme senkte sich: «Leider werde ich Sie so bald nicht wiedersehen, und jetzt ist die Zeit zu knapp. Ich kann Ihnen nur das Wichtigste mitteilen.» Ich bat ihn darum, und fast hastig entfernten wir uns von den andern.

«Sie werden es nicht leicht haben, Madame. Bleiben Sie tapfer, was immer geschieht, denken Sie an die halbe Münze.»

Er machte ein besorgtes Gesicht: «Das Hässliche, das ein Mensch erlebt, hat auch seine positiven Seiten. Durch das Negative können wir lernen – vergessen Sie das nie. Noch wissen Sie zu wenig über diese Zusammenhänge, die wir Karma nennen. Sie müssen durchhalten, fest bleiben, dürfen den Mut nie verlieren. Sie werden Kummer haben, Sorgen und Leid. Man wird alles tun, um Sie zu erniedrigen, selbst Untreue Ihres Lebensgefährten wird Ihnen nicht erspart bleiben. Aber Sie werden es durchstehen.»

Nach einer Pause fuhr er fort: «Ihre Gedankenwelt ist originell, Sie sind künstlerisch begabt. Die hervorragende Konstellation Sonne-Saturn-Mars weist Ihnen eine beachtliche Rolle in der bildenden Kunst zu ...»

«... das kann nicht sein», unterbrach ich ihn, «oder es wäre möglich gewesen, wenn meine Mutter mir nicht verboten hätte zu modellieren und zu malen, weil sie der Ansicht war, solche Arbeiten überlasse man den Handwerkern. Ich musste einen Klavierlehrer haben, ach, wie hasse ich das Klavier spielen!» Ivor von Radvany schien mir nicht zuzuhören. «Sie werden viele grosse Freunde haben, aber auch Ihre Enttäuschungen werden gross sein. Seien Sie tapfer. Versprechen Sie's mir!»

Ich versprach es. Damals wusste ich nicht, dass Jahre vergehen würden, bis ich ihn, Ivor von Radvany, durch einen Zufall – einen Zufall? – wieder treffen würde.

2. Kapitel: Salzburg und der Rosenkavalier

Woher weiss Ivor von Radvany, dass ich mich von Sam habe scheiden lassen? Woher nimmt er seine Selbstsicherheit, mich bei der ersten sich bietenden Gelegenheit nach so vielen Jahren, die wir uns aus den Augen verloren hatten, zu duzen? Mehr noch: Wie kommt er dazu, beim Apéro im «Baur au Lac» aus heiterem Himmel und vor allen meinen Freunden seine Verlobung mit mir zu verkünden? Ich muss ein Lächeln unterdrücken: Eigentlich geniesse ich diese Überrumpelung, und auch das «Fait accompli» der Verlobungsankündigung kommt mir nicht ungelegen.
Er ist der Wortführer, charmant, weltgewandt und eitel. Die Männer hängen mit den Augen an seinen Lippen und sind offensichtlich neidisch auf seine Gewandtheit. Er spricht mit theatralischer Geste und sucht meinen Blick, als bettelte er um Applaus für seine Ausführungen. Niemand in unserer Runde zweifelt an seiner festen Absicht, mich um meine Hand zu bitten.
Später, am gleichen Abend, treffen wir uns wieder, diesmal in der «Widder-Bar» zwischen Bahnhofstrasse und Rennweg. Ich habe mich umgezogen und für Ivor schön gemacht. In der kleinen Gaststube im ersten Stock werden wir an einen diskreten, sorgfältig gedeckten, runden Tisch geführt. Die Ambiance mit Kerzenlicht und Champagner hebt unsere feierliche Stimmung. Ivor hebt das Glas:
«Auf unsere gemeinsame Zukunft, meine geliebte Diane.» Er steht auf, kommt mir entgegen und zieht mich an den Händen vom Stuhl. «Bald bist du meine Frau», sagt er, umarmt mich und küsst mich innig.
Das Räuspern des Kellners reisst uns in die Wirklichkeit zurück. Ivor bestellt Kaviar und entscheidet sich für Ratsherrentopf als Hauptgang, der hier als Spezialität auf der Karte geführt wird und tatsächlich auch weit herum berühmt ist. Immer wieder legt Ivor zwischen zwei Bissen seine Finger auf meine Hand. Er gibt mir das sichere Gefühl, wirklich verlobt zu sein. Und zwar ist es keine Zwangsliaison wie damals die

mit Sam, dem ich aus «Staatsräson» zugeteilt worden war. Nein, dieses Mal ist es mein eigener Wille: Ich bin aus freiem Entschluss verlobt.
«Weisst du, wie ich dich überall vermisst habe und doch warten musste, bis die Zeit reif war für unser jetziges Wiedersehen?» Melancholie schwingt in Ivors Worten mit.
Sachlich gesehen sei die Erklärung einfach, erwidere ich. «Bevor ich mich entschloss, nach Zürich umzuziehen», erzähle ich Ivor, «wollte ich meinen langjährigen Freund James in London besuchen. Er und Bessie, seine Frau, hatten mich eingeladen, bei ihnen im neuen Haus an der South Audley Street zu wohnen. James holte mich am Flughafen ab. Es war ein herzliches Wiedersehen.» Ivor prostet mir erneut zu. Und ich fahre fort: «Auch seine Frau, vornehm und kühl, die englische Lady in Person, empfing mich überraschend wohlwollend. Noch war sie nicht von der Queen zur ‹Lady› geadelt, noch war James kein ‹Sir› und kein ‹Lord Mayor›, der er später werden sollte. Aber er war mir ein aufrichtiger Freund und fairer Berater in schwieriger Zeit. Nur die Hausdame, Miss Sale, war nicht sehr von meiner Ankunft beglückt. Für sie war ich nur eine geschiedene Frau, minderwertig also. Da ich frei war, ahnte sie wohl, dass James bis über beide Ohren in mich verliebt war. Er gestand mir übrigens tatsächlich, dass er schon im ‹Suvretta House› in St. Moritz ein Auge auf mich geworfen hatte. Aber als Gentleman habe er nichts unternehmen können. ‹Und ich denke an deine Bessie, lieber James›, sagte ich ihm, ‹ich jedenfalls würde einem Mann niemals solche Freiheiten einräumen, wie sie es tut. Jedes Jahr kommst du in die Schweiz, nach St. Moritz, und amüsierst dich unbekümmert.› Aber da wurde James ernst. Es sei immer Bessies Wunsch gewesen: ‹Bessie ist 15 Jahre älter als ich. Wir haben zwei erwachsene Kinder. Und eine intime Beziehung zwischen uns gibt es nicht mehr›, sagte er mir.» Ivor lehnt sich leicht zurück und zupft weichen Teig aus seinem Brötchen. Er ahnt, was jetzt kommt.
«Ich fragte James dann, was wohl gewesen wäre, wenn ich mich in ihn verliebt hätte. ‹Bessie hätte nichts dagegen gehabt, nur will sie keine Einzelheiten darüber wissen. Sie gönnt mir alles›, sagte er, ‹und sie betrachtet mich eher als Sohn denn als

Ehemann, verstehst du das, Darling?› sagte James, den Bessie zärtlich ‹Sonnie› nennt.»
Der Kellner räumt das Dessertgeschirr weg und bringt auf das Geheiss von Ivor den Espresso. Während ich den Würfelzukker einrühre, fahre ich fort: «Sonnie» sei es gewesen, der mir dringend angeraten habe, Basel und seine ganzen Patrizierfamilien zu verlassen. «Er hat mir versprochen, mich in Zürich zu besuchen, und voller Hoffnungen bin ich von Croydon abgeflogen. Das Schreckgespenst meiner Scheidung von Sam hat mich nicht mehr länger verfolgt. Ich muss zwar noch immer an die Panik nach dem endgültigen Bruch denken, die mich nach dieser Demütigung ergriff.»
Ivor tastet nach meiner Hand. «Ja, gewiss bin ich seit der Scheidung formell ein freier Mensch», sage ich, «aber die Quälereien und Verfolgungen, mit dem Ziel, mich als Geistesgestörte ein für alle Male aus dem Verkehr zu ziehen und mithin zu enterben, dauern fort. Ich werde beobachtet und von Detektiven beschattet.»
Auf der Treppe hinunter zum Ausgang des «Widder» bleibt Ivor plötzlich stehen, dreht sich auf der Stufe um, umfasst meine Taille und sagt nur dieses eine Wort: «Liebes!» Die Luft ist frisch und angenehm, und so beschliessen wir, zu Fuss nach Hause zu gehen. Ivor und ich haben die Liebe neu entdeckt. Jeder von uns kannte wohl vorher Verliebtheit und Hingabe, jedoch nicht diese tiefe Bindung, wie wir sie jetzt füreinander empfinden. Wir haben uns seit unserer Wiederbegegnung im «Baur au Lac» nie mehr getrennt, keine Minute tagsüber oder nachts. An Ivor, diesem stattlichen, unübersehbaren Mann, den immer und überall etwas Geheimnisvolles, prickelnd Unerklärliches umgab, kann ich als Geliebte, als Verlobte stolz hinaufschauen. Ich selbst bin ein strahlender Mensch geworden, Freunde, die mich wieder treffen, bemerken verblüfft die Veränderung.
Endlich habe ich Basel hinter mir gelassen, dieses kalte, gefühllose Dasein des Grossbürgertums, dessen einziger Wertmassstab der Kontostand ist. Jetzt begreife ich, warum Geldaristokraten in ihrer Seele arm bleiben können und warum Darbende oft grossartige Menschen sind.
Ivor hat vorgeschlagen, nach Salzburg zu fahren. Er kennt

dort ein neueröffnetes Hotel, den «Goldenen Hirschen». «Ich habe eine Ueberraschung für dich, Liebling. Wir gehen in die Premiere einer Oper, aber ich verrate dir nicht, in welche.» Ivor besucht nur Premieren, sei es ein Film, ein Schauspiel oder eine Oper.
Gräfin von Waldemar, geborene Adams, Inhaberin des Hotels, empfängt uns herzlich. Sie kennt Ivor von früher und erkundigt sich beiläufig nach der Dame, mit der sie ihn vor kurzem in der Altstadt getroffen hat. Ivor ist eine Sekunde lang verlegen, hat sich aber sofort wieder im Griff: «Vor kurzem?» «Darling», sagt er, zu mir gewandt, «es ist über ein Jahr her, glaub mir. Es war eine Freundin von mir, und du hast überhaupt nichts zu befürchten.»
Mit der Gräfin gibt es immer lange und vertrauliche Gespräche. Wir fühlen uns im «Goldenen Hirschen» zu Hause, treffen unzählige Freunde und Bekannte. Die Gräfin ist nicht nur sehr tüchtig, sie ist auch zu allen ihren Gästen gleichermassen charmant und liebenswürdig. Im Restaurant, das früher ein Kuhstall war, trifft sich die halbe Welt, besonders jetzt zur Festspielzeit.
Ich ziehe mein schönstes Abendkleid an: weiss, mit silbernen Pailletten bestickt, dazu ein Silberfuchs-Cape. «Du siehst ganz bezaubernd aus», schwärmt Ivor beim Betreten meines Zimmers und sieht, wie ich vor dem Spiegel stehe und mich selbst betrachte. Er küsst mich auf die nackte Schulter. Unterwegs zum Grossen Festspielhaus fragt er mich, ob ich wirklich noch nie in Salzburg gewesen sei. Ich verneine. «Und auch die Oper – ich verrate sie dir jetzt – den ‹Rosenkavalier› kennst du nicht?» Mir bleibt der Atem stecken.
«Nein – nein, ich bin noch nie in Salzburg gewesen, und den ‹Rosenkavalier› habe ich auch noch nie gesehen.» Das ist eine Lüge, aber ich muss sie mit einem ungewollten Unterton vorgetragen haben, denn Ivor hält einen Moment inne und sieht mich erstaunt an.
Ivor hat zwei der besten Plätze reserviert, und sobald wir uns gesetzt haben, nimmt er meine Hand in seine und drückt sie leicht. Die Geiger direkt vor uns stimmen ihre Instrumente. Ivor reicht mir das Programm: «Hast du diese Oper wirklich noch nie gehört?»

«Noch nie!» lüge ich noch einmal. Ivor kommt nicht dazu, seine Zweifel anzumelden. Denn unter Georg Szells Taktstock ertönt plötzlich die leidenschaftlich-mitreissende Ouvertüre durch den verdunkelten Raum. Mit höchster Konzentration verfolge ich die Vorgänge auf der Bühne. Die Liebe der alternden Marschallin, die ihr Herz an den blutjungen Rosenkavalier verschenkt, wird wieder zu einem Stück meiner eigenen Biografie. Atemlos vor Aufregung fasse ich nach Ivors Arm. Ich spüre, dass er im Geist mitdirigiert. Die feinen, zuckenden Bewegungen seiner Finger beruhigen mich allmählich.

In der Pause zieht uns der Strom des Publikums in die alte Felsenreitschule, wo das Buffet aufgebaut ist. Ivor entschuldigt sich für einen Augenblick und kommt dann zurück und balanciert zwei Gläser Sekt in den Händen.

«Soll ich dir den Fortgang der Handlung erzählen, Liebste?»
«Bitte nein», sage ich und zwinge mich zu einem Lächeln.
«Du bist so begeistert mitgegangen, man könnte fast glauben, du seiest persönlich daran beteiligt.» Seine arglos klingende Bemerkung täuscht nicht darüber hinweg, dass Ivor die Parallele mit meinem Schicksal schlagartig erkannt hat. Wir haben unsere Plätze wieder eingenommen. Und wieder vergleiche ich meine eigene Mutter mit der Marschallin und ihrem Verzicht auf ihren Liebhaber. Ein Opfer, das Mama nicht gebracht hat.

Kaum ist der Vorhang wieder hochgezogen, falle ich wieder ins Grübeln. Ich erinnere mich an eine Reise mit Mama und mir nach Venedig. Sam war geschäftlich unterwegs, wie meistens, wenn ich auf Reisen war. Da war Mama mit ihren Nörgeleien, ihren Launen und ihren Vorhaltungen und Befehlen mir gegenüber, als ob ich immer noch ein kleines Kind sei. Ich tat Venedig unrecht, aber der Aufenthalt für mich war trostlos. Was nützte alle Schönheit des Lidos, des Excelsior Hotels mit all seinem Komfort? Mama verbot uns sogar, allein in der Halle zu sitzen – das gehöre sich einfach nicht. Am Morgen hielt sie ein Telegramm in der Hand: «Unser lieber Sam wird morgen in Venedig eintreffen.» Sie faltete das Formular und steckte es in ihre Handtasche. Den ganzen Tag über strahlte Mama. Sie liess sich die Haare frisch frisieren, machte sich schön, ging zum Masseur und dann früh zu Bett. Man sah ihr an, dass sie an nichts anderes dachte als an Sams Rückkehr.

In der letzten Nacht zuvor hatte ich ein Buch gelesen, um meine Langeweile zu vertreiben. «Alberte» hiess es. Es war die Geschichte einer unglücklichen Leidenschaft. Die noch junge Witwe lebt auf einem grossen Besitz, einsam und zurückgezogen. Eines Tages erwartet sie Besuch: Ihre Tochter kommt mit ihrem Verlobten. Das Schicksal nimmt seinen Lauf. Mutter und ihr zukünftiger Schwiegersohn treiben blindlings aufeinander zu. Von ihrer Leidenschaft beherrscht, kennt die Mutter keine Grenzen, um ihren neuen Geliebten nicht zu verlieren. Sie wird zur Verbrecherin. Die Tochter ist ahnungslos und glaubt an eine Zuneigung der Mutter zu dem Mann, die, obschon überschwenglich, ein Resultat ihres einsamen Witwenlebens sein müsse. Die Tochter, endlich misstrauisch geworden, macht Schwierigkeiten, bis sie als Opfer dieser verhängnisvollen Liebe zwischen Mutter und Schwiegersohn endet: Sie wird vom eigenen Verlobten durch einen raffiniert eingefädelten Autounfall umgebracht.

Ich wälzte mich im Bett. Ist eine Mutter fähig, ihrer Tochter den Mann wegzunehmen, überlegte ich. Nein, sagte ich mir immer wieder, das ist eine Ausgeburt der Hölle, das ist blühende Phantasie eines Dichters. Und doch, die Geschichte der Alberte liess mir keine Ruhe. Was geschah denn mit mir? Mir war elend.

Am ersten Abend nach Sams Rückkehr wurde nach dem Diner auf der Terrasse des «Excelsior» nur über bevorstehende Geschäfte mit der italienischen Regierung gesprochen, das heisst, Mama und Sam unterhielten sich allein, wobei sie mir beide den Rücken zukehrten. Das war für mich das Ende eines grossen Festes, das Mama für Sam gegeben hatte. Sie hatte ein exzellentes Menu zusammengestellt, und natürlich gab es Champagner. Sie sah in ihrem Abendkleid zauberhaft jung aus, ich dagegen kam mir lächerlich vor. Schliesslich bedankte er sich bei Mama für ihr aufmerksames Zuhören und ihr Verständnis, gab ihr einen Kuss und erhob sich, ohne mich zu fragen, ob es mir recht sei, dass man sich zurückziehe.

Wieder in der Schweiz, kurze Zeit später, als ich mich nicht besonders wohl gefühlt hatte, schlug ich Sam vor, dass ich mit unserem Kindermädchen Lydia und meinen zwei Töchterchen Mercedes und Sylvia ins Tessin fahre. Jetzt, wo Mama für ein

paar Wochen auf einer grossen Auslandreise war, konnte ich
es ja riskieren, mich von Sam zu trennen. Bisher war es ihm
niemals eingefallen, mit mir gemeinsam Ferien zu verbringen,
und schon gar nicht mit seinen beiden Mädchen. Immer waren irgendwelche Geschäfte wichtiger, die er zusammen mit
Mama als deren Anlageberater zu erledigen hatte. Mindestens
dieses Mal schied Mama als Verhinderungsgrund aus.
Aber Mamas und Sams ständige heimliche Korrespondenz
hatten mich zutiefst gekränkt und aufgewühlt. Ich war sicher,
dass es sich nicht nur um geschäftliche Belange handelte. Sam
verstrickte sich zu oft in Widersprüche. Die Briefe, die sie an
uns gemeinsam richtete, waren kurz, unpersönlich, sachlich.
Ich empfand sie als Heuchelei.
In meiner Verzweiflung hatte ich Rat gesucht, einen Verbündeten, den ich in meiner Familie nicht finden konnte, ohne
gleich wieder totgeschwiegen zu werden. Ich wollte Herrn von
Radvany sehen, der mir versprochen hatte, jederzeit zur Stelle
zu sein. Ich rief ihn an, doch weil ich meine Probleme nicht am
Telefon behandeln wollte, bat ich ihn, zu mir zu kommen. Er
ahnte, worum es ging. «Sie müssen dringend etwas unternehmen, aber es ist schwer für mich, Ihnen einen Ratschlag zu geben», sagte er, als er mich angehört hatte, «aber über eines
müssen Sie sich im klaren sein, Frau Falkenberg, wenn Sie diese Situation weiter hinnehmen, werden Sie daran zugrunde gehen.» Er versuchte mir meine Lage so objektiv wie möglich
darzulegen. Ich wusste nur zu gut, dass er recht hatte. Aber ich
hatte Angst vor den Konsequenzen. Ich konnte einfach nicht
zugeben, dass meine Ehe gescheitert war an den Demütigungen und Erniedrigungen, die Sam und Mama mir zufügten,
nachdem ich um ihr Verhältnis miteinander genau Bescheid
wusste.
Erst als im «Rosenkavalier» das Liebespaar nach dem
Schlussduett abgeht und der Negerjunge mit dem aufgefundenen Taschentuch der allein gelassenen Marschallin folgt, erwache ich wie aus einem Alptraum. Tosender Beifall, der nicht
enden will. Ivor ist aufgestanden, er klatscht den Sängern zu,
die er bis auf wenige persönlich kennt. Auch der Dirigent gehört zu seinem Freundeskreis. Wir verlassen fast als letzte den
Saal. Ivor nimmt mich am Arm und legt mir mein Cape um

die Schultern. Statt in den «Goldenen Hirschen» zu gehen, wo er viele Bekannte treffen würde, schlägt Ivor vor, die italienische Taverne in der Getreidegasse im alten, romantischen Zentrum Salzburgs vorzuziehen. Es wird uns ein hübscher Platz in der von wildem Wein beschatteten Laube zugewiesen, die hin und wieder ein Stückchen des von Sternen übersäten Himmels frei lässt. Die Nachbartische sind bereits besetzt. Windlichter flackern in der milden Abendluft lustig und lassen die Gesichter der Frauen noch hübscher und geheimnisvoller erscheinen. Die Kellner in ihren Landestrachten sind bemüht, die illustren Festspielgäste aus aller Welt aufs beste zu verwöhnen.
Gesprächsfetzen in vielen Sprachen dringen zu uns herüber. Doch wir sind ungestört.
«Du hast geweint, Liebling?» Ivor streckt mir beide Hände über den Tisch entgegen. Ich fasse nach ihnen, ziehe sie hoch und bette meinen Kopf darauf. Langsam beginne ich zu erzählen, von Mama und Sam, von den Anfängen meiner unglücklichen Ehe. Obwohl Ivor den grössten Teil meiner Geschichte schon kennt, fordert er mich immer wieder auf, fortzufahren, wenn ich ins Stocken gerate.
Seine Anteilnahme tut gut. Rührend bemüht er sich um mich und spricht wie zu einem kranken Kind.
«Ich will alles wissen, was dich bewegt, Diane, alles, was du erlebt hast, und du sollst sicher sein, dass du mir vertrauen kannst.»
Vom Dom her schlägt es drei Uhr. Wir haben nicht gemerkt, dass die andern Gäste bereits gegangen sind. Nur ein Kellner lehnt auf einer Eckbank und döst. Ein Kater streicht um unseren Tisch und schnurrt. In einem der gegenüberliegenden, alten Häuser wird ein Fensterladen geräuschvoll aufgeklappt. Der Morgen graut herauf. Ein kühler Wind bläst von den nahen Bergen durch das Salzachtal.
«Wir wollen gehen Liebling, du fröstelst und musst müde sein.» Ivor nimmt mich bei der Hand. Auf dem Domplatz setzen wir uns auf eine der leeren Bänke vor der mächtigen Bühne, die die Schreiner und Zimmerleute für die Festvorstellungen des «Jedermann» aufgestellt haben. Neben uns erhebt sich der Dom in seiner frühmorgendlichen, majestätischen Grösse,

seltsam anzusehen im Gegenlicht des Mondes und wiederum seltsam verdunkelt von vier Heiligenstatuen. Ivor legt schweigend seinen Arm um meine Schultern.
«Ich liebe dich, Diane. Wir wollen heiraten und die Vergangenheit begraben. Zusammen werden wir ein neues Leben beginnen.» Er öffnet sein Smokinghemd, nestelt eine dünne Goldkette vom Hals und zeigt mir wortlos die Hälfte einer halben Münze, die er an der Brust getragen hat. Ebenso schweigsam nehme ich aus meiner Handtasche die andere Hälfte des Talismans. Wir legen sie nebeneinander. «Nun bilden sie wieder ein Ganzes», sagen wir gleichzeitig. Wir küssen uns.

3. Kapitel: Die Jagd der Gejagten

In der Schweiz existiert seit kurzem ein Gesetz, das allerdings nur wenige Monate in Kraft bleibt. Es besagt, dass ein Ausländer keine Einheimische heiraten darf. Diese Bestimmung wurde erlassen, weil viele Juden und andere Flüchtlinge mit Schweizerinnen eine Zweckheirat eingingen, um so zu einer Aufenthaltsbewilligung zu kommen.
Ivor und ich gehen zum Zivilstandsamt ins Stadthaus Zürich. Wir wollen das Aufgebot ausstellen lassen. Zu unserer grössten Verwunderung weist man uns an die Vormundschaftsbehörde. Reine Formalität, sagen sie. Bei der Vormundschafts-Anmeldung wird Ivor gebeten, draussen zu warten, es gehe nur mich etwas an. Der Beamte, ein mürrischer Mann, scheint es eilig zu haben. Er hat die Türklinke noch in der Hand, da fragt er, warum ich ausgerechnet einen Ausländer heiraten wolle, wo es doch bei uns – und das betont er! – gewiss genug nette Herren gebe, die bereit wären, mich zu nehmen. «Muss es denn ausgerechnet so ein ‹chaibe Ussländer sein›?» möchte er gern wissen und schüttelt den Kopf.
Diese Unverschämtheit erschreckt mich zutiefst. Beginnt nun der Kampf gegen unmenschliche Gesetze und gegen die Bürokratie von neuem? «Es gibt kein Gesetz der Welt, das Liebenden verbieten kann, zu heiraten. Und Reisende soll man nicht aufhalten.» Ivor ist zuversichtlich, souverän und fordernd wie immer. Dass er in Wien aufgewachsen ist und aus einer ungarischen Familie stammt, weiss ich, ob aber irgendwo jüdisches Blut mitfliesst, weiss ich nicht und will es auch nicht wissen. Ich liebe ihn, bin ihm mit jeder Faser und jedem Gedanken verfallen.
Mit fröhlichem Herzen geht er zu Danzas und lässt unsere Fahrkarten schreiben. Als Reiseroute gibt er an: von Zürich über Spanien und Portugal nach Afrika, längs der Westküste nach Lobito und Luanda in Richtung Kapstadt und von dort auf der andern Seite wieder nordwärts nach Moçambique. «Wenn das denen nicht weit genug weg ist, fress ich einen Besen.»

Ich wundere mich, dass Ivor eine derbe Sprache sprechen kann, doch scheint er ziemlich ungehalten zu sein. Mit «denen» meint er die Verwalter der Öffentlichkeit, die Beamten mit ihren Ärmelschonern. Die lückenlosen Tickets in der Hand als Beweis unserer bevorstehenden Ausreise, gewährt man uns die Bewilligung zur Eheschliessung.
Ivors Aufenthaltsgenehmigung geht ohnehin dem Ende zu. Dem «chaibe Ussländer» wird nun gestattet, sich trauen zu lassen. Und da Ivor in christlichem Glauben getauft wurde, melden wir uns in der Kirche Enge zur Trauung an.
Zuvor will ich noch alles wegen meiner Kinder regeln. Seit meiner Scheidung und den damit verbundenen Abstrichen kann ich mir nur das Notwendige leisten. Das Kinderheim in Arosa, wo meine älteste Tochter Mercedes von ihrem schrecklichen Asthma geheilt werden soll, kosteten für meine knappen finanziellen Verhältnisse Unsummen. Ich ging zur Bank. Dort teilte man mir mit, dass ich bereits 20 000 Franken von meinem Frauengut aus erster Ehe ausgegeben habe. Ich erschrak, obwohl ich mir unter dieser Summe nichts Konkretes vorstellen konnte. «Ich verstehe nichts von Geld», liess ich meinen Steuerberater anschliessend wissen. Er schlug vor, den restlichen Betrag anzulegen, und zwar in Aktien oder Obligationen. Meine Sparhefte brächten mir doch nur bescheidene drei Prozent. Aktien, Obligationen, Sparheft – die Namen habe ich schon gehört, aber ich weiss damit nichts anzufangen.

Von Sam bekomme ich keinen Beitrag an die Extraausgaben für die Kinder, die auch seine sind. Mercedes hat sich von ihren Atembeschwerden gut erholt. Und Sabine ist noch braun vom Aufenthalt in den Bergen. Silvia ist gegenwärtig bei Mama. Ich muss froh darüber sein, weil ich mir die Erziehung finanziell nicht leisten kann und schon gar nicht die eigene Erzieherin und den Privatlehrer für Schwerhörige, den die Kleine nach ihrer schlimmen Mittelohrentzündung braucht.
Während Sabine und Silvia sich auf die neuen Umstände nach meiner Scheidung rasch eingerichtet hatten, kam Mercedes nicht darüber hinweg. Sie wollte zurück zu Sam. «Papi hat gesagt, du sollst uns ein Haus am See kaufen ... Papi hat gesagt,

ich brauche den Salat nicht zu rüsten, dafür seien die Dienstboten da ... Papi sagt, du habest genug Geld, also kauf jetzt ein Haus am See ...»
Am See wohnen Mercedes und Sabine zwar, aber in einem Kinderheim in Wädenswil. Dorthin fahren Ivor und ich mit dem Vorortszug. Die Heimleiterin, Fräulein Reber, empfängt uns schnippisch und herablassend. Was ist geschehen?
«Ich möchte meine Kinder sehen», sage ich ihr freundlich, worauf sie uns mitteilt, dass das heute leider nicht möglich sei. Einen Grund dafür gibt sie nicht an. Ich gerate in Wut. «Ich bin gekommen, um meine Kinder abzuholen, verstehen Sie? Sie haben kein Recht, sie mir vorzuenthalten. Wo sind sie?»
Ich erinnere mich plötzlich an einen anonymen Anruf kurz zuvor: «Ich warne Sie, Frau Falkenberg», sagte eine ganz offensichtlich verstellte weibliche Stimme, «ich warne Sie, Frau Falkenberg, Ihr Mann lässt sie beobachten, er hat erfahren, dass Sie mit einem andern Mann zusammenleben. Ihr Ex-Gatte versucht mit allen Mitteln, Ihnen die Kinder wegzunehmen.»
Fräulein Reber meint nach einer Weile: «Ihr Mann war bei uns, mit seiner reizenden Frau.» Mama und Sam waren hier, schiesst es mir durch den Kopf. «Sie aber», meint die Heimleiterin, «Sie, Frau Falkenberg, führen ein unsittliches Leben.» Ihre Verachtung war echt. «Ihr geschiedener Mann hat sich bereits an die Vormundschaftsbehörde gewandt, er will die Kinder zu sich nehmen. Der Antrag läuft bereits, und auch die Kinder wollen nichts sehnlicher als zu ihm in ihr Geburtshaus.»
Ich gerate in unsagbare Wut und herrsche sie an: «Sie gemeine Person, Sie! Ich bin mit Herrn von Radvany verlobt, und wir werden in kürzester Zeit heiraten. Was Sie da erzählen, ist reine Verleumdung. Schliesslich sind die Kinder mir zugesprochen, ich, ich allein zahle für sie, und ich, niemand anders, habe sie zu Ihnen gebracht ... leider.»
Ivor hält mich mit aller Kraft zurück. Ohne Abschied verlassen wir Fräulein Reber und das Kinderheim.
Ivor schlägt vor, schleunigst einen Vormund für die Kinder zu bestellen. Die Vormundschaftsbehörden nennen uns einen sehr tüchtigen Mann, den wir sofort aufsuchen. Er ist bereit,

das Amt zu übernehmen. Ivor tröstet mich, weil er meinen Kummer wohl bemerkt: «Schau, liebe Diana, du kannst den Kindern bei weitem nicht das bieten, was ihr Vater ihnen offerieren kann. Sie hängen nun einmal am Maienrain, wo sie geboren sind, vielleicht wird alles nicht so schlimm sein, wie du dir es jetzt ausdenkst. Und vergiss nicht, auch sie werden älter, auch sie werden eines Tages heiraten, und du wirst sie wiedersehen, deine Töchter!»
Meine Kinder besuchen uns, und wir stellen sie ihrem Vormund vor. Wir spazieren durch die Bahnhofstrasse und kaufen ein: Kleider, Mäntel, Schuhe. Auch Spielzeug, dafür wird «Franz Carl Weber» heimgesucht, die Mädchen dürfen aussuchen und sich von Ivor wünschen, was sie nur wollen. Beide freuen sich riesig auf den Maienrain und auf ihr Schwesterchen Silvia. Das hilft mir über meinen Kummer hinweg, denn ich kann ihnen ja tatsächlich nicht das geben, was Sam vermag. Und Mama hat alles getan, dass es so kommen musste – sie ist die Stärkere, sie ist reich.
Beim Abschied, dem eine Trennung auf Jahre folgte, sagt Sabine: «Am besten kommst du gleich mit uns auf den Maienrain, du allein bist unsere Mami und nicht die Mamai.»
«Mamai?» – Ich habe diesen Namen nie zuvor gehört, doch jetzt zum ersten Mal – von meinen Kindern.
«Die Mamai ist die neue Frau von Papi, aber sie ist keine Mami.»
Also waren das nicht Mama und Sam, die im Wädenswiler Kinderheim vorgesprochen hatten, sondern er und eine neue Frau, fährt es mir durch den Kopf. Schweren Herzens sage ich meinen Töchtern auf Wiedersehen.
Ivor und ich werden im Stadthaus ohne jede private Zeremonie getraut. Zwei Freundinnen von mir und zwei Freunde von Ivor sind einen Tag später Trauzeugen der sakralen Trauung in der Kirche Enge. Nach diesem eher schlichten Festakt werden wir vor dem Portal von einem Fotografen verewigt. Dann geht's mit zwei Taxis hinauf zum Dolder Grand Hotel, wo unsere kleine Gesellschaft an einem winzigen Tisch Platz hat. In diesem Augenblick denke ich einmal nur an mich. Ich bin glücklich. Ich weine hemmungslos vor Freude.
Das Diner besteht aus wenigen Gängen, einer Oxtail claire, ei-

nem Hummer mit Kaviar à discrétion, gefülltem Wachtelbrüstchen mit Riz sauvage und feinsten Pilzchen, einem gratinierten Früchtebouquet, dem Espresso, einem Grand Marnier und andern Liqueurs. Wir brechen bald auf. Denn wichtige Dinge stehen unmittelbar bevor – unsere Hochzeitsnacht hier im «Dolder», und unsere grosse Reise. Morgen soll's ja dann losgehen.
Morgen schon? Das hat Ivor unseren Trauzeugen und Gästen nur gesagt, um sie elegant loszuwerden. Er will die Zeit mit mir verbringen. So dauert die Hochzeitsnacht etwas länger als üblich, nämlich genau vier Tage. Wir haben die prachtvollste Sicht über den Zürichsee, der wie ein paillettenbesetzter Teppich im Sonnenlicht gleisst. Die Stadt liegt uns zu Füssen wie in einer huldvollen Verneigung. Das Glockengeläut ist hier oben kaum wahrzunehmen. Es ist mehr zu ahnen als zu hören. Doch spielen diese Details nur eine untergeordnete Rolle. Wir verlassen die «Dolder»-Suite nur, um unseren Zimmermädchen Gelegenheit zu geben, die Betten frisch zu beziehen und die leeren «Perrier-Jouet»-Flaschen, die Gläser und das aufgetaute Eis durch frische Würfel zu ersetzen. Wir sind trunken vor Liebe und Glückseligkeit. Ivor zeigt sie mir in allen Facetten und Varianten. Was ich aus den einschlägigen Publikationen mehr aus Neugier mitbekommen habe, ist nichts gegen einen Mann wie Ivor, der weiss, wie er mit einer Frau umzugehen hat.
Der Aufbruch ist schmerzlos. Die Zahl unserer Gepäckstücke hält sich in Grenzen. Wir sind der Meinung, es lasse sich auf unserer Reise an Ort und Stelle je nach den klimatischen und andern Umständen alles anschaffen, was wir gerade benötigen. Die guten Geister des Hotels helfen uns beim Räumen und Verstauen unserer Kleider und Utensilien, und ein Chauffeur bringt die ganze Fuhre zum Hauptbahnhof, wo sie als Passagiergut in den Gepäckwagen umgeladen wird.
Pünktlich, wie unsere Eisenbahn damals noch war, verlassen wir via Genf die Schweiz.
Die Reise in den roten Plüschsesseln der 1. Klasse ist ziemlich angenehm. Trotz des milden Wetters ist die Heizung eingeschaltet. Aber das kümmert uns nicht; Ivor und ich sind nur mit uns selber beschäftigt, haben nur Augen für den andern.

Im Zug gibt es keine Verpflegungsmöglichkeit, deshalb versorgt uns Ivor an den Bahnhöfen, wo fliegende Händler ihr Speisen- und Getränkeangebot ausrufen. Ihr Dialekt ist zwar selten zu verstehen, doch bedarf der Duft von heissen Würstchen kaum einer näheren Beschreibung.

An der Grenze zu Spanien, zwischen Perpignan und Figueras, kreischen die Bremsen, dann fährt der Zug in einen kleinen Bahnhof ein. Noch sind wir auf französischem Boden, und dieser Teil Frankreichs ist noch nicht von den Deutschen besetzt. Wir müssen den Wagen verlassen, werden zur Kontrolle der Reisedokumente, des Handgepäcks und zur Leibesvisitation in eine Holzbaracke komplimentiert. Ich werde von Ivor getrennt. Dieses Ausgeliefertsein in fremde Hände flösst mir Angst ein. Die Alte, die mich untersuchen wird, sitzt breitbeinig vor mir, und ehe sie mich betastet, flüstert sie mir zu: «Ich werde dir nichts antun, Kleines. Diese Nazischweine sind da, aber vorerst nur in Zivil.» Sie drückte das eine Auge zu: «Erst morgen werden sie diese Ecke Frankreichs besetzen.»

Sie legt den Zeigefinger auf den Mund, was zeigen soll, dass man besser schweigt. Und nach einer Weile gibt sie mir mit einer Handbewegung zu verstehen, dass ich die Baracke verlassen soll. Vor unserem Eisenbahnwagen treffe ich Ivor. «Er ist nicht gekommen», sagt er resigniert, «die Bande hat ihn erwischt.» Wir hatten nämlich gehofft, den jüdischen Pianisten Ernst Levi in diesem Zug zu treffen. Levi war auf der Flucht aus Nizza in Richtung Vereinigte Staaten, und offensichtlich ist er in den Klauen der Schergen hängengeblieben.

In Madrid steigen wir im renommiertesten Hotel ab, aber es stellt sich heraus, dass unser vorbestelltes Zimmer bereits belegt ist. Nichts zu machen, Verhandlungen mit dem freundlichen Mann an der Reception scheitern an seiner Ohnmacht, Betten herzuzaubern. Mit Mühe und Not weist man uns zwei Liegestühle zu, in einem winzigen Büro, wo die Luft heiss und stickig ist. Ganze Scharen von Kindern laufen um das Hotel herum und drängen sich in die Halle. Doch es ist kein Kinderlachen zu hören, vielmehr scheinen Hunger und Not sie zu plagen. Ivor schubst mich ein wenig zur Seite, um ausser Hörweite der andern Leute zu sein. «Ich habe unwahrscheinliches Glück gehabt. Auch ich bin vorhin in Panik geraten, Diane.

Meine Grossmutter mütterlicherseits war Halbjüdin, und wenn die das herauskriegen, bin ich dran.» «Sam ist uns ja jetzt los, er wird seinen Sieg über mich mit Wonne geniessen, er hat unsere Kinder unter seiner Aufsicht, und er wird nichts unterlassen, um mich zu verleumden», erwidere ich, «aber ich will all das hinter mich bringen, Ivor, alles vergessen und mit dir glücklich sein, komme, was da wolle.»
Wir sind froh, auch Spanien verlassen zu können. Nur weiter weg von der braunen Gefahr, heisst unsere Parole. An der portugiesischen Grenzstation wird ein Speisewagen an unsern Zug gehängt. Wir geniessen das erste wirklich gute Frühstück auf unserer Reise. In Lissabon treffen wir viele von Ivors alten Freunden, die in einer ähnlichen Lage sind wie er. Sie bieten uns ihre Hilfe an, aber trotzdem sehen wir keine Chance, weiterfahren zu können. Ivor sucht die diplomatische Vertretung der Schweiz auf. Der Bescheid ist entmutigend: Wir müssen ein neutrales, portugiesisches Schiff abwarten, das bereit ist, uns aufzunehmen. Doch wie lange wird das dauern? Ivor will nach Palästina, wo er seine in besten Verhältnissen verheiratete Schwester besuchen will. Wir richten uns auf einen ausgedehnten Aufenthalt ein und ziehen in ein wunderschönes Hotel in dem westlich von Lissabon gelegenen Ort Cascais. Auch hier treffen wir alte Bekannte Ivors aus aller Welt, vor allem natürlich aus der Filmbranche.
Die Zahl der Flüchtlinge aus den von den Deutschen besetzten Gebieten mehrt sich, und von ihnen, mit denen wir uns rasch anfreunden, hören wir von Verhaftungen, Einvernahmen und Verschleppungen. Wie wir, wartet alles auf eine Gelegenheit, wegzukommen, denn Zweifel kommen immer wieder auf, ob man bereits in Sicherheit sei oder ob der Arm der Gestapo nicht doch bis hierher reiche.

Nach bangen Monaten erhalten wir die Zusicherung für eine Passage auf einem portugiesischen Schiff. Ivor hat es sogar geschafft, eine Luxuskabine zugeteilt zu bekommen. Woher er das Geld hat, hat mich nie interessiert, ich hatte zu finanziellen Angelegenheiten noch immer keine Beziehung. Wir freuen uns auf eine lange Schiffahrt, obschon der Krieg um uns herum kaum eine Vergnügungsreise verspricht. Ivor stellt, mit

den Hilfsmitteln, die er beschaffen kann und so gut es eben geht, eine Art Fotoalbum zusammen. Als Überschrift lese ich: «Sammelsurium from Lissabon to Haifa, via Funchal, Luanda, Lobito, Laurenzo Marques, Haifa.»
Beim Auslaufen wissen wir freilich noch nicht, dass das Mittelmeer vermint und für unser Schiff gesperrt ist. So geht unsere Reise rund um den afrikanischen Kontinent. Fotografieren ist zwar streng verboten, aber irgendwie sind wir doch zu unsern Bildern gekommen. Dieses Album ist eigentlich mehr ein Kritzelbuch; es enthält nicht nur Schnappschüsse und allerhand Erinnerungsbildchen, sondern auch jede Menge von Zetteln, Menukarten, Fahrscheinen und Notizen. Auf der ersten Seite klebt ein Zettel, unterzeichnet mit «Companhia Nacional de Navegacao, Lisboa.» Und in der eigentlichen Mitteilung an die Passagiere steht, der direkte Weg nach Palästina sei unpassierbar, weshalb der Umweg in Kauf genommen werden müsse. Mir kann es recht sein, denn ich geniesse die relative Bewegungsfreiheit und Sorglosigkeit an Bord.
Als ersten Hafen steuern wir Funchal an, dann Madeira. Wie wir es uns vorgenommen haben, kaufen wir an Ort und Stelle ein, was wir brauchen – ich besitze jetzt meinen ersten Tropenhelm. Er muss mir ausserordentlich gut zu Gesicht stehen, denn ich gewinne dadurch einen grossen Verehrer, einen zehnjährigen Knaben.
Für die Äquatortaufe wird ein grandioses Fest vorbereitet. Ein riesiges Buffet mit allen exotischen Köstlichkeiten ist aufgebaut, Champagner fliesst in Strömen, und die Besatzung trägt schneeweisse Uniformen und weisse Schuhe. Niemand braucht sich zu schämen, dass er seine Sorgen für ein paar Stunden verdrängt. Mitternacht ist vorbei und die Stimmung glänzend, als die Überquerung des Äquators südwestlich von Libreville gemeldet wird. Der Kapitän, ein Seebär mit rabenschwarzem Haar, Augen wie Kirschen und einer Baritonstimme, hält eine kurze Ansprache und nimmt die Taufe persönlich vor. Er gibt mir den süssen Namen «Faneca», das ist ein ganz kleiner Fisch, und diese Bezeichnung sollte ich während der ganzen Reise behalten.
Wochen vergehen, und das Leben an Bord ist längst routinierte Zeremonie, bis wir über Kapstadt unsere vorläufige End-

station erreichen: Moçambique. Erst hier erfahren wir, dass wir vor Dakar in grosser Gefahr schwebten, als unser Schiff viele Stunden lang stillag. Es tobte eine Seeschlacht, und wir wurden von den Deutschen aufgehalten. In einiger Entfernung von uns war ein Kriegsschiff zu erkennen. Durch Sprechfunk hin und her wurde aufgeklärt. Ob wir junge Belgier an Bord hätten oder Juden, wollten die Deutschen wissen. Der Kapitän, so wird uns später berichtet, habe diese Frage verneint. Diese Kaltblütigkeit hat vielen von uns das Leben gerettet. Denn ausser zahlreichen Juden waren etwa zweihundert Belgier an Bord, die kurze Zeit später in Nordafrika gegen Rommels Feldzug eingesetzt wurden.

Moçambique ist ein Paradies. Unsere Residenz wird das «Polana Hotel» auf einer Anhöhe am Rande des Dschungels. Nachts zirpen die Zikaden in einer Lautstärke, wie ich sie vorher und seither nie mehr vernommen habe. Sie können nicht einmal von der Wildtier-«Nachtmusik» aus der Undurchdringlichkeit des Sumpfwaldes hinter uns übertönt werden. Doch auch in unserer, von hohen Gitterstäben eingegrenzten Luxusinsel, schwirren bunte Vögel scheinbar planlos durcheinander: Juden, Deutsche, Engländer, Polen, Russen, Portugiesen, Schweizer, ein winziger Völkerbund, wo jeder auf seinen Vorteil erpicht ist und seinen Geschäften nachhängt, was immer das für Aktivitäten sein mögen.

Um die gelegentlich aufkommende Langeweile zu überlisten, haben Ivor und ich ein Ratespiel erfunden. Wir versuchen herauszufinden, welcher Nationalität unsere Mitbewohner des Hotels angehören, und zwar nur aufgrund ihrer Physiognomie und Kleidung. Iren sind an ihren struppigen, rotblonden Haaren unschwer zu erkennen, finden wir, und auch die Geschmeidigkeit eines Portugiesen ist für diesen verräterisch. Die Gegenprobe können wir diskret am Kiosk neben der Reception aufs Exempel machen, wenn unsere Probanden Zigaretten oder eine Zeitschrift kaufen. Die Amerikaner fallen auf durch ihre Schlacksigkeit und den unabdingbaren Kaugummi zwischen ihren Zähnen.

Auch die deutsche Abwehr ist präsent. Die Art, wie sich diese schrötigen «Têtes carrées» als harmlose Touristen geben, macht sie lächerlich, aber nicht weniger unheimlich. Am

Swimmingpool wimmelt es von atemberaubend schönen Frauen. Sie treffen sich an der Bar und in der Lounge mit diesem und jenem Herrn. Es sind eindeutig Kuriere, die ihre Mata Haris informieren und aushorchen. Hier wird Weltpolitik vorbereitet, denke ich, aber dass Spionage so unbekümmert in aller Öffentlichkeit getrieben wird, ist schon erstaunlich. Trotz allem ist Moçambique neutral – oder blüht die Spionage gerade deshalb, weil die für afrikanische Verhältnisse kleine portugiesische Kolonie neutral ist? Mir drängen sich Gedanken an meine Heimat auf.

Das Warten auf die Weiterreise bleibt, sieht man einmal vom Pokern ab, dem sich Ivor oft stundenlang widmet, unsere einzige Beschäftigung. Ich mag noch immer keine Kartenspiele, aber Ivor zuliebe, der vor Nichtstun fast aus der Haut fährt, mache ich mit – ich spiele den Kiebitz über seine Schultern hinweg. Wir geraten mitunter in Intrigen, oder man versucht, uns in Gespräche zu verwickeln, um unverhohlen herauszufinden, ob wir zur Spionage taugen und bereit wären, uns einspannen zu lassen. Ivors Gewandtheit und Charme ist es zu verdanken, dass man uns mit solchen Ansinnen schliesslich in Ruhe lässt.

Nach einem Jahr «Polana Hotel» packt uns Unruhe. Steht die Reise nach Palästina nach dieser Odyssee endlich bevor? Ivor eilt von Büro zu Agentur, von Besprechung zu Unterredung. Und plötzlich ist es so weit. Ein englisches Wasserflugzeug, ziemlich klapprig, soll uns aus Moçambique hinausbringen. Die Maschine sieht nicht ermutigend aus. Aber das Zureden Ivors tröstet mich, dass man jetzt keine Ansprüche stellen dürfe und es wichtiger sei, überhaupt wegzukommen.

Mit Hüpfern von Hafen zu Hafen, von denen uns einer einen Abstecher auf die Insel Sansibar verschafft, erreichen wir, müde und völlig verschwitzt, Mombasa an der Südküste Kenias. Wir können nicht ahnen, dass wir hier nochmals ein geschlagenes halbes Jahr hängen bleiben werden. Immerhin muss sich Ivor mit den Engländern arrangiert, wenn nicht befreundet haben. Denn plötzlich kommt ein Kapitän seiner Majestät zu Besuch, und kurz darauf gehen wir mit unserem gesamten Gepäck an Bord einer Einheit der britischen Flotte. Es handelt sich um einen Truppentransporter. Er ist unbe-

waffnet, wird aber von einem mit Kanonen schwer bestückten Begleitschiff eskortiert. Man befürchtet Torpedo-Attacken deutscher Unterseeboote und Angriffe deutscher Kampfflieger.
Ich bin die einzige Frau an Bord. Die jungen Leutnants versuchen sich im Hofieren zu überbieten, aber sie bleiben immer absolut korrekt und auf Distanz. Natürlich stehen auch wir und die andern paar Passagiere, die das Glück gehabt haben, mitgenommen zu werden, unter militärischem Kommando. Ivor meint, er komme sich vor wie in einem kitschigen Film. Die Offiziere trachten danach, uns alle nur möglichen Annehmlichkeiten zu verschaffen. Zum Ruhen ziehen wir allerdings die Liegestühle auf Deck vor, denn in den engen Kajüten mit Schlafstellen übereinander ist es kaum auszuhalten.
Hohes Fieber befällt mich. Ausgerechnet vor der Ankunft in Suez. Ob die Ursache das eintönige Essen oder die Getränke sind, lässt sich nicht bestimmen, denn ein Arzt ist nicht an Bord. Ein Sanitätsmaat plündert die Schiffsapotheke und füllt mich mit Aufputschmitteln und unzähligen Tabletten gegen alle möglichen Übel ab.
Ich lasse alles willig mit mir geschehen. «Nur nicht auffallen!» hat Ivor gesagt, «die lassen keine Kranken an Land.» Völlig gerädert schleppe ich mich an seinem Arm über den Kai. Kaum haben wir jedoch festen Boden unter den Füssen, kommen zwei gutaussehende englische Offiziere in knielangen Khakihosen auf uns zu. Sie bitten uns mit untadeliger Haltung und Gesten, die keinerlei Widerrede zulassen, mitzukommen. «Nun ist alles vorbei», denke ich laut, «du wirst sehen, die sperren mich in Quarantäne.» Ivor drückt meinen Arm wie immer, wenn er mich beruhigen will, aber selbst keine schlüssige Antwort weiss. Statt in Quarantäne nimmt man uns ins Verhör.
Man gibt uns, wiederum sehr höflich, zu verstehen, dass wir als Nazispione denunziert worden seien.
Nazispione, wir? So etwas Absurdes! Wer kann ein Interesse haben, uns ans Messer zu liefern für nichts?
Sam! Niemand anders als Sam, mein Ex-Mann, ich bin ganz sicher. Ivor und ich werden getrennt vernommen, ich vom älteren, Ivor vom jüngeren Offizier.

Obwohl mir speiübel ist vom Fieber und fast noch mehr von Sams Niedertracht, zwinge ich mich, gefasst und ruhig die Fragen zu beantworten und den Verdacht als Farce zu entlarven. Nach dem kurzen Verhör kommen wir alle vier zusammen. Wie als Entschuldigung für das unangenehme Intermezzo laden uns die beiden Militärs zu einem Apéro nach ihrem Dienstschluss ein. Bei einem doppelten Whisky für die Männer und einem Dry Martini mit grüner Olive für mich erfahren wir, dass es sich bei den beiden Offizieren um Onkel und Neffe handelt. Während dieser entspannten Unterhaltung kann ich sie restlos davon überzeugen, dass wir verleumdet worden sind – die Opfer meines geschiedenen Mannes.

> Herbst, Die Zeit der Schnitzeljagden der Reiterei. Die Zeit der Empfänge, Reitturniere und Parties. Für mich war es ein besonderer Herbst. Ich hatte mich glänzend von der Geburt von Mercedes, meiner ersten Tochter, erholt, so dass ich am Empfang der Schnitzeljagd-Reiter teilnehmen konnte. Lydia, unsere damalige Hausperle, half mir und meinen Freunden, das Buffet und die Tische herzurichten. Das Fest fand jeweils auf einer Wiese im St. Jakob statt.
> Körbe voller Weinflaschen wurden auf den Tischen gruppiert, belegte Brötchen und heisse Würstchen. Alles war vom exklusiven Basler Reitklub organisiert worden, in den nur Reiter und Reiterinnen aus unseren Kreisen aufgenommen wurden. Bei diesen Vorkehrungen wurde meine Mutter ziemlich ignoriert, so schien es mir jedenfalls, aber das hinderte sie nicht, sich als Gastgeberin aufzuspielen: «Diane, ich finde, auf die kleinen Tische sollte man ebenfalls Gläser und Wein stellen, die kalten Platten und den Rest auf die langen Tische.» Ich tat es, dem Frieden zuliebe.
> Wir waren alle sehr gespannt, wer die Schnitzeljagd gewinnen würde. Im Stillen wusste ich es. Sams Ehrgeiz liess kaum zu, dass ein anderer ... Als ob sie meine Gedanken erraten hätte, sagte Mama wie zu sich selbst: «Sam wird gewinnen – da verliert jeder seine Wette, der anders denkt.»

«Da kommen sie!» riefen alle durcheinander. Sam an der Spitze, den Fuchsschwanz an die Schulter geheftet. Zum Glück gab es keine richtigen Schnitzeljagden mehr bei uns, an denen ein Fuchs tatsächlich gehetzt und getötet wurde. Neuerdings verbarg sich der Reiter, der den Fuchs darzustellen hatte, im Wald oder auf einem Feld. Den Fuchsschwanz hatte er an der Schulter montiert, und wer ihn ihm entreissen konnte, war Sieger der Schnitzeljagd.
Sam hielt kurz vor Mama und mir an. Er sprang vom Pferd, einer herrlichen Fuchsstute, die ihm Mama zum Geburtstag geschenkt hatte. Er sah sehr gut aus in seinem Reitdress, dem roten Frack, den weissen Hosen und hohen, schwarzen Stiefeln und dem Zylinder auf dem Kopf. Er war erhitzt und sah jugendlich unternehmungslustig aus. Seine Augen funkelten vor Stolz und Freude. Er küsste Mama auf die Wange, dann kam er zu mir, beugte sich zu mir herab und gab auch mir einen flüchtigen Kuss. Alle umringten ihn, den Sieger des Tages.
Seit der Geburt von Mercedes hatte ich das Gefühl, mich verjüngt zu haben. Ich war schlank wie früher, trug ein Kostüm in herbstlichen Farben und ein keckes grünes Hütchen mit einer Fasanenfeder. Ich kam mir richtig chic und jung vor. Die Komplimente der andern halfen mir, meinen Minderwertigkeitskomplex zu verdrängen, der sich immer dann meldete, wenn ich mit Mama auftrat. Sie war ja immer der strahlende Mittelpunkt.
Aber heute war sie es nicht. Eine Rivalin war aufgetaucht, eine hervorragende Reiterin, die Zweite der Schnitzeljagd wurde. Ich hatte vernommen, dass sie schon vor meiner Heirat unsterblich in Sam verliebt gewesen war. Sie war somit nicht nur meine Konkurrentin, sondern auch die meiner Mutter. Und weil sie in der anderen die grössere Nebenbuhlerin sah, setzte sie alles daran, sie auszustechen. Die beiden Frauen wichen sich aus, und Sam genoss es, zwischen ihnen hin und her zu pendeln.

Unsere Domestiken und Chauffeure waren dabei, die leeren Körbe und Flaschen in den Autos zu verstauen, als mir ein junges Ehepaar auffiel, das ich noch nie gesehen hatte. Er war blond und gross und sehr gut aussehend in dem knapp sitzenden Reitdress, sie noch sehr jung und auffallend hübsch. Die beiden standen ziemlich verlassen herum, wagten es aber schliesslich doch, sich uns zu nähern und stellten sich vor. Meine Schwester Jenni nahm mich zur Seite: «Die?» Sie dehnte das Wort in einem Ton, als hätte man ihr eine tote Maus vor die Füsse geworfen. «Wo kommen wir noch hin, wenn man anfängt, solche Aussenseiter aufzunehmen, auch wenn sie noch so wohlhabend sind?»

Nach Hause zurückgekehrt, überlegte ich mir, ob dieses reiche Ehepaar nur deshalb in unseren Kreisen nichts zu suchen hatte, weil es keine alteingesessenen Basler Bürger waren und keinen der wohlklingenden Namen hatten. Waren sie deshalb weniger wert, weniger gebildet und weniger vornehm als wir, weil sie keinen Stammbaum bis zurück ins 12. Jahrhundert nachweisen konnten?

Ich wusste bereits genug über unsere Gesellschaft, ihre Redensarten, ihre Allüren und Ansichten. Von Kind auf war ich eine gute Beobachterin gewesen, ich verglich und zog Schlüsse. Unser Weg zur Privatschule führte die Gartenstrasse hinunter. Am Albanring bog man in die Hardstrasse und kam zum Sevogelplatz. An der Kreuzung traf man die Schüler gemischter Klassen, Buben und Mädchen, die in die Sevogelschule gingen. «Die Schule der Proletarier», sagte Mama. Auf diesem Platz gab es einen Brunnen, und man musste fürchten, angespritzt zu werden von den aufgebrachten Sevöglern. Man hasste sich gegenseitig, wie Kinder sich nur hassen können. Oft kam es zu Schlägereien, in jedem Fall riefen wir uns gegenseitig unflätige Wörter zu und beschimpften uns nach Herzenslust. «Sauvögler, arme Teufel, Dreckschweine», war unser Vokabular, und sie schrien herüber: «Affenschüler, glaubt ihr, ihr seid besser als wir?»

Wir hatten immer Angst vor ihnen. Ich auf jeden Fall, denn ich war ein schreckhaftes Kind, und niemand hatte mich gelehrt, die Ellbogen zu gebrauchen. Man brachte uns in erster Linie gute Manieren bei, Sprachen, Geschichte, Schreiben. Und Rechnen, aber nur theoretisch; doch wie man mit Geld umgeht, hat man mir nie beigebracht. Mit unseren gleichaltrigen Basen und Vettern gaben wir uns oft als arme Kinder aus. Denn die hatten es nach unserer Meinung viel lustiger. Sie wurden nicht von Gouvernanten gequält, mussten keine Handschuhe tragen und nicht wie wir auf die Schuhe achten, die uns Lakaien lackierten und polierten. Wir machten uns absichtlich die Hände schmutzig, strichen uns gegenseitig Dreck ins Gesicht und auf unsere Kleider und versuchten, wie sie zu sprechen. Es gelang uns nicht, wir hätten in Lumpen gehen können, und wir wären trotzdem aufgefallen als das, was wir eben waren, Kinder der Basler Patrizier.
Und doch waren wir unehrlich, sagen wir es krasser: verlogen. Ich erinnere mich an eine von Mamas hinterlassenen Tagebucheintragungen:
«Sam hat sich in Uniform für mich — für mich ganz allein — malen lassen. Diane weiss nichts davon. Bei Gelegenheit werde ich es ihr mitteilen. Ein Krach mit ihr mehr oder weniger, was macht das schon aus ...»

An einem Ball war es, den Mama in ihrem Haus Amsterdamer Hof zu Ehren der «Scala di Milano» gab, die gerade in Basel gastierte. Mama hatte eigens zu diesem Zweck eine Tanzkapelle aus Paris engagieren lassen. Die Stimmung war, für unsere Verhältnisse jedenfalls, ausgelassen. Als das Büffet eröffnet worden war und die Band pausierte, sassen wir überall herum, sogar auf der breiten Treppe, die zum ersten Stockwerk führte.
Der Porträtist John Quincy Adams kam mit einem prallgefüllten Teller voller Schlemmereien und zwei Gläsern Champagner auf mich zu: «Komm, Kindchen, setzen wir uns da in diese Ecke», sagte er, «zum Tanzen eigne ich mich nicht.» Wir liessen uns genau gegenüber

der Treppe auf einer Holzbank nieder. Von hier aus sah man rechtwinklig auf eine grosse Standuhr, von der ich als Kind immer dachte, dass sich in ihrem Pendelkasten die Geisslein vor dem Wolf versteckt hatten.
Wir prosteten uns stumm zu.
«Das Porträt deines Mannes, Mädchen, wurde gerade noch rechtzeitig fertig...»
«...das Porträt von Sam?» Ich war verwirrt.
«Mein Gott! Jetzt habe ich mich verraten. Es sollte vielleicht eine Überraschung sein?»
Mir schien sich der Hals zuzuschnüren. «Was ist los, Frau Diane, Sie sind ganz blass geworden?» Er hielt einen Augenblick inne. Dann sagte er: «Also habe ich mich doch nicht getäuscht, als die beiden, ich meine Ihre Frau Mama und Ihr Herr Gemahl, immer...»
Ich lehnte mich an den unschuldigen Maler und brach in Tränen aus. Ich erinnerte mich später an eine andere Stelle von Mamas Tagebuch:
«John Quincy kam neulich zu meinem Ball im Amsterdamer Hof. Ich beobachtete, wie er sich längere Zeit mit Diane unterhielt. Ich hatte ihn gebeten, vorerst nichts von dem Porträt von Sam zu sagen. Ich frage mich aber jetzt, ob er es nicht vielleicht doch getan hat, denn Diane schien sehr verstört zu sein. – Das Bild hängt über meiner Couch. Ich habe es Sam gezeigt, als wir während des Balls hinaufgingen. Natürlich schlossen wir uns ein, aber Diane folgte uns und hämmerte an die Tür, bis Sam sie hereinliess. Dabei entdeckte sie sein Bild. Und darunter stand eine Vase mit gelben Rosen, Sams Lieblingsblumen. Am nächsten Morgen erfuhr ich von Sam, dass Diane ihm eine fürchterliche Szene machte. Der arme Bub!»

4. Kapitel: Luxus um jeden Preis

Die Fahrt nach Palästina war entsetzlich. In Suez endete unsere Schiffsreise. Wir hatten uns von der Besatzung verabschiedet. Die Matrosen bedauerten lachend, dass sie nun auf ihr Maskottchen verzichten müssten, und der Kapitän gab uns ein paar sehr nützliche Tips: «Il faut toujours savoir le truc», sagte er, zwinkerte uns dabei zu und schüttelte uns die Hand. Wir fanden ein kleines Hotel. Klein hätte es gern sein dürfen, aber es war schäbig, schmutzig und unappetitlich, eine Absteige für Gestrandete. Wir teilten das Haus mit Heizern, zahnlosen Ganoven und undurchsichtigen Gestalten. Wir durften unsere kleine Habe niemals aus den Augen lassen. Wir hatten keine andere Wahl. Aber wovor flohen wir eigentlich? Was hatten wir verbrochen? Vorschriften und Bestimmungen änderten von einer Stunde zur andern. Ein fehlender Stempel, ein überholter Sichtvermerk führten die «Delinquenten» unweigerlich ins Gefängnis.
Mit einem dreiachsigen, rumpeligen Auto, einem Bastard aus Bedford, Mercedes und Jeep, wurden wir im Zickzack durch die Wüste chauffiert. Ich glaube, diese Taxifahrt hat Ivor ein Vermögen gekostet, aber hätte er sich geweigert zu bezahlen, wären wir in Palästina niemals angekommen.
Vier Jahre werden wir nun in Palästina verbringen und in Ägypten, wo ich viele Verwandte habe. Meinem Vater gehörte vor dem Ersten Weltkrieg eine Baumwollfirma in Alexandrien, die jetzt weitläufige Vettern führen. Zu ihnen gehört die Familie von Planta. Sie ist gleichzeitig verwandt mit Sam. Aber gottlob reichen Sams Racheakte nicht bis hierher. In Palästina fühle ich mich wohl, man lebt wie in einer einzigen glücklichen Familie.
Mit Hilfe von Freunden finden wir ein Haus, das wir sofort in Miete übernehmen können. Mit ihnen besprechen wir auch alle anstehenden Probleme bei einem türkischen Kaffee auf unserem kleinen Balkon. Mary Weinberg ist uns eine besonders grosse Stütze. Sie hat angerufen und holt sich die Einwilligung ein, für uns auf einer Auktion Silberwaren zu kaufen.

Schreiner Katzburg hat versprochen, uns einen Kaninchenstall zu bauen. Am Gartentörchen befestigt er gerade ein Gitter, damit Lumpi, unser tibetanischer Schnauzer, nicht ständig ausreisst. Wir haben ein sehr fleissiges, arabisches Dienstmädchen eingestellt. Es wohnt bei uns in der kleinen Mansarde, kocht sogar europäisch und hilft mit im Haushalt.
Aber wovon sollen wir eigentlich leben? Ivor weicht meinen diesbezüglichen Fragen aus mit der Bemerkung, es werde schon alles geregelt. Eine Zeitlang können wir uns mit dem Geld aus der Auflösung von Ivors Wohnung in Luxor über Wasser halten. Seit unserer Ankunft in Jerusalem hält er nach einer Beschäftigung Ausschau, versucht, in der Filmbranche, die seine Domäne ist, Fuss zu fassen. Umsonst.
Es stellt sich heraus, dass der Transfer von Devisen aus dem von den Deutschen kontrollierten Europa hierher schwierig oder ganz unterbunden ist. Jedenfalls äussert Ivor Befürchtungen, seine Wiener Konten könnten blockiert sein. Ein regelmässiges Einkommen haben wir nicht, und nun scheinen auch die andern Quellen zu versiegen.
Ich schreibe in mein Tagebuch: «Die Situation ist für uns beide schwer. Ivor hat noch immer keine Verdienstmöglichkeit. Mir macht es schwere Sorgen, über die Verhältnisse zu leben, so viel Geld auszugeben für Dienstmädchen, Haus und Garten, als ob wir uns das alles leisten könnten. Ivor scheint ruhigere Nerven zu haben und liest sehr viele Kriminalromane. Ich schweige, leide aber unter den Umständen. Ich würde lieber sehen, wenn wir, bis das Finanzielle geklärt ist, bescheidener und der Lage angepasster leben würden. Aber das wird als ‹schweizerisch-schottisch› angesehen.»
Es kommt zu Differenzen zwischen ihm und mir. Die Spannungen wachsen und häufen sich. Schuld daran ist unsere ungewisse Zukunft, sicher. Aber mich plagt noch ein ganz anderer Schmerz – Ivors Untreue. Ja, ich habe es mir bisher nie eingestanden, aber es gibt keinen Zweifel: Ivor hat zwar keine feste Freundin, aber viele Freundinnen, denen er hofiert und wohl mehr als nur das. Wenn es zu Konflikten zwischen mir und einer unserer Bekannten kommt, dann wird er grob gegen mich und will nicht im geringsten zu mir stehen. Wenn Ivor mich lieben würde, könnte ich ihm alles sagen, was mich

betrübt, aber er würde nur schimpfen und alles auf die leichte Schulter nehmen. «Eifersucht wurzelt nicht im Verstand, sondern in der Natur dessen, der leidenschaftlich liebt und Stolz empfindet.» Wo habe ich dieses Zitat gelesen, das so sehr auf mich zutrifft?
Die Sekretärin aus einem Filmstudio holt Ivor mit einem Auto ab. Er will dabei sein, wenn in Hebron Felachenfrauen gefilmt werden, die Trockenmilch als Vorräte herstellen. Eine Art verdickte Milch, die wie Joghurt schmecken soll, wird in dünnen Stoff gewickelt, getrocknet und im Boden vergraben. In der trockenen Saison, wenn es keine Milch gibt, wird der Klumpen hervorgeholt und mit Steinen zu Pulver zerrieben, das, mit Wasser verdünnt, wieder zu Milch wird.
Überhaupt geht Ivor oft schon am frühen Morgen ohne einen Gruss weg und bleibt bis in die Nacht fort. Ich treffe mich mit Dr. Ernst Katzer, einem tüchtigen Anwalt, in dessen Kanzlei. Wir wollen mein Testament aufsetzen, denn ich will meine Sachen nun selber in Ordnung bringen, wer weiss, was alles geschehen wird.
Ivor kommt mit der überraschenden Mitteilung, einen Job in der Filmabteilung des «Public Information Office» in Aussicht zu haben. Ein Hoffnungsschimmer? Ich nehme mir vor, nett zu ihm zu sein und ihm keinesfalls durch Zweifel oder Sorgen zu schaden. Am Abend reden wir sehr ruhig miteinander. Ich erkläre, dass wir im Vergleich zu den Menschen hier, die sehr zurückhaltend und bescheiden leben, nach aussen im Luxus schwelgen. Unsere Einladungen und Parties im Hotel «King David» passten schlecht zur Tatsache, dass er, Ivor, noch kein einziges Pfund Einkommen nach Hause gebracht habe. «Deine Gründung einer Filmagentur, die Anstellung einer Schreibkraft, verschiedene missglückte Geschäfte – das alles scheint mir unheimlich, denn nach meiner Ansicht muss unser Geld bald zu Ende sein.»
Er ringt nach Luft und bricht zusammen. «Ich will Schluss machen, Selbstmord!» stammelt er und mutet mir zu, ihm dabei zu helfen. Dann quillt es gleichsam aus ihm heraus: «Wir sind bis auf 300 Pfund pleite!»
Am meisten bedrücke ihn, sagt er, dass er vor unserer Abreise seine Bankkonten in Luzern aufgehoben habe. Zudem schul-

de er einer Bekannten tausend Franken; sie liege, wie er gerade erfahren musste, mittellos im Spital in Bellinzona.
«Für dich ist gesorgt, du siehst noch gut genug aus, besitzest etwas Schmuck, kannst arbeiten und dich mit dem Ersparten nach Ägypten oder in die Schweiz absetzen. Mit mir hingegen ist das Leben unmenschlich umgegangen. Darum will ich Schluss machen. Ich habe für niemanden zu sorgen, auch wenn jetzt in Bellinzona ein Kind zur Welt kommt.» Ist das ein Geständnis? Hatte Ivor mit jener «Bekannten» ein Verhältnis, das nicht ohne Folgen blieb?
Ich erstarre innerlich. Meine Welt bricht zusammen. Ich habe Angst um ihn, aus Mitleid, aus Liebe.
Diese Nacht schlafe ich keine Minute und bin froh, dass der Tag anbricht, obwohl ich in mir eine bleierne Schwere fühle.
Ivor benimmt sich so, als wäre nichts vorgefallen. Er lädt mich in das Filmstudio ein und zeigt mir auf dem Schneidetisch einen fertig montierten Propagandastreifen über Trockenmilch.
Mit uns geht es finanziell immer mehr bergab. Wir haben unser Klavier verkaufen müssen, das eigentlich in einen ordentlichen Haushalt gehörte. Das Geld ist rasch aufgebraucht. Ich gebe meinen Schmuck her zu einem Preis, der nur einen Bruchteil ausmacht von seinem eigentlichen Wert. Als ich nichts mehr zu veräussern habe, opfert Ivor sein goldenes Halskettchen. Seine halbe Münze, unsern Talismann, trägt er fortan im Portemonnaie, das ansonsten leer ist.
Ich muss arbeiten, aber was? Ich habe nichts gelernt, was in der Praxis von Nutzen sein kann. Ein Zufall kommt mir zu Hilfe. Bei einem «Türkischen» mit Rachel Blau, der Besitzerin eines Pelzgeschäfts, kommt meine Figur zur Sprache. Auch Rachel weiss natürlich, dass ich nicht mehr auf Rosen gebettet bin. Sie schlägt mir vor, es als Mannequin zu versuchen. Ich finde die Idee absurd, aber ich verspreche ihr, darüber nachzudenken. Auch andere Freunde beginnen sich Sorgen um uns zu machen. Die Rosenbergs aus Tel Aviv holen uns zum Wochenende mit ihrem Auto in Jerusalem ab und laden uns bei sich zum Essen ein. Als wären wir unterernährt, lassen sie uns von ihrer Köchin, die sie aus Wien mitgebracht haben, verwöhnen. Als Entrée werden delikate Würstchen in hausge-

machtem Blätterteig gereicht. Dann folgt eine riesige Schüssel mit Salat aus Sauerkraut, Tomaten, Fenchel und schwarzen Oliven. Sodann werden panierte Leberschnitten mit Bratkartoffeln an Zwiebelsauce und Rübengemüse aufgetragen. Ivor und ich glauben, das sei's nun gewesen. Aber nein, die Pièce de résistance kommt erst noch: Rindsbraten mit Kartoffelplätzchen. Damit nicht genug, werden nach dieser übersättigenden Schlemmerei noch eine Crème brulée mit Schlagrahm und zweierlei Torten, Vacherin und Schwarzwälder, serviert. Und das alles in Kriegszeiten, wo man für jeden Schnittlauch Schlange steht und alles sündhaft teuer ist.
Die Sache mit dem Mannequin muss ich mir nicht lange überlegen. Ich habe keine andere Wahl. Ivor ist zunächst skeptisch und fürchtet das Gerede der Leute. Doch dann sieht er angesichts unserer sonstigen Ausweglosigkeit nicht mehr so schwarz. Er selbst kann zu unserem Lebensunterhalt nichts beitragen. Obwohl er zwischen Jerusalem und Haifa, Tel Aviv und Amman hin und her reist und angeblich jeder Art von Geschäften nachrennt, sehe ich nie ein einziges Pfund.
Rachel Blau freut sich aufrichtig über meinen Entschluss, bei ihr als Mannequin einzusteigen. Sie zeigt mir Tricks und gibt mir Tips, wie ich einen Pelzmantel am vorteilhaftesten zur Schau tragen soll. Rachel selbst ist ziemlich korpulent, und wie sie dann mit ihrer gespielten Grazie durch den Vorführraum schwebt, müssen wir beide herzlich lachen.
Freilich ist das keine Beschäftigung für alle Tage, denn in einem Pelzgeschäft geben sich selten die Kundinnen die Türklinke in die Hand. Aber immerhin habe ich das Geld fürs Nötigste. Trotzdem müssen wir unser Dienstmädchen entlassen, was Ivor noch mehr zu bedauern scheint als ich. Er, der egoistisch seine Freiheit über alles liebt, und ich, die ihm völlig ergebene Ehefrau, wir leben uns immer mehr auseinander.
Immerhin beruflich kann ich einen Erfolg buchen. Bei Rachel Blau werde ich Pelzverkäuferin, somit bin ich vollbeschäftigt. Ich werde weiterhin Mäntel vorführen. Das macht mir mit der Zeit sogar richtig Spass, was sich auf die Kauflaune der Kundschaft abzufärben beginnt. Als ich einmal nach der Vorführung vor zwei jungen Frauen gerade den fünften oder sechsten Mantel abgelegt habe, gratuliert mir Rachel: «Fabel-

haft haben Sie das gemacht, Diane, sie haben alles gekauft.»
Und fast beiläufig fügte sie hinzu: «Übrigens sind die beiden
Damen die Schwestern von König Faruk.»
Aufgrund des Umsatzes erklärt mich Rachel eines Tages zu
ihrer besten Verkäuferin, ein Kompliment, das mir guttut. Im
Ladengeschäft habe ich bereits einige Umstellungen vorgeschlagen, die sich als vorteilhaft erweisen. Vor allem die Änderung in den Schaufenstern wird jetzt von der Konkurrenz kopiert. Bisher waren die Auslagen lieblos hineingepfercht, man
wollte den Passanten gleich alles zeigen. Ich wähle ein einziges
Stück aus und drapiere es mit elegantem Faltenwurf als alleiniges Ausstellungsstück pro Schaufenster. Das lässt das Etablissement sofort exklusiv erscheinen.
Und nun werde ich auch noch abgeworben. Ein steinreicher
Pelzhändler aus Ägypten mit einem riesigen Solitär an beiden
kleinen Fingern will neben dem Grosshandel mit Fellen ein
eigenes Pelzmodegeschäft in Kairo eröffnen. Wahrscheinlich
auf verschlungenen Pfaden ist er auf mich aufmerksam gemacht worden. Jedenfalls hat er im «King David» Kontakt
mit mir aufgenommen. Mit einer vollendeten Verneigung ist
er an unseren Tisch getreten und stellt sich als Hassan Abdelhadi vor. Ich bin froh, dass Ivor dabei ist, sonst hätte man die
Situation leicht als «Aufforderung zum Tanz» missdeuten
können.
«Ich habe Ihnen einen Vorschlag zu machen, Madame et
Monsieur,» sagt er mit einer Stimme, die eigentlich zu hoch
ist, um zu seiner Körperfülle zu passen. Auf Ivors Zeichen
setzt er sich zu uns, knöpft sich die Jacke auf und bestellt sich
einen Rémy Martin und eine Zigarre. Er sei viel herumgereist
und habe sich hier und dort umgeschaut, wie ein Pelzgeschäft
der Luxusklasse aussehen könnte. Er sei nun aber unschlüssig
und habe wohl auch nicht die Begabung, die es für die Einrichtung eines derartigen Ladens brauche. Es sei die Handschrift einer Frau nötig, die die Innenausstattung für ihresgleichen entwerfe. «Ich habe an Sie gedacht, Madame.»
Er verneigt sich wieder leicht und fährt, da wir keine Anstalten machen, ihn zu unterbrechen, fort, seinen Plan weiter zu
entwickeln. Er nennt uns Lage und Grösse des zukünftigen
Geschäfts und für die Innenarchitektur eine Summe, die ei-

nem Blankoscheck gleichkommt. Für mich soll ein Honorar herausspringen, für das ich drei Jahre Pelzmäntel vorführen müsste. «Voilà, Madame, hier ist ein Vertragsentwurf, der Ihnen freie Hand garantiert.»
Der Bursche hat an alles gedacht, geht es mir durch den Kopf. Ich rechne mir aus, dass der Hinauswurf aus unserem schönen Mietshaus und der Umzug in eine schäbige Wohnung fürs erste abgewendet wäre. Vielleicht könnten wir uns wieder ein Dienstmädchen leisten und ein Klavier ... Ich sage ihm, dass das Angebot ein ehrenvolles sei. Diese Äusserung und Ivors beifälliges Nicken nimmt er bereits als Besiegelung des Handels, schnippt mit den Fingern und bestellt Champagner. Ich stehe vor einer Entscheidung, die verhängnisvoll sein kann. Einerseits lockt der Reiz einer bürgerlichen Karriere als Innenarchitektin und die Aussicht, dass wir finanziell über dem Berg sind. Andererseits muss ich mich von Ivor trennen, denn er bekommt keine Einreiseerlaubnis für ein arabisches Land. Das Alleinsein würde ihm sicher leichter fallen als mir, denke ich. Denn ich habe längstens bemerkt, dass er neuerdings mit einer wohlhabenden Jüdin ein Verhältnis hat, die ihm Geld geben muss, denn anders kann ich mir seinen nach wie vor verschwenderischen Lebenswandel nicht vorstellen. Er hat nun einmal diesen Charme, auf den alle Frauen fliegen, die Fähigkeit, sich hochintelligent über jede Belanglosigkeit zu unterhalten und vor allem die Dreistigkeit, die «Chuzpe», wie man hier sagt, sich von ihnen dafür in irgend einer Form zahlen zu lassen.
Als «Homme à femmes» macht er das Sexuelle zum Massstab seines Denkens, während mir das Geschlechtliche nicht viel bedeutet. Möglicherweise, überlege ich mir immer wieder, ist diese Differenz der Schlüssel zu Reibereien, die mein Verhältnis zu Sam, meinem ersten Mann, belasteten.

> Es war die Nacht nach der Doppelhochzeit meiner Schwester Jenny mit Edi und Sam mit mir. Ich hatte mich bereits in unsere Suite des Grandhotels zurückgezogen und sass auf dem Stuhl vor dem Schreibtisch. Ich grübelte: Man sagt so vieles über die Hochzeitsnacht. Ich wusste, dass es etwas gibt, worüber man nicht redet

und doch soviel Aufhebens macht. «Es» sei Liebe, «es» gehöre dazu, «es» sei das schönste Erlebnis einer Frau. Warum hatte ich Angst davor? Zu Hause hatte ich nichts darüber erfahren, schon gar nicht von Mama. «Die Liebe kommt erst, wenn du einmal verheiratet bist», hatte sie mir bei der Verlobung prophezeit. Aufgeklärt zu werden, nein, das gehörte nicht zum guten Ton, nicht zu unserem Umgang. Aber jetzt, in dieser Minute, hätte ich alles darum gegeben, mehr zu wissen. Sam war in der Tür erschienen. Er blieb stehen. Er lächelte: «Warum bist du nicht zu Bett gegangen?» Er kam näher und blieb wieder stehen. «Komm!» befahl er und zog mich zum Bett. Er drückte mich an sich, aber als er mich wieder frei gab, eilte ich um die Betten herum und schlüpfte in jenes, das weiter wegstand. Sam löschte die Zimmerbeleuchtung und knipste die Nachttischlampe an. Das war's.
«Ich habe das Gefühl, du kommst direkt aus dem Kloster und fürchtest dich vor einem Mann», sagte er und kroch ebenfalls unter die Decke. Nun lag er neben mir. Seine Hände glitten über meinen Körper. Ich wagte nicht, mich zu rühren.
Er schlug seine Decke zurück, kroch zu mir herüber. «Du bist schön, Diane, dein Körper ist wunderbar», flüsterte er und streifte mir das Nachthemd vom Körper. Er drückte mich an sich. Er war nackt. Er legte sich auf mich. Er fing plötzlich an zu zittern. Jetzt bekam ich Angst vor ihm. Er löste sich von mir. Ich war wie erstarrt. Er stöhnte laut. Sein Zittern hatte aufgehört. Er sagte etwas wie «Verzeih!» und drehte sich zur andern Seite. Ich lag da wie eine Puppe aus Wachs, gefühllos, regungslos. Ich wusste nicht, was ich zu verzeihen hatte. Wir trafen am nächsten Morgen Jenny und Edi in der Hotelhalle. Ein strahlendes Paar. Sie sassen eng umschlungen. Die Begrüssung war herzlich, Edi schaute auf seine Uhr und fand, dass es an der Zeit sei, einen Apéro zu bestellen. Er rief den Kellner für einen trockenen Sherry und folgte Sam zur Kasse, um die Rechnungen zu begleichen.

Jenny sah mich fragend an, als wollte sie wissen, wie ich die Hochzeitsnacht verbracht hatte.
«Nun?»
«Was soll ich sagen, Jenny?»
«Wir sind doch Schwestern, mir kannst du alles sagen. Warst du glücklich? Ich meine ...»
Ich sah Jenny an und spürte, wie mir das Blut in den Kopf schoss. Jenny legte ihre Hand auf meinen Arm: «Weisst du, auch ich war befangen und – nun ja, es tut weh. Aber Edi war so süss, so gut zu mir, so unendlich lieb, er streichelte mich behutsam, küsste mich, liebkoste mich. Es war schön, schrecklich schön, und auch ich konnte ihn lieben.»
Meine Schwester war glücklich. Sie hatte die körperliche Liebe erlebt ohne Angst und Scheu wie ich. Sie hatte sich Edi ganz hingegeben. Ich hingegen war zutiefst enttäuscht. Nun kam zu der Enttäuschung noch das bohrende Gefühl, versagt zu haben. Ich war froh, dass der Kellner mit dem Sherry kam.

Der Flug nach Kairo ist entsetzlich. Man fliegt in einer winzigen, zweimotorigen Kiste, die Nieten an den Flügeln scheinen zu klappern. Aber man muss dankbar sein, im Krieg und in diesem politischen Spannungsfeld des Nahen Ostens überhaupt einen Platz in einem Flugzeug ergattern zu können. Noch beschwerlicher wäre freilich der Landweg, weil die Strassen schlecht und unsicher sind. Welche Route der Pilot nahm oder nehmen musste, weiss ich nicht. Jedenfalls landen wir mit grosser Verspätung auf dem Flugplatz von Kairo.
Wieder einmal bin ich in Ägypten. Herr Hassan Abdelhadi holt mich persönlich ab. Dass er ungebührlich lange auf mich hat warten müssen, scheint er als selbstverständlich hinzunehmen. In seiner Begleitung befindet sich ein junger Araber in europäischer Kleidung, der mir als mein Assistent vorgestellt wird: sein ältester Sohn Magdi, eine Prachtsausgabe mit feurigem Blick. Der Chauffeur des weissen, offenen Rolls Royce öffnet den Wagenschlag und fährt uns in das überschäumende Leben der Stadtmitte.
Die beiden Abdelhadis begleiten mich in die Halle des «Hotels

Nil», und der Vater entschuldigt sich zum vierten Mal: «Ihre Wohnung ist leider noch nicht ganz bezugsbereit, Madame, ich bitte Sie deshalb, für ein paar wenige Tage mit der Unterkunft in diesem bescheidenen Haus Vorlieb zu nehmen.» «Bescheiden» ist schon etwas sehr untertrieben, immerhin belege ich eine Suite mit zwei grosszügig angelegten Räumen, einer Terrasse mit Blick auf den träge dahinfliessenden Nil und einem Bad in jadegrünem Marmor und goldenen Armaturen. Eine schwarze Etagenfrau, die in ihrem weissen Rock und mit einem weissen Häubchen noch schwärzer scheint, hat sich meines Gepäcks angenommen, verstaut die Kleider und Schuhe sorgfältig in den Schränken und füllt den Toilettentisch mit den Fläschchen und Dosen, Bürsten und Kämmen.

Meine Arbeitgeber kümmern sich rührend um mich, es kommt zur eigentlichen Rivalität zwischen ihnen − wer von beiden ist schneller zur Stelle, um mir den Stuhl zurechtzurükken, wer bietet mir auf der Treppe zuerst den Arm an?

Ich schlafe bei offenem Fenster tief und lang. Gleich nach dem Frühstück, das ich im Wohnzimmer einnehme, wird an die Tür geklopft. Ich werde von Magdi abgeholt. Ich soll die Geschäftsräume anschauen und mit Lieferanten und Handwerkern bekannt gemacht werden. Noch nie in meinem Leben habe ich einem Arbeiter die Hand gegeben, und hier kommen sie gleich dutzendweise.

Von Grundrissen verstehe ich nichts. Dazu habe ich Magdi. Ich betrachte den Laden, der im Rohbau fertig ist, in aller Ruhe und beginne, anhand meiner Erfahrungen bei Rachel Blau in Jerusalem, die Fläche in groben Zügen einzuteilen. Magdi macht eifrig Skizzen und Notizen in arabischer Schrift. Wenn er mich dabei mit blitzblanken Zähnen anlacht, glaube ich, einen Gott vor mir zu haben. Und ich spüre natürlich sofort, dass ich ihm auch nicht gleichgültig bin.

Ich habe Ivor meinen ersten Brief aus Kairo geschrieben und halte endlich seine Antwort in Händen. Ich berichtete ihm von den Fortschritten mit dem Ladenbau, die auch meine Fortschritte sind. Ausserdem äusserte ich meine Bemühungen, unserer Basler Baumwollverwandtschaft aus dem Weg zu gehen. «Das ist gar nicht so einfach. Auf der ganzen Welt trifft sich unsereins in den gleichen Restaurants, den gleichen

Hotels. Also ist die Gefahr gross, dass ich plötzlich vor einem meiner Vettern oder einer meiner Basen stehe. Und bei privaten Einladungen achte ich vorsichtig darauf, herauszufinden, wer ausser mir noch auf der Gästeliste steht. So kann ich der Konfrontation ausweichen.» Weiter ist in meinem Brief davon die Rede, dass mich die Trennung von ihm, Ivor, aufrichtig schmerzt, dass ich wünschte, mit ihm zusammen das Leben hier zu erleben und die Fortschritte meiner Arbeit mitzuverfolgen.
Seine Antwort ist nicht nur schwer leserlich, auch inhaltlich scheint es, er habe sie betrunken geschrieben. Er wiederholt sich, überschreibt Sätze mit dem gleichen Wortlaut, den er darunter gestrichen hat. Irgend etwas kann mit ihm nicht stimmen. Irre ist sicher ein zu hartes Urteil. Er schwärmt von seinen jüdischen Freunden und Bekannten, er fühlt sich in Palästina vollkommen einer der ihren, völlig identifiziert mit ihrem Glauben, ihren Ansichten und Sitten.
In Zürich hingegen benahm er sich protestantischer als die ganze Kirchensynode. Ich bin sicher, dass er beim Vorübergehen an der Wasserkirche zumindest geistig vor Zwingli den Hut zog. Er ist ein Opportunist, wie man sich ihn nicht ausgeprägter vorstellen kann, eine Wetterfahne, die sich mit dem Wind dreht.
In seinem zweiten Brief, der mich wiederum über Umwege erreicht, betont er seine Bemühungen, über konsularische, sogar diplomatische Kanäle zu Papieren zu kommen, die ihm den Eintritt in irgend eine «Military Mission» ermöglichen. In der Tat könnte ich ihn mir als brillanten Berater eines Verteidigungsministers oder Militärattachés lebhaft vorstellen.
Aber ich mache mir keine falschen Hoffnungen. Ivor hat sich eigentlich noch nie ernsthaft um eine Beschäftigung gekümmert – ich meine damit körperliche Arbeit. Er pokert hoch, notfalls mit geliehenem Geld. Und was tue ich, jetzt und in Zukunft? Ich schufte für einen Mann, meinen Ehemann, sorge für unseren Lebensunterhalt, ich, eine Tochter aus allerbestem Basler Hause. Aber ich liebe ihn.
Ich habe meine «Deinstwohnung» bezogen, eine zauberhafte Etage eines palastähnlichen Hauses ganz in der Nähe meiner Baustelle. Schwere Teppiche dämpfen den Schritt auf dem

Parkett, kostbare Damastvorhänge im Rot der Kamelien, meiner Lieblingsblumen, zieren die hohen Fenster und das Portal zur Terrasse, die in einen Garten mit altem Baumbestand hinausführt. Assortiert sind die Möbel und Polstersessel, alles bester englischer Herkunft. Und da behauptet Hassan Abdelhadi, keinen Geschmack zu besitzen. Oder hatte am Ende Magdi seine Hand im Spiel?
Die Eröffnung des Pelzgeschäftes «Abdelhadi Fourrures» wird zu einem Gesellschaftsereignis Kairos erster Güte. Niemand denkt in diesem Augenblick an den Krieg. Alles, was an wirklichem Rang und Namen die in Ägypten ansässige Diplomatie und internationale Wirtschaft repräsentiert, erscheint zu dem Empfang. Bis auf einen Clan: meine eigene Verwandtschaft. Ich habe in Erfahrung gebracht, dass der Familie eine Afrikareise bevorsteht. Durch eine List ist es mir gelungen, das Datum unseres Festes so festzulegen, dass sich die Leute jetzt auf hoher See befinden müssen. Prompt ist eine Absagekarte gekommen, begleitet von einem prachtvollen Blumengebinde für Madam Abdelhadi. Es sind genau die Blüten, die ich für die Einladungskarte und den Pelzkatalog gezeichnet und gemalt habe.
Noch während der Party, bei der Magdi keinen Schritt von meiner Seite weicht, wird von neuen Projekten für Läden in Port Said und Alexandrien gesprochen. Rohpläne und die Bauverträge bestehen bereits. Aber alle weiteren Entscheidungen über Art der Kühlräume, die Gestaltung der Vorführsalons, Verkaufläden und Schaufensterfronten überlässt man mir.
Mit Magdi fahre ich gleich am nächsten Morgen zuerst nach Port Said. Das heisst, ich bin Beifahrerin in seinem Bugatti. Wir plaudern und scherzen unbefangen. Als er bei einer Gangschaltung versehentlich meine Hand berührt, durchzuckt es mich wie ein Blitzschlag. Magdi entschuldigt sich mit seinem unwiderstehlichen Blick. Dass es ihm leid tun könnte, würde ihm kein Mensch glauben.
Unsere Räumlichkeiten in Port Said sind fast noch grosszügiger ausgelegt als die in Kairo. Auch hier skizzieren wir in groben Zügen das Grundkonzept, sprechen über Farben und Linien. Am nächsten Morgen wollen wir zeitig abreisen, weil

hohe Tagestemperaturen zu erwarten sind. Magdi holt in meinem Hotelzimmer die schweren Bündel mit Stoffmustern ab, um sie in seinem Wagen zu verstauen. Wir verlassen beide zusammen das Zimmer, er nimmt mir dienstfertig den Schlüssel aus der Hand, um die Tür hinter uns abzuschliessen. In diesem Augenblick wird auf dem Flur gegenüber geöffnet. Vor uns taucht Cousine Claire auf, eine unserer Baumwollfürstinnen. Starr wie Salzsäulen stehen wir uns gegenüber. Magdi, der die Situation nicht einschätzen kann, grüsst höflich. Claire ist die erste, welche die Fassung wieder findet: «So», sagt sie schnippisch und wirft dabei den Kopf nach hinten, «ist man so früh schon in netter Begleitung?»

Nun ist der Skandal perfekt, denke ich. Die Situation hätte nicht kompromittierender sein können. Aus den Zeitungsmeldungen über die Schiffsbewegungen entnehme ich später, dass irgend ein Bananendampfer mit einem Tag Verspätung und Reiseziel Westafrika ausgelaufen ist.

Claire muss unsere harmlose Begegnung wie ein gefundenes Fressen unter die Leute geworfen haben. Kaum zurück in Kairo, werde ich ins Büro von Abdelhadi sen. gebeten. Es stürmt im Gebälk. Er lehnt sich mit beiden Ellbogen massig auf die Schreibtischkante und schaut mir kühl ins Gesicht.

«Es schmerzt mich in der Seele, aber Sie haben mein Vertrauen aufs schändlichste missbraucht, Madame.»

Ich will alles klären, schnappe aber bloss nach Luft. Höflich abwinkend sagt er: «Ersparen Sie sich Ihre Mühe. Ich bin hinreichend informiert. Unsere Wege werden sich sofort trennen. Geschäft mit Frauen sind ein zu grosses Risiko. Und was meinen Sohn betrifft — er wird arabisch heiraten.»

Die Achse Basel-Kairo hat funktioniert. Aber der Skandal findet nicht statt, jedenfalls nicht in der Öffentlichkeit. Muss ich Hassan Abdelhadi für diese Gnade dankbar sein?

Ich habe von Magdi nie wieder etwas gehört.

5. Kapitel: Flucht nach Paris

Die Rückreise nach Jerusalem erfolgt überstürzt. Es seien dringende familiäre Angelegenheiten, so erkläre ich meinen Freunden die Hast. Ich muss mir das grausame Spiel, das mit mir getrieben wird, gefallen lassen. Die Zeit reicht nicht, um Ivor meine Ankunft brieflich mitzuteilen. Ich versuche es mit einem Telegramm, in der schwachen Hoffnung, es werde den Empfänger erreichen.
Der Heimflug über Zypern ist noch beschwerlicher als die Hinreise, als ich zumindest ein Ziel vor Augen hatte. Jetzt fühle ich mich trostlos, elend, mit einem flauen Gefühl im Magen. Ich versuche etwas zu essen. Doch die Maschine gerät in Turbulenzen, sackt ab und steigt wieder auf wie ein ausser Kontrolle geratener Lift. Ich muss mich erbrechen. Nach der Ankunft in Tel Aviv halte ich nach Ivor Ausschau. Umsonst. Also hat er meine Nachricht nicht erhalten. Ich will gerade ein Taxi herbeiwinken, da höre ich meinen Namen rufen. Myriam Linthberg ist es, eine liebe Freundin und Frau eines Advokaten. Sie lädt mich ein, in ihrem Auto mitzufahren und bringt mich bis vor meine Haustür.
Die Läden sind geschlossen, das Weglein zur Tür ist schmutzig, der kleine Garten ungepflegt. Ivor ist nicht da. Erschöpft lasse ich mich in einen Sessel fallen und versuche, meine Gedanken zu ordnen. Ich muss dabei eingeschlafen sein, denn als ich erwache, ist es Nacht. Ivor ist noch nicht zu Hause. Vielleicht musste er geschäftlich fort, beruhige ich mich und gehe zu Bett, ohne meinen Koffer ausgepackt zu haben.
Am nächsten Tag treffe ich Rachel Blau in ihrem Pelzsalon. Sie ist überrascht und erfreut, mich zu sehen. Ich erzähle ihr von meinem Erfolg bei der Ladeneröffnung in Kairo, doch über die Verleumdung und meine unprogrammgemässe Rückkunft schweige ich. Vielmehr frage ich nach Ivor. «Wissen Sie das denn nicht, Diane? Er ist schon vor vier oder fünf Wochen in irgend einer Mission nach Jugoslawien gereist. Einzelheiten weiss niemand.» Nun habe ich die Erklärung, weshalb ich in Ägypten keine Post mehr von ihm erhielt.

Die Nachricht von meiner Heimkehr muss sich wie ein Lauffeuer verbreitet haben. Die Folge ist aber sehr unerfreulich für mich. Denn man legt mir unbezahlte Rechnungen an Ivor vor, Forderungen von Lieferanten und verlangt die längst überfällige Rückzahlung zahlreicher kleiner und grösserer Darlehen. Mein endgültiger Entschluss steht fest: Ich verkaufe meinen gesamten Hausrat, soweit solcher überhaupt noch vorhanden ist, denn die wertvolleren Gegenstände sind bereits veräussert. Ich handle nicht einmal um den Preis, sondern nehme, was man mir gibt.

Deutschland kapituliert. Die Welt atmet auf und jubelt. Die Zeitungen überbieten sich mit fetten Schlagzeilen. Das ist für mich das Signal: schleunigst zurück nach Europa. Nur alles rasch hinter mich bringen, heisst meine Devise, und dann zurück. Unter dem Strich bleibt so wenig, dass es für die Schiffsreise nach Marseille knapp für eine Schlafstelle in einer Viererkabine auf Zwischendeck und die Bahnfahrt 3. Klasse nach Paris reicht. Ich muss wie ein Dieb in der Nacht Palästina verlassen und an Bord des ziemlich heruntergekommenen Schiffes mit fremden Menschen im gleichen Raum schlafen. Eine entsetzliche Zumutung, aber es ist erstaunlich, wie man über sich hinauswachsen und Unbilden in Kauf nehmen kann, wenn die Not gross genug ist und sie keine andere Wahl lässt.
Während ich in dem schäbigen Aufenthaltsraum, wo Zeitschriften abgegriffen herumliegen, so meinen Gedanken nachhänge, stürzt eine Schar Kinder herein, schreiend, lachend, ausgelassen. Sie sehen ärmlich aus, scheinen aber sorglos und glücklich. Das monotone Stampfen der Maschine hüllt mich in Halbschlaf. Ich lehne im Sessel zurück und denke an meine Kindheit.

> Meine früheste noch lebhafte Erinnerung ist die an meine Grosseltern Van der Meer. Im Winter bewohnten sie den Amsterdamer Hof, in den unsere Familie erst viel später umzog. Den Sommer verbrachten sie auf ihrem Landgut, dem Lindenhof, der ausserhalb Basels am Rhein lag. Ich weiss noch, dass mir die Fahrt

dorthin unendlich lang vorkam, obschon es nur eine Strecke von etwa zehn Kilometern war. Wir fuhren jeweils im zweispännigen Jagdwagen zum Lindenhof. Ein zweites Fahrzeug transportierte die Dienerschaft und das ganze Gepäck. Unser Kutscher trug einen roten Zylinderhut. Er imponierte mir sehr, wenn er die rassigen Pferde um die Kurven lenkte und mit der Peitsche knallte.
Vom Kinderzimmer und der Veranda im ersten Stock des Landhauses sah man auf den Weiher mit vielen Goldfischen und Karpfen. Der Park und das Wäldchen dahinter waren viel grösser als der Stadtgarten vom Amsterdamer Hof. Am äussersten Ende befanden sich die Stallungen für Ziegen, Schafe, Hühner, Kaninchen und zwei kräftige Gäule sowie die Wohnungen für die Domestiken, mit dessen gleichaltrigen Kindern wir manchmal spielen durften, worauf wir uns, meine Schwester Jenny und ich, immer riesig freuten.
Grossvater Van der Meer besass noch ein Stadthaus, in welchem seine Firma untergebracht war, eine grosse Seidenbänderfabrik. Ich muss ungefähr fünf Jahre alt gewesen sein und Jenny drei, als wir ihn mit unserem Kindermädchen Berthe dort besuchten. Er öffnete das grosse Fenster zur Strasse und begrüsste uns herzlich. Berthe erzählte mir später, dass Grossvater in meinem Babyalter gesagt habe, sein grösster Wunsch sei, dass sein erstes Enkelkind im Leben glücklich werde. Sein Vermögen reiche für viele Generationen aus. Wie wenig sollte er recht behalten. Ich kann mich nicht entsinnen, dass Mama je mit uns aufs Land zog, auch Papa nicht, sie hatten immer irgend welchen Geschäften nachzugehen.
Papa besass ein Herrenzimmer. Dort lagen überall Perserteppiche, selbst auf dem Sofa. An den Wänden hingen viele schöne Stiche. In den Ecken standen Madonnenstatuen, die eine von ihnen trug ein Lämpchen, das immer brannte. Papa sagte, das sei das Ewige Licht. Mama betrat diesen Raum nie.
Ich liebte meinen Vater. Er konnte wunderbar erzählen,

Märchen, die ich nie vergessen werde. Manchmal spielte er auf der Geige, er sagte, das sei das einzige Instrument, in das man seine ganze Seele legen könne. Ich verstand ihn nicht. Es gab oft Streit zwischen Mama und Papa wegen der Violine. Einmal hörte ich, wie sie vor sich hin sagte: «Ich kann dieses Geigenspiel nicht mehr hören. Am liebsten möchte ich den Kasten zertrümmern.»

Weil die Strasse vor unserm Haus kaum Verkehr aufwies, erlaubte uns Mama manchmal, Velo zu fahren oder Rollschuh zu laufen, aber immer erst abends nach den Schulaufgaben und dem Üben auf dem Klavier.

Wir hörten, dass unten an der Strasse, im Haus Nummer 12, fremde Leute eingezogen waren. Es war die Familie Menuhin. Mama sagte, der kleine Yehudi sei ein Wunderknabe.

Natürlich waren wir furchtbar neugierig, ein Genie kennenzulernen. Aber das war schwierig, weil wir doch nur unter unseresgleichen verkehrten. Trotzdem gelang es uns, den Wunderknaben zu sehen. Er war, wie wir, auf dem Trottoir und spielte Seilhüpfen. Seine wunderhübschen Schwesterchen schauten ihm aufmerksam zu. Wir lächelten uns gegenseitig an, trauten uns aber nicht, miteinander zu sprechen. Yehudi, so berichtete Mama, habe schon als Vierjähriger sein erstes Konzert gegeben. Die Menuhin-Kinder seien sehr streng erzogen, sie würden jetzt schon mehrere Sprachen sprechen, und überhaupt sollten wir uns ein Beispiel an ihnen nehmen.

Einmal, an einem Sommerabend, gelang es uns, ihn auf seiner Geige spielen zu hören. Die Balkontür von ihrem Salon war weit geöffnet. Jemand begleitete ihn auf dem Flügel. Wir konnten ihn sogar sehen und auch ein Stück des schwarzen Flügels. Die Töne, die zu uns herüberdrangen, waren himmlisch und versetzten uns in eine andere, uns fremde Welt.

Mama kam am Abend kurz ins Kinderzimmer und gab uns einen Gutenachtkuss. Berthe betete mit uns, auf französisch. Am Schluss bat man Jesus, alle zu lieben,

die ich liebe. Das hiess «tout ceux que j'aime». Wir sprachen es aus wie «tusskeschem» und wussten natürlich nicht, was es hiess.
Wir sahen Papa immer weniger, bis er uns ganz verliess. Mama verlangte von uns, dass wir als seinen Stellvertreter Onkel Phil akzeptierten. Er kam täglich zu Mama. Wenn Mama und Onkel Phil auf Reisen gingen, nahmen sie mich meistens mit. Wir waren längere Zeit in Bex im Kanton Waadt. Onkel Phils Sohn, Fred, kam uns besuchen, und ich verliebte mich auf der Stelle in ihn, der mein Halbbruder werden sollte. Denn Mama heiratete Onkel Phil nach fast zehnjähriger Freundschaft. Von da ab war der Onkel ein Daddy.
Daddys Konzern geriet in Schwierigkeiten. Es setzte Streiks ab, und Mama sagte, Daddy sei ein Held, er habe die Arbeiter zur Räson gebracht und ihnen trotz der Inflation höhere Löhne versprochen. In Ceylon hatte Daddy die ersten grösseren Plantagen anlegen lassen – Mohn.
Daddy zog zu uns. Wir Kinder gingen nun täglich zu Grossmama Van der Meer, sie las uns Geschichten vor oder spielte mit uns. Grossmama hatte Jenny lieber als mich. Oft war ich eifersüchtig. Jenny war vergnügter als ich, weniger kompliziert, litt nicht unter jedem Ungemach. Auch hatte Jenny grosses Talent, sich sofort zu entschuldigen, wenn sie etwas angestellt hatte, ich konnte das nie.
Daddy starb plötzlich an einem Nierenversagen. Mama war völlig verändert. Innert Tagen schien sie um Jahre gealtert, ergraute innert weniger Wochen, trug nur noch Schwarz und ging zwei Mal am Tag mit uns an sein Grab.
Obschon Daddy nicht unser richtiger Vater gewesen war, zwang sie uns, tiefste Trauer zu tragen, allen Einladungen zu Tanz oder Sport fern zu bleiben. Grossmama Van der Meer war der rettende Engel. Sie nahm mich einfach mit nach München. Ich war sechzehn. Wir stiegen im Hotel Vier Jahreszeiten ab, und Alfred Walterspiel, mein späterer Berater und Freund, emp-

fing uns persönlich. Wir besuchten das Oktoberfest, sassen auf Holzbänken mit andern Leuten, ich trank mein erstes Bier und ass dazu Weisswürstchen mit einem süsslichen Senf. Wir besuchten die Oper, ich sah Nijinski tanzen, seine meterhohen Sprünge – ich kam mir endlich erwachsen vor.
Und ich kam auf diese Weise Grossmama nahe. Ich erzählte ihr, wie sehr ich oft unter Mama litt, und sie vertraute mir an, dass auch sie es sehr schwer mit Mama gehabt hatte, allein die Scheidung von Papa und das jahrelange Zusammenleben mit Daddy, ohne mit ihm verheiratet zu sein, habe sie fast umgebracht.
Sie gab mir die ersten, nützlichen Ratschläge fürs Leben:
«Leihe nie Geld, mein Kind. Gib lieber wenig, aber verschenke es, sonst machst du dir Feinde. Unterschreibe niemals eine Bürgschaft, ziehe dich immer gut an, wenn du eine wichtige Unterredung hast, und schau dabei den Leuten auf die Stirn oder in die Augen.»

Es war an einem herrlichen Herbsttag. Mama schlug vor, in ihrem neuen Packard über Land zu fahren. Wir waren begeistert. Grossmama, die sich nicht wohlgefühlt hatte, willigte ein im Glauben, die Fahrt werde ihr guttun. Unterwegs erlitt sie einen Herzanfall, und wir fuhren schleunigst zurück. Es gelang ihr nur mit äusserster Anstrengung, die Stufen zu nehmen. Man hörte sie röcheln. Ein Arzt eilte herbei. Umsonst. Wenige Stunden später trat der Tod ein. Es war ein furchtbarer Schock für uns. Mit der Grossmutter verloren wir unsere gute Fee, unsere Trösterin in schweren Tagen, denn sie war es, die uns Geborgenheit gegeben hatte. Mama ordnete für zwei Jahre strengste Trauer an. Täglich ging sie auf den Friedhof zu den Gräbern von Daddy und Grossmama.
Da ich nun die Schule und Pensionate hinter mich gebracht hatte, erlaubte mir Mama, mich in der Gewerbeschule einzuschreiben, als zahlende Privatschülerin versteht sich. Das passte mir gar nicht, denn die Privat-

schüler durften nicht an den Lektionen für Aktstudien, Modellieren und Malen teilnehmen. Ich sprach beim Direktor vor. Der winkte ab mit der Bemerkung, er könne und wolle erstens nicht auf die monatliche Zahlung verzichten, und zweitens müsse ein Berufsschüler einen Lehrvertrag vorweisen.

Ich konnte ihn schliesslich von meinem Talent überzeugen: «Du bist begabt, Diane, versuch es eben hinter dem Rücken deiner Mutter und bring mir die Bestätigung, dass du für eine Firma arbeitest, dann kannst du die vollständigen Lehrgänge besuchen.» Ich wollte verzweifeln, hatte dann aber eine Idee: Ich stellte mich in einer Spielwarenfabrik in der Stadt vor. Stotternd machte ich dem Inhaber das Angebot, es mit mir zu versuchen. Ich versprach ihm, Zeichnungen von Plüschtieren, Kostümen und Puppen zu bringen. Er verstand zuerst gar nichts. Doch als ich ihm die ersten Skizzen vorlegte, war er begeistert und stellte in Aussicht, mir ein Arbeitszeugnis auszustellen, statt einen Lohn zu geben.

Ich musste nicht täglich in die Fabrik gehen wie die anderen Lehrlinge, sondern hatte nur die Entwürfe und Ideen abzuliefern. Im Modellierkurs formte ich als erstes Puppenköpfe nach eigenen Zeichnungen, goss sie in Gips und lieferte sie dem Fabrikanten ab. Die Puppen gingen in die Produktion, und ich fand sie später in den Schaufenstern der Spielwarengeschäfte und Warenhäuser wieder. Es waren meine Geschöpfe. Aber ich durfte das Geheimnis niemandem verraten, denn wenn das Mama erfahren hätte!

Ein Schreien reisst mich aus meinem Tagtraum. Es sind die Kinder, die von ihrer Entdeckungsreise auf dem Schiff zurückgekommen sind und in den Aufenthaltsraum stürmen. Obschon ich ein bisschen fröstle, beschliesse ich, mir auf dem Deck die Füsse zu vertreten, knöpfe meine Jacke zu und steige die schmale Treppe hinauf auf das Deck. Dort mache ich die Bekanntschaft von drei Geschäftsherren aus Haifa. Im Lauf des Gesprächs erfahre ich, dass sie ebenfalls auf dem Weg

nach Paris sind und dass weder der eine noch die beiden andern ein Wort Französisch sprechen. In groben Zügen schildere ich meine Situation, ohne je Ivor beim Namen zu nennen. «Nun bin ich halt hier», schliesse ich meinen Bericht. «Wir hatten die Wahl», meint einer von ihnen, «auf ein komfortableres Schiff zu warten oder dieses zu nehmen. ‹Time is money›, sagten wir uns und begnügten uns mit weniger Luxus zugunsten des Zeitgewinns.» Der älteste der Herren, der sich als George Flower vorgestellt hat, versucht beim Zahlmeister, eine bessere Kabine für mich zu bekommen. Leider sei das Schiff völlig ausgebucht, lautet der Bescheid.
Ich biete den Herren für Paris meine guten Dienste an. «Es wäre doch wirklich schade, wenn Sie sich in dieser grossartigen Stadt nicht verständigen könnten», sage ich, «deshalb schlage ich vor, Ihre Dolmetscherin zu sein.» Das Angebot wird unter Applaus angenommen, und immer wieder, bis zur Einfahrt in Marseille, kommen sie darauf zurück und wie freundlich es doch von mir sei, ihnen zu helfen.
In Marseille verabschiede ich mich unter dem Vorwand, eine Freundin besuchen zu wollen und später nach Paris zu fahren. In Wirklichkeit will ich den Herren nicht preisgeben, dass ich nur eine Fahrkarte 3. Klasse vermag. Sie haben mir ihre Hoteladresse gegeben, das Grand Hotel am Bahnhof Saint Lazare, und wir vereinbaren einen Treffpunkt nach meinem Anruf, da ich noch nicht weiss, wo ich wohnen werde.
Obwohl der Krieg jetzt zu Ende ist, die Freiheitsglocken und die Champagnerkelche verstummt sind, ist die Fahrt nach Paris sehr beschwerlich. Ausgehungerte Menschen mit ihren Habseligkeiten sitzen eng zusammengepfercht in den Abteilen, es riecht nach Knoblauch, kaltem Tabakrauch und nassen Windeln. Ewigkeiten lang bleibt der Zug, dessen Fenster teilweise noch vernagelt sind, auf Bahnhöfen und mitten auf der Strecke stehen.
Halbtot komme ich in Paris an. Aber ich bin glücklich, frische Luft zu atmen und eine fast unversehrte Stadt vorzufinden. Ich schleppe mich zu einem der vielen kleinen Hotels und trage mich mit letzter Kraft ins Gästebuch ein. Das Zimmer im 3. Stock ist winzig, mehr ein Besenschrank. Fliessendes Wasser gibt es nur auf dem Flur, und die Matratze hängt in der

Mitte durch. Mir ist alles egal, denn ich fühle, wie es schwarz wird vor meinen Augen und ich auf den Boden sinke.
Wie lange ich in Ohnmacht gelegen bin, weiss ich nicht. Ich erwache, weil mich jemand an den Schultern rüttelt. Es ist der Hotelpage, ein blasser, dünner Knabe. Er muss gemerkt haben, dass ich im Zimmer bin, aber auf sein Klopfen keine Antwort gegeben habe. Mit aller Kraft packt er mich an den Schultern und lehnt meinen Oberkörper an die Bettstatt. Noch völlig benommen, sind meine ersten Gedanken der Hunger. «J'ai faim!» hauche ich und versuche dabei, mich ganz aufzurichten und an den Tisch zu setzen.
Der Page verschwindet wortlos, aber er lässt mich nicht im Stich. Ein paar Minuten später meldet er sich zaghaft, indem er die Zimmertür spaltbreit aufstösst. «Madame, vous allez mieux?» Auf seinem Lächeln liegt ein Schatten der Sorge. Ich nicke und schaue auf die belegten Brote und den Kaffee auf dem Tablett, das er auf das Tischchen schiebt. Dann schaue ich ihm dankbar ins Gesicht. Er hat mir das Leben gerettet.
Ich beschliesse, bis zum nächsten Tag auszuruhen, gehe nicht aus dem Zimmer und rufe dann die Herren im Grand Hotel an. Die beiden Häuser, so unterschiedlich sie sind, liegen nicht weit auseinander, so dass es für mich ein Katzensprung ist, sie in ihrer Halle zu treffen. Sie empfangen mich wie eine gute Freundin, die sie lange nicht mehr gesehen haben, doch im übrigen behandeln sie mich mit allem Respekt, dem sie meiner Herkunft schuldig zu sein glauben.
Wir sitzen über unserem Schlachtplan für die Eroberung von Paris. Zeitungen mit den neuesten Inseraten der Cabarets und neueröffneten Restaurants werden aufgeschlagen. Am Ende wissen wir nicht, wo anfangen. Ich schlage vor, in einem russischen Etablissement zu beginnen, denn alle Welt weiss, dass russische Fürsten auf der Flucht ihren ganzen Pomp nach Paris emigriert haben. Das sind auch die Restaurants, wo die andern lebenslustigen Russen, unter ihnen viele Ballettänzer, zusammenströmen.
Mein «Grundkurs Paris für Anfänger» für die drei Herren aus Haifa dauert fast drei Wochen. Ich dolmetsche sogar bei ihren geschäftlichen Besprechungen, was sie zügig vorankommen lässt. Ich bin beim Essen ihr Dauergast – sie überbieten sich

förmlich. Trotzdem bestehen sie darauf, mich für meine Übersetzertätigkeit voll zu honorieren. Ich nehme das Geld nicht gern, aber ich brauche es dringend. Warum bin ich eigentlich nach Paris gereist und nicht irgendwo anders hin? Im stillen rechne ich damit, dass Ivor hier auftauchen möge. Ich habe Sehnsucht nach ihm, seine Nähe und seine Beschützernatur fehlen mir. Hier hat er viele Freunde und Bekannte, vor allem solche vom Film, die durch die Kriegsereignisse verfemt und deren Arbeiten verboten worden waren.

Meine Vermutung bestätigt sich bald. Durch den Bekannten eines jüdischen Zirkels erfahre ich, dass Ivor mit einer Gruppe von Intellektuellen auf dem Weg hierher sei.

Das Wiedersehen ist unbeschreiblich. Minutenlang umarmt mich Ivor und achtet nicht auf seine Tränen, die heiss in meinen Kragen tropfen. Auch ich bin gerührt, aber durch die Ereignisse der letzten Wochen und Monate abgehärtet. Nach dem ersten Freudentaumel und Höhenflug haben wir den harten Boden der Wirklichkeit wieder unter den Füssen. Fast gleichzeitg finden wir in der Rue de Trémouille eine Wohnung und Ivor Arbeit in der Produktion von Dokumentarfilmen.

Das ist alles gut und schön. Doch an meine Töchter, die ich sehen möchte, komme ich nicht heran. Alle meine Bitten fruchten nichts. Alle gerichtlich erwirkten Zusagen meines Besuches werden von Mama und Sam einfach nicht eingehalten. Ich bin mehrmals extra von Paris nach Basel gereist, um meine Töchter zu treffen. Ohne Resultat: einmal liegen sie angeblich allesamt mit einer bösen Krankheit im Bett, ein anderes Mal sind sie schlicht unauffindbar. Basel ist kein Mittel zu schäbig, um mich zu quälen.

Ivor findet in der Dokumentarfilmerei auf die Dauer keine genügend künstlerische Erfüllung. Er strebt nach Höherem.

6. Kapitel: «Komm auf die Schaukel, Luise ...»

Wir brechen in Paris unsere Zelte ab und reisen nach München. Die Stadt zieht Ivor magnetisch an. Ich folge ihm. Dass ganze Stadtquartiere noch in Trümmern liegen, stört ihn nicht. Den Freunden, die ihn als verrückt halten, weil er in Deutschland leben will, hält er das Argument entgegen: «Überall gibt es gute und schlechte Menschen. Ich bleibe hier.» Das sagt er in seinem unverfälschten K.u.K.-Dialekt.
Anfangs wohnen wir im Bayrischen Hof, der noch nicht völlig wiederhergestellt ist. Aber wir leben in einer guten Familie, umgeben von Persönlichkeiten, die für Ivor der Inbegriff der Kultur sind. Da ist Fritz Kortner, dieser Charmeur im Privatbereich und erbarmungsloser Hexenmeister auf der Bühne. Dann Hans Habe, der wortgewaltige Rufer in der Wüste, Fritz Rotter und seine Frau, Trude Kollmann, die Gründerin des Theater-Kabaretts «Die kleine Freiheit» und viele andere. Deutschland fängt wieder an zu leben. Die Regale in den Läden füllen sich allmählich, die Menschen können sich endlich satt essen und müssen nicht mehr frieren. Würstchenbuden schiessen wie Pilze aus dem Boden, an jeder Ecke werden mit ein paar zusammengenagelten Brettern und improvisierten Hockern Bartheken eröffnet, die meist von betrunkenen GIs aufgesucht werden. Es gibt unvergessliche Erlebnisse in den Theatern und der Oper. Grossartige Künstler treffen wieder ein, Galerien öffnen ihre Tore, der Durst nach Kultur wird schluckweise gestillt, bis alle die Namen, oder zumindest viele von ihnen, wieder auf Firmenschildern über Ladeneingängen, auf den Plakaten und den Programmheften zu finden sind.
Wir haben die Absicht, uns in München fest niederzulassen. Deshalb ziehen wir nach Grünwald, um in die Nähe der Filmstudios Geiselgasteig zu sein. Am Koglerberg bauen wir uns ein Haus. Wir sind uns im klaren darüber, was die finanzielle Belastung bedeuten wird, aber wir sind überzeugt, dass es mit uns nur aufwärts gehen kann. Das Grundstück ist nicht auffallend gross, aber es passt in den Kreis der übrigen Villen. Bis

es bezugsfertig ist, wohnen wir im Schlosshotel, wie viele von unseren Freunden und zurückgekehrten Emigranten auch. Von hier aus dirigieren und überwachen wir die Bauarbeiten.
Es ist eine schöne Zeit mit hoffnungsvoller Zukunft. Unser Haus ist beinahe fertiggestellt, so dass ich in einem Teil bereits einziehen kann. Doch da erleidet Ivor einen Herzinfarkt. Er kommt in ein Sanatorium nach Wolfratshausen. Nun stehe ich wieder allein da für alle Entscheidungen. Weil ich knapp an Geld bin, suche ich unseren «Strohmann» auf, einen jungen Rechtsanwalt. Ich bitte ihn um zweitausend Mark zur Überbrückung des Engpasses. Zu meinem Schrecken lehnt er ab. Er schüttelt mit heruntergezogenen Mundwinkeln den Kopf und begründet: «Ich habe weit grössere Auslagen für Ivor gehabt.» Panik ergreift mich: Was soll das heissen? Und was geschieht, wenn Ivor jetzt stirbt?
Ich stehe ohne einen Pfennig da. Eine Arbeits- und Daueraufenthaltsbewilligung haben wir auch noch nicht. Ich bin dem Anwalt völlig ausgeliefert. Mit der Strassenbahn fahre ich von Grünwald nach Geiselgasteig. Die Gaststätte «Filmcasino» ist bis zum hintersten Platz besetzt. Während ich auf einer äussersten Bankkante grübelnd dasitze, spüre ich, dass ich beobachtet werde. Weil ich weinte, habe ich meine Sonnenbrille aufgesetzt. Niemand soll meine rotumränderten Augen sehen.
In diesem Moment erhebt sich nebenan ein hochgeschossener Mann und kommt lächelnd auf meinen Tisch zu: «Werner Weiss», stellt er sich vor, «vielleicht erinnern Sie sich an mich? Ich mache eine Lehre als Filmcutter, und ich bin Ihnen und Ihrem Mann begegnet, hier im ‹Casino›.»
«Oh ja, ich erinnere mich sehr wohl», erwidere ich.
«Sie haben geweint – kann ich Ihnen irgendwie behilflich sein?»
Der junge Mann setzt sich ungezwungen und unaufgefordert zu mir an den Tisch.
Ich bin froh, jemanden zu haben, dem ich mein Herz ausschütten kann. Ich erzähle ihm, was vorgefallen ist.
«Diesen Schuft von Anwalt kenne ich. Die Notlage anderer ausnützen, pfui Teufel!»

«Ich bin in einer verzweifelten Lage», sage ich, «ich kann nur beten, dass mein Mann gesund wird.»
Ich schneuze mir die Nase, hole meine Puderdose aus der Handtasche und mache mich etwas zurecht. Werner Weiss schaut mir wie abwesend zu. Dann aber hellt sich sein Gesicht auf, und er lächelt mir zu: «Sie wissen doch, nichts wird so heiss gegessen, wie es...»
Er kramt umständlich in seiner Gesässtasche, zieht ein abgenütztes Portemonnaie hervor und entnimmt ihm die einzige Note, einen Zwanzigmarkschein. Er streckt ihn mir zu: «Hier, bitte, nehmen Sie, mehr habe ich leider nicht.»
Ich will das Geld zurückweisen, doch er lässt nicht locker: «Bitte keine Widerrede. Es ist nicht viel, aber ich schenke es Ihnen, Frau von Radvany.»
Ich fühle mich als Bettlerin.
Unvermittelt steht er auf und kommt mit einem Freund zurück, den er mir als Gustl vorstellt. Die beiden haben augenscheinlich ein Komplott geschmiedet. Gustl setzt sich ebenfalls, bestellt eine Flasche Weisswein und prostet mir zu: «Auf das Wohl unseres Patienten, und dass alles gut gehen wird.»
Also ist er bereits über mich informiert. Er geht zum Schanktisch und kauft zwei weitere Flaschen des gleichen Weines «über die Gasse».
Mit Gustls altersschwachem VW fahren wir zum Koglerberg in mein Haus. Es ist kalt drinnen, noch feucht und ungemütlich. Für die beiden Burschen ist das keine Sache. Hinter dem Haus finden sie ganze Berge von Bauholz. Schnell haben sie ein paar Stücke zerkleinert und im offenen Kamin im grossen Wohnzimmer des Erdgeschosses ein Feuer angefacht. Inzwischen hole ich Gläser, die noch ladenfrisch verpackt sind, aus der Küche und einen Korkenzieher, den mir Gustl aus der Hand nimmt, um die Flasche zu öffnen. Allmählich wird mir wohler, und die beiden jungen Männer werden gesprächig. Wie gut sie denn meinen Mann kennen, will ich erfahren.
«Ich weiss nur, dass Herr von Radvany in Geiselgasteig als Filmproduzent bekannt ist», sagte Werner Weiss, «aber welche Produktion er finanziert, davon habe ich keine Ahnung».
Ich muss ein Lächeln verkneifen, Ivor ein Filmproduzent? Vielleicht hat er tatsächlich das Talent zum Managen und

Delegieren, aber sicher fehlt ihm das nötige Geld dazu. Seine einzigen vagen Einnahmen – und Ausgaben – kommen und gehen über den Pokertisch. Tage- und nächtelang sitzt er mit andern Zockern am grünen Tisch beim Kartenspiel.
Es ist schon spät geworden, und die Glut im Cheminée beginnt zu verblassen. Wir verabschieden uns und wollen uns am nächsten Mittag treffen. Pünktlich zur verabredeten Zeit höre ich das unverkennbare Röhren eines VWs näherkommen. Werner Weiss und Gustl holen mich ab. Wir wollen in Wolfratshausen Ivor besuchen.
«Sind diese Blumen aber schön!» sagt Gustl, als ich einen bunten Strauss Astern in ein Zeitungspapier einschlage. Ich höre sein Erstaunen wohl heraus.
«Organisiert!» antworte ich, und mit einem gegenseitigen Augenzwinkern ist der Fall erledigt.
Im Sanatorium liegt Ivor in einem Viererzimmer. Er beklagt sich über diese unstandesgemässe Behandlung. Ich halte seine Reklamation für ein Zeichen der Genesung.
«Friedhofblumen!», zischt er, als ich den Strauss in einer Vase arrangiere. Ich mache Ivor mit meinen zwei Begleitern bekannt und erzähle ihm von der Hilfe, die sie mir gerade jetzt bedeuten.
Ivor ist innerhalb weniger Wochen völlig wiederhergestellt, und wir holen ihn gemeinsam im Sanatorium ab. Unser Haus ist inzwischen bis auf Kleinigkeiten fertiggestellt. Gustl verabschiedet sich von uns, er will im Ausland an Versuchsarbeiten am Bildfunk teilnehmen, den sie Television nennen. Werner ist bei uns sehr willkommen. Ivor ist wie ein Vater zu ihm, und er zieht sogar bei uns ins Gästezimmer ein. Erst als er seine Lehre beendet hat, mietet er eine kleine, schmucke Dachwohnung in München. Er sagt, er wolle nicht nur Filmmenschen um sich haben, sondern auch andere Leute kennenlernen – normale Menschen, wie er sagt.
Jahre später ist Werner Weiss einer der bekanntesten Cutter. Meisterregisseure reissen sich um seine Mitarbeit, die eine wirkliche Verbindung von Kunst und Handwerk ist.
Für den Zwanzigmarkschein, mit dem er wie der Weihnachtsmann vor mich trat und mir aus der Ausweglosigkeit geholfen hat, werde ich ihm ewig dankbar sein.

Unser neues Heim macht uns grosse Freude. Ivor befindet sich in einer produktiven Phase. Er nimmt in Geiselgasteig den gutbezahlten Job als Berater eines Filmfinanzchefs an. Erfolge stärken seine Gesundheit und sein Selbstvertrauen.
Es geht mit uns bergauf. Wir finden Friedel, ein sehr praktisches Mädchen, das uns den Haushalt führt. Walter Kohlbauer aus den Tiroler Alpen gestaltet unseren Umschwung, der ein Felsengarten werden soll. Wie zur Bestätigung unseres neugewonnenen Wohlstands, kauft Ivor zwei Königspudel, eine Rasse, an die ich mich zuerst gewöhnen muss.
An einem herrlichen Herbstabend nützen wir die noch leidlich lauen Stunden aus und sitzen im neuangelegten Felsengarten, als die Hunde laut zu bellen anfangen und nicht zu beruhigen sind. Wir schauen uns fragend an, wir erwarten keine Gäste. Nach einer Weile erscheint Friedel: «Ein Fräulein steht draussen mit einem ebenso jungen Herrn», meldet sie. Vor uns steht Mercedes: «Mami, ich bin von zu Hause weggelaufen!» ruft sie und stürzt in meine Arme. Sie erwürgt mich beinahe. «Ist schon gut», beruhige ich sie und löse ihren Arm von meinem Hals, «jetzt ist dein Zuhause hier bei uns.»
Erst jetzt scheint sie meinen Mann zu bemerken. «Ich bin Ivor von Radvany, dein Stiefvater.» Er lacht und trennt sie ganz sachte von mir und stellt sie vor sich hin, indem er sie mit beiden Händen an den Oberarmen hält: «Friedel sagte, du seist mit einem jungen Mann gekommen ...»
«... den habe ich in der Aufregung ganz vergessen», beeilt Mercedes zu erklären, «ich hatte mich in München verirrt, stellt euch das vor! Ich konnte euch nicht finden und wusste doch nichts von Grünwald. Darf ich ihn hereinholen? Ihm verdanke ich es, dass ich hier bin. Beinahe wäre ich in die Schweiz zurückgefahren. Darf ich ihn jetzt hereinbitten?»
Toni Uhlmann ist ein tadellos gekleideter Mann mit ebensolchen Manieren. «Ich hab' das Fräulein Falkenberg im ‹Hofgarten› getroffen. Sie machte mir einen recht unglücklichen Eindruck, etwas konnte mit ihr nicht in Ordnung sein. Wir sind dann ins Gespräch gekommen, und sie hat mir gesagt, dass sie ihre Mutter sucht. Ich hab' schon ein bisschen gestutzt, denn im allgemeinen weiss man in diesem Alter die Adresse seiner Eltern, nicht wahr?»

«Ja, ich habe ihm dann gesagt, dass meine Eltern geschieden seien und sich meine Mutter wieder verheiratet habe», ergänzt Mercedes. Er habe sie dann ein wenig ausgefragt, um Näheres zu erfahren. «Als dann das Wort Filmgeschäft in Zusammenhang mit Ihrer beruflichen Tätigkeit g'fallen ist, ist mir die Idee von Geiselgasteig und Grünwald gekommen.»
«Das muss gefeiert werden!» ruft Ivor und lässt Friedel eine Flasche Sekt auffahren. Leider ist Herr Uhlmann mit nichts zu überreden, mit uns zu Abend zu essen. Er entschuldigt sich mit dem Hinweis auf seine verspätete Ankunft bei sich zu Hause und verlässt uns mit einer freundlichen Verneigung.
Mercedes will uns alles gleichzeitig erzählen. Sie ist sehr blass und allzu leicht gekleidet – ein Hinweis auf ihre spontane Flucht von zu Hause. Sie scheint viel durchgemacht zu haben. Friedel hat bereits das Gästezimmer, das bis vor kurzem von Werner Weiss bewohnt wurde, hergerichtet und das Notwendige für die Körperpflege bereitgelegt.
Mercedes berichtet am nächsten Morgen, sie habe geschlafen wie ein Stein und sei die ganze Nacht nicht ein einziges Mal aufgewacht. Wir rüsten uns nach dem Frühstück für die Fahrt in die Stadt. Da Mercedes nur mit einer Handtasche gekommen ist, muss sie eingekleidet werden. Wir sind im Hotel Vier Jahreszeiten mit Ivor verabredet, wo er zum Lunch eine Dauerreservation für einen Ecktisch hat und immer glücklich ist, Freunde einzuladen und sie freizuhalten. Es sind einige liebenswürdige und harmlose Schmarotzer darunter, die sich gern einen Nachmittag lang von Ivor zum Trinken nötigen lassen. Heute aber freut er sich sehr auf Mercedes, «meine schöne Tochter», wie er mit Stolz sagt. Voller Würde macht er sie mit der grauen Eminenz Alfred Walterspiel bekannt, der wie jeden Mittag erscheint, um uns zu begrüssen. Der Maître d'Hôtel kommt mit Karte und Bestellblock. «Wünschen die Herrschaften einen Apéritif?»
«Aber gewiss doch», erwidert Ivor und blickt erwartungsvoll zu Mercedes. «Wenn ich darf, werde ich gern zur Feier des Tages einen Cocktail nehmen.»
Ivor schmunzelt, weil ihr kein Name einfällt oder geläufig ist und bestellt für sie einen «White Lady». Während unsere Drinks – Whisky für Ivor und Dry Martini mit grüner Olive

für mich – kredenzt werden, empfiehlt uns Alfred Walterspiel als Vorspeise geräucherte Bachforellenfilets mit Meerrettichschaum und Kaviar.
Wie aus der Pistole geschossen, meldet sich Mercedes zu Wort: «Bitte, Herr Walterspiel, am allerliebsten möchte ich einen Wurstsalat, geht das?»
Mercedes erholt sich rasch. Sie ist jung und nicht so sensibel, wie ich es in ihrem Alter gewesen bin. Wir fahren täglich in meinem Borgward, einem Geschenk von Ivor, über Land und nehmen die Hunde mit, die jeweils bis zur Erschöpfung herumtollen. Ich frage sie nicht aus über unsere Familie, vielmehr lasse ich ihr Zeit, zu sich zu finden und den Moment selber zu wählen, um sich darüber zu äussern. Auf dem Heimweg von einem Ausflug an den Starnbergersee, wo wir, ganz im Sinne von Mercedes, ein einfaches Mittagessen eingenommen haben, bricht es plötzlich aus ihr heraus: «Mami, noch nie im Leben bin ich so glücklich gewesen, wie jetzt mit euch. Du kannst dir nicht vorstellen, wie herrisch deine Mutter mit uns umgeht, und wie schmerzhaft es ist, von Papa übersehen zu werden.» Ich streichle ihr übers Haar – als ob ich das nicht selber wüsste.
Ich zeige ihr Salzburg. Wir kaufen Dirndlkleider, die zur Oberweite von Mercedes wie massgeschneidert scheinen, und dazu die passenden Tiroler Hütchen. Als wir auf der Rückfahrt in den Nähe von Tutzing vorbeifahren, schlage ich vor, einen Abstecher zu machen, um Hans Albers und seine Lebensgefährtin Hansi Burg aufzusuchen. Mercedes ist Feuer und Flamme.
Hansi empfängt uns, sie ist aber nicht freundlich, wie ich's gewohnt bin, sondern eher mürrisch, so, als ob wir sie störten. Ich ahne nicht, dass ihr Mercedes viel zu attraktiv erscheint, um sie mit Hans Albers zusammenzubringen. «Wir bleiben nicht lange, bloss auf einen Sprung», beeile ich mich zu sagen. Doch etwas allzu sachlich meint sie: «Hans fühlt sich nicht wohl, er macht an einer Influenza herum, er hustet und hat Fieber, ich kann ihn nicht stören.»
Wir wollen uns gerade enttäuscht zurückziehen, da erscheint er in seiner ganzen strahlenden Unwiderstehlichkeit: Hans Albers. Seine stahlblauen Augen funkeln, er breitet die Arme

aus, eine Geste, die man von ihm vom Kino und privat kennt, und umarmt mich. Dann erst scheint er Mercedes wahrzunehmen. «Und wenn ich fragen darf: Wer ist diese hübsche, junge Person?»
«Meine älteste Tochter», sage ich, und Hans geht auf Mercedes zu, um auch sie zu umarmen.
Auf Hansis Gesicht entdecke ich finstere Falten; es ist ihr durchaus nicht genehm, dass Hans nun ohne jeden Anflug einer grippösen Erkältung erschienen ist. Sie fühlt sich ertappt. Rasch und nicht ohne Absicht nehme ich Hans Albers an der Hand: «Hansi sagt uns, du fühltest dich nicht wohl, darum wollen wir auch gleich wieder losfahren.»
«Das kommt ja gar nicht in Frage», dröhnt er, und auf Hansi fahren Blitz und Donner herab: «Wie kommst du denn auf die Idee? Natürlich bleiben die beiden hier, und du wirst uns ein exzellentes Abendessen zubereiten.» Halb beleidigt, halb überführt zieht sich Hansi in die Küche zurück, sie ist wütend, man sieht es ihr an.
«Kommt Kinder, wir gehen zum Bootshaus!» ruft Hans Albers uns zu, «ich zeige euch mein neues Segelboot, und zum Schwimmen ist auch noch Zeit. Wir ziehen die Badekostüme an», und Hans, übermütig wie immer, ist der erste, der mit einem Hechtsprung über das Geländer hinweg in den See klatscht. «Das kann ich auch!» lacht Mercedes und tut es ihm gleich, nur landet sie etwas weniger geräuschvoll im Wasser. Die beiden verstehen sich vom ersten Augenblick an prächtig, und ich kann Hansis Sorgen verstehen.
Hans will Mercedes sein Segelboot vorführen. Er braucht nicht darum zu betteln, sie ist begeistert. Während die beiden das Schiff startklar machen, gehe ich zurück ins Haus zu Hansi. Ich finde sie in der Küche, doch zu einem Plauderstündchen kommt es kaum, da Hansi in ihrer üblen Verfassung nicht von der Rüstarbeit aufschaut.
Endlich kommt Hans mit Mercedes zurück. Scherzend, lachend und verliebt übersieht er Hansis schlechte Laune. Erst als sie anfängt an ihm herumzunörgeln, wird er böse und vergisst seine guten Manieren: «Dummes Ding du!» ruft er, «gib endlich Ruh', du hast doch alles, was du willst, darf man denn nicht ein wenig Spass haben?»

Hans Albers ist einer der charmantesten und attraktivsten Menschen, denen ich je begegnet bin. Dass er sich in meine Tochter verliebt hat, ist kein Wunder, denn Mercedes ist jung und sehr hübsch. Hans trinkt einen Whisky nach dem andern, er wird immer vergnügter. Es scheint mir, als würde er sich auf der Stelle verjüngen, er ist ausgelassen wie ein Schuljunge. Er legt eine der zerbrechlichen Schallplatten auf und wechselt die Tonabnehmernadel. «Komm auf die Schaukel, Luise», tönt es aus dem Lautsprecher. Hansis Laune sinkt weiter. Doch sie straft jenes geflügelte Wort Lügen, das behauptet, nur ein ausgeglichener, fröhlicher Koch könne am Herd Geniessbares zustande bringen. Denn sie setzt uns ein hervorragendes, währschaftes Mahl vor: einen knackigen, bunten Salat, garniert mit Radieschen, alles aus dem eigenen Garten, Schmorbraten mit Semmelknödeln, Käse aus der dorfeigenen Molkerei und Kaffee.
Demonstrativ räumt sie das Geschirr und die Servietten ab und meint, mir zugewandt: «Es wird spät. Hans muss morgen aufs Filmgelände.»
«Das weiss ich wohl», sagt Hans, «und ich werde Mercedes mitnehmen. Sie hat alle Voraussetzungen, um beim Film anzukommen. Sie kann gehen wie eine Lady, sie kann aber auch, wenn es sein muss, mit dem Popo wackeln wie eine Dirne. Ich mache aus ihr einen Star.»
Daraus wird allerdings nichts. Aber es ist wieder einmal ein anregender Abend mit einem der ganz grossen, ungekünstelten Künstler gewesen. Mitternacht ist längst vorüber, als wir aufbrechen. Zu Hause wartet Ivor auf uns. Er hat sich Sorgen um uns gemacht und scheint nicht gerade entzückt von unserem Ausflug und dem Besuch bei Hans Albers zu sein, über den Mercedes in allen Farben schwärmt. Später sagt sie mir dazu bloss: «Er ist eifersüchtig, Mami, auch er ist verliebt in mich.»

Es kommen Drohbriefe von Sam. Er will seine Tochter zurückhaben, notfalls unter gerichtlichem Zwang. Ich habe dieses Geschreibsel zu den Akten gelegt, aber Mercedes zerreisst sie alle. «Ich gehe nie wieder zurück», versichert sie, «ich bin alt genug».

Durch uns lernt Mercedes viele Filmleute kennen. Fast täglich sind wir im Hotel «Vier Jahreszeiten», wo sie sich an Ivors mittäglichen Stammtisch treffen. Wir nehmen Mercedes mit zu Film- und Theatervorführungen, und ich habe das Gefühl, sie sei nun wirklich glücklich und fühle sich bei uns geborgen. Aber der Schein trügt. Mercedes ist ein ruheloser Geist. Während Ivor und ich einmal abwesend sind, fliegt sie nach New York. Wir sind wie vom Blitz getroffen, denn wir können diesen plötzlichen Entschluss nicht verstehen. Unsere Hausperle Friedel erzählt, es sei ein Telegramm gekommen, und dann sei sie fluchtartig abgereist.
Ich bin enttäuscht, aber zum Unglücklichsein habe ich keine Zeit, dafür sorgt Ivor. «Ich fliege morgen mit dir nach London, Diane. Ein neues Filmprojekt. Ich habe Zimmer im ‹Dorchester› bestellen lassen.»
«The Dorchester» ist eines jener typischen Londoner Nobelhotels, wo man über alles spricht, nur nicht über Geld. Die Böden unter den langen Teppichen in den Gängen sind aus Riemenparkett absichtlich so angelegt, dass es quietscht, wenn man darüber schreitet. Man soll sich wie zu Hause fühlen. Die riesige Halle mit einem Dutzend Säulen aus Pseudomarmor bevölkert sich zur Teezeit, wo ganze Voituren mit Kuchen leergegessen werden.
Ivor verlässt das «Dorchester» nie, es sei denn, er habe keine andere Wahl als eine Verabredung ausserhalb wahrzunehmen statt im Salon unserer zweigeschossigen Suite.
Ein solcher Ausnahmefall wird zum Zu-Fall, denn ich verdanke ihm meine Traumreise nach dem Fernen Osten.
Ivor hat in der City zu tun. Weil er zu früh ist, geht er planlos den Schaufenstern nach, kommt an der Agentur der «Compagnie Transatlantique» vorbei und bewundert ein Modell der «Canton», ein Überseedampfer, der in Kürze von Europa nach Singapore aufbrechen soll. Aus lauter Übermut betritt Ivor das Office und erkundigt sich, wann genau diese «Canton» abreise, er habe im Sinn, mit seiner Frau auf eine Fernostfahrt zu gehen. «Die Luxuskabine ist eventuell noch zu haben», sagt der Schalterbeamte, «die Herrschaften, die sie bestellten, haben eine Option bis morgen Punkt zwölf Uhr. Bleiben wir ohne Bericht, können wir darüber verfügen.»

Ivor überlegt: Wenn die Leute sich nicht melden, ist es eine schicksalshafte Fügung. Laut sagt er: «Ich werde morgen um Mittag zwölf Uhr hier sein. Sollte die Kabine noch frei sein, werde ich sie buchen.»
Er hat mir die Umstände genau geschildert, und nun bin ich natürlich sehr gespannt, was daraus wird. Am andern Tag, fünf Minuten nach zwölf, ruft mich Ivor im Hotel an. Ich glaube, er ringt nach Luft, als er mir die kurze Mitteilung macht: «Die Kabine gehört uns. In zwei Monaten schiffen wir ein nach Singapore.» Er habe gar nicht anders handeln können, meint er nach seiner Rückkehr. «Aber plötzlich ist mir angst und bange, wir kennen niemanden in Singapore. Und schliesslich kostet so eine Reise viel Geld.»
«Ivor, eine höhere Macht hat gesprochen», versuchte ich ihn zu beruhigen, «wir werden die Reise antreten, und du wirst sehen, irgend etwas wird geschehen – du wirst einen Auftrag bekommen.» «Entweder habe ich durchgedreht, oder wir spinnen beide. Aber die Entscheidung ist gefallen.»
Am gleichen Abend kommt Alexander Hellmann, nicht etwa wegen eines Films, sondern um mit Ivor eine Partie Karten, das heisst bei den beiden immer Poker, zu spielen. Ivor kann freilich nicht auf den Mund sitzen, und so erzählt er die noch brühwarme Geschichte von unseren Fernostplänen. «Sind wir nicht total verrückt?» schliesst er seinen Bericht.
«Von Verrücktheit kann doch keine Rede sein», antwortet Hellmann. Sein Gesicht hellt sich auf und sein Blick strahlt: «Ich suche seit einiger Zeit jemanden, der in meinem Auftrag nach Singapore und Hongkong reist.» Es sei jetzt der richtige Zeitpunkt, um mit dem Fernen Osten ins Geschäft zu kommen. «Ja, die Zeit ist reif, und du, Ivor, bist der geeignete Mann dazu. Ich werde sofort meinem Partner Run Run Shaw von den Shaw Brothers Ltd. ein Telegramm schicken und dich anmelden.»

7. Kapitel: Liebeserklärung eines Sterbenden

Die Fahrt in den Fernen Osten ist unsere letzte grosse Reise. Bei der Umschiffung von Gibraltar, diesem einsamen Klotz mit senkrechten, kahlen Felswänden, stehen Ivor und ich an der Reling. Ivor legt seinen Arm um mich: «Darling, all das habe ich nur dir zu verdanken. Dein Vertrauen in mich und sogar in meine Geschäfte gibt mir sicheren Halt. Zum ersten Mal in meinem Leben fühle ich mich frei von Druck und Bedrängnis und bin wirklich glücklich.»
Schon damals in Paris, als Ivor ganz plötzlich aufgetaucht war, nachdem er sich von Palästina nach Jugoslawien abgesetzt hatte, hätte ich gern gewusst, welcher Art die Mission war. Ich brachte die Frage nicht über die Lippen. Ich fürchtete, er würde mir eine erfundene Geschichte auftischen mit Partisanenkämpfen und antinationalsozialistischen Störmanövern. Viel eher war der wahre Grund seines Verschwindens eine Frau, die ihm zu Füssen lag und ihn an sich binden wollte und für ihn aufkam. Auch jetzt wieder, bei diesem Treueschwur vor Gibraltar, muss ich auf die Zunge beissen, um Ivor nicht nach dem für mich noch immer offenen Kapitel in seiner Biographie zu fragen. Aber ich liebe ihn, und deshalb will ich ihn nicht zur Lüge zwingen.
Die drei Wochen an Bord der «Canton» sind für mich erholsame Ferien. Bei den Mahlzeiten haben wir uns mit gutem Grund für die zweite Séance entschieden: Man kann gemächlicher essen und sogar sitzenbleiben, weil hinterher keine andern Gäste mehr bedient werden. Bei den Schlemmereien muss ich ernsthaft auf meine Figur achten, und auch Ivor läuft Gefahr, seinen Smoking nicht mehr zuknöpfen zu können. Unsere Nachbarn zur Linken am runden Esstisch sind ein Ehepaar, Jutta und Günther Hasselkamp aus Hamburg, und ungefähr in unserem Alter. Er ist in der medizinischen Forschung tätig und wird in Singapore ein Projekt leiten. Die Reise mit dem Flugzeug zu absolvieren habe nicht zur Diskussion gestanden, erfahren wir, weil die Frau in der engen Kabine unter Platzangst leiden würde. Rechts von uns haben zwei

Weltenbummler ihren Platz, zwei offensichtlich gutbetuchte ältere Herren, die die Zeit nach Kilometern zu messen scheinen. Die beiden Sitze gegenüber sind zu weit weg und daher für uns ausser Hörweite. Mit Ausnahme eines jeweiligen begrüssenden Nickens kommt es mit diesem Ehepaar zu keiner Konversation.
Als Einstimmung auf die ostasiatische Kultur sind verschiedene Folklorekünstler an Bord mit wahrhaft exotischen, schwer zu begreifenden Fähigkeiten der Körperverrenkung. Auch musikalisch wird uns, etwa bei einem asiatischen Gericht, die dazupassende akustische Untermalung geliefert. Im Bordkino werden die ersten Nachkriegsfilme gezeigt, Ausstattungskisten zum Teil, die den Nachholbedarf an gesellschaftlichem Pomp, rauschenden Festen und Wohnstil anschaulich belegen. Während ich vor der Leinwand sitze und mich zerstreue, sitzt Ivor oben und konzentriert sich – er hat einen Pokerpartner gefunden.
Bei der Ankunft im Hafen von Singapore erwartet uns ein Veteran in bestem Zustand, eine flaschengrüne, weisswandbereifte Rolls-Royce-Limousine aus den zwanziger Jahren. Ihr Chauffeur Charles, ein Herr, der in seiner karierten Jacke, einer Quastenmütze und einem fast bis zu den Augen hinauf gezwirbelten Schnurrbart nicht britischer hätte sein können, empfängt uns im Namen der Shaw Brothers Ltd. und betont, er habe den Auftrag, uns während der ganzen Dauer unseres Aufenthalts in Singapore zur Verfügung zu stehen, wir sollten unsere Wünsche jederzeit äussern. Er bringt uns zum «Raffles Hotel», wo eine Suite mit drei grosszügig bemessenen Zimmern reserviert ist.
Während wir uns rasch etwas erfrischen, wartet Charles in der Halle. Er bringt uns anschliessend zum exklusivsten englischen Klub, dem Stützpunkt und Katalysator britischer Lebensart. Für den Abend ist ein grosser Empfang für uns bei den Shaws angesagt. Das Prachthaus der Brüder Shaw liegt etwa zweihundert Meter vor der offenen Küste in einem märchenhaften Park mit Ententeich, Papageien, einer Pfauenfamilie, Sträuchern und Blumen in einer Fülle und Farbenpracht, wie ich sie noch nie gesehen habe.
Zu dem Empfang sind mindestens fünfzig Gäste erschienen.

Die ganze Veranstaltung läuft unter stahlblauem Himmel im Park ab, wo ein Buffet mit chinesischen Köstlichkeiten aufgebaut worden ist. Eine hiesige Musikkapelle spielt zum Tanz auf, sogar einen Wiener Walzer hat sie für uns einstudiert.
Für Ivor sind die Tage ausgefüllt mit Besprechungen und Besuchen von Filmateliers. Für mich haben die Gastgeber eine Art Damenprogramm zusammengestellt mit Besuchen von Schulen, Ausstellungen und architektonischen Leistungen des Landes. Einer der Höhepunkte ist die Einladung des Sultans von Johore zur Hochzeit seines Sohnes Tengku Mahmud mit dessen englischer Braut. Der Sultanspalast ist für diesen einmaligen Anlass mit einem Prunk ausgestattet, der Tausendundeine Nacht in den Schatten stellt. Siebenhundert Gäste sind geladen. Sultan Tanku Mahkota und der Bräutigam heissen uns herzlich willkommen, führen uns zu den Buffets unter den Arkaden des Palastes und überlassen uns dann den allgemeinen Festlichkeiten. Das königliche Paar muss stundenlang auf einem goldenen Thron ausharren. Von der Braut wird sogar verlangt, nicht zu lachen, nein, nicht einmal lächeln darf sie. Doch der jungen, lebhaften Engländerin will solche stabpuppenhafte Starrheit nicht gelingen.
Die zweite Etappe unserer Fernostreise gilt Hongkong. Der jüngere der beiden Brüder Shaw stellt uns seine Gästevilla an der Repulse Bay zur Verfügung. Auch hier steht uns ein eigener Chauffeur und Stadtführer zu Diensten. Ivor ist wie besessen von seiner Arbeit. Er kritzelt Schreibblöcke voll mit Notizen und Gedanken, Ergebnissen und Vorschlägen. Die will er, zurück in München, Alexander Hellmann als säuberlich diktiertes Memorandum übergeben.
Für mich sind es vierzehn Tage unbeschwerte, unvergessliche Ferien mit Bummel durch die Einkaufsstrassen – aber etwas anderes als Shopping scheint es hier gar nicht zu geben. Unser Abschiedsessen nehmen wir, Ivor und ich ganz allein, im weltbekannten schwimmenden Restaurant «Aberdeen» ein. Als uns der Betreuer zur verabredeten Zeit abholt und wir engumschlungen zurück in die Gästevilla fahren, küssen wir uns – und dieses Mal bin ich es, die Ivor ein Geständnis ablegt: «Liebling, ich war in meinem Leben nie so glücklich.»

Auf das Datum unserer Ankunft in Grünwald haben Walter, unser Tiroler Gärtner, und Perle Friedel unser Heim auf Hochglanz poliert und hergerichtet. Der Garten steht in voller Blüte mit Sträuchern, Felsgartenpflanzen und Blumen. Ich taufe unser Haus «Jasmin», weil ich die intensiv duftenden Blüten nach den Kamelien am liebsten habe. Das Gras um das Haus herum wächst wie ein dichter Pelz, das Unkraut muss gejätet werden, es bleibt immer etwas zu tun. Ja, wir haben jetzt unsere definitive Bleibe, ein richtiges Zuhause, wo wir alt werden wollen.
München wird für Ivor und mich zum Bezugspunkt, zur Wahlheimat. Er trifft viele Freunde wieder, die während der Nazizeit das Land haben verlassen müssen und nun aus aller Herren Länder zurückkommen und zaghaft Fuss fassen. Im Café an der Oper trifft man sich: mit Fritz Kortner und seiner bescheidenen, um nicht zu sagen demütigen Frau Hanna Hofer, die trotz des Glanzes ihres berühmten Mannes eine starke Persönlichkeit ist und ausstrahlt; dann mit dem Ehepaar von Molo, das sich fast täglich mit Ivor im «Vier Jahreszeiten» trifft.
Auch Gustav Gründgens gehört zum engen Kreis von Ivors Tafelrunde. Als jener in Berlin die Karriereleiter zu erklimmen begann, hat Ivor ihm zur Seite gestanden. Da gibt es Theo Mackeben und seine goldige Frau und Schauspielerin Loni Heuser, die ich zu unserem engeren Freundeskreis zähle. Früher, in Basel, wäre es niemals möglich gewesen, mit Künstlern zu verkehren. Man hat allenfalls die Werke von Malern gekauft, als Investition, aber der persönliche Kontakt wäre von den andern Mitgliedern der Familie übel vermerkt worden.
Alles läuft in München reibungslos und harmonisch. Ivor blüht auf, ist voller Tatendrang. Aber der Schein trügt. Er fängt an, die Dinge durcheinander zu bringen. Er steigert sich in Euphorie, dann stürzt er wieder ab in Weltschmerz. Den gleichen Leuten erzählt er an ein und demselben Nachmittag mehrmals die gleichen Geschichten. Zwischendurch verliert er den Faden, um dann eine Idee zu entwickeln, einen Filmstoff etwa, wie er nur einem kranken Hirn entstammen kann.
Ivor ist wie die Kerze, die nochmals aufflackert, bevor sie

ganz erlischt. Er erleidet einen zweiten Herzanfall und wird in eine Privatklinik eingeliefert. Dennoch führt er seine Geschäfte munter weiter, schliesst Verträge ab und gibt Bestellungen auf. Ich bin jeden Tag an seinem Bett, stundenlang und lebe in grosser Sorge um ihn.
Als sich zu seinem Herzleiden ein Versagen der Nieren hinzugesellt, ist sein Schicksal besiegelt. Ich erhalte einen Anruf aus der Klinik mit dem Bescheid, dass es mit ihm zu Ende gehe. Weil ich zu aufgeregt bin und sich meine Gedanken peitschen, lasse ich meine Auto stehen und fahre mit einem Taxi zum Krankenhaus. Ich komme zu spät.
Ivor ist tot, meine Trauer abgrundtief.
Ich bin verzweifelt: wieder allein, ohne Hilfe, ohne Beistand, ohne Mann.
Mag sein, dass Ivor in seiner letzten Lebensphase geistesgestört gewesen ist und unter Wahnvorstellungen alles unterschrieben hat, was man ihm unter die Nase hielt. Warum wurde nie ein Psychiater zugezogen? Ich selber konnte solches nicht verlangen. Jedenfalls hat mir die Tatsache, dass von ärztlicher Seite keine Untersuchung seines Geisteszustandes angeordnet worden war, sofort nach Ivors Beerdigung grossen Schaden zugefügt. Ich kann nämlich seine Unzurechnungsfähigkeit hinterher nicht beweisen, also war er für seine Gläubiger voll handlungsfähig. Und die Forderungen flattern mir ins Haus und schlagen mich zu Boden.
Mein finanzieller Zusammenbruch ist besiegelt. Was ich nicht wusste, aber vielleicht ahnte, waren Ivors riskante Spekulationen. Er hatte unser gesamtes verfügbares Geld und die realisierbaren Werte in einen der ersten deutschen Farbfilme mit internationaler Koproduktion investiert. Josef Cohen, unser «Strohmann», wie wir unsern Vertrauten immer scherzhaft genannt hatten, hatte Ivor zu diesem Schritt ermuntert, und es wäre bestimmt nicht zum Fiasko gekommen, wenn Ivor am Leben hätte bleiben können. Ivor benützte zuletzt ein Büro in Cohens Firma. Von dort aus knüpfte er die Fäden zu Filmverleihfirmen in aller Welt.
Ich versuche, mit dem «Strohmann» zu telefonieren. Es dauert Stunden, bis ich ihn am Draht habe. «Du hast doch versprochen, Josef, mir sofort 20 000 Mark auszuzahlen – du

hast es vor Ivor versprochen in meiner Gegenwart!» flehe ich ihn an, «du weisst, ich habe keinen roten Heller. Nicht einmal das Taxi vom Friedhof nach Hause konnte ich mir leisten ...» Cohen bleibt unberührt: «Du kannst das Geld morgen abholen, morgen!» versichert er und hängt den Hörer ein. Ich bin für den Augenblick zum Nichtstun verurteilt und vertröste mich wohl oder übel auf morgen.
Schon in der Frühe mache ich mich auf den Weg in die Filmstudios. In den Gängen spüre ich eine unerklärliche Abneigung gegen meine Anwesenheit. Ich klopfe am Sekretariat an und stosse, da sich niemand meldet, die Milchglastür auf. «Ich bin mit Herrn Cohen verabredet», sage ich und schaue in das verdutzte Gesicht der Sekretärin. Sie erhebt sich von ihrem Sessel und führt mich zurück zur Tür, wie wenn wir uns nicht kennen würden. «Ich weiss nichts von einer Verabredung», meint sie spitz, ohne auch nur einen Blick in die Agenda auf dem Pult geworfen zu haben, «und ausserdem ist mein Chef geschäftlich landesabwesend.» Diese letzten Worte sagt sie mit einer Süffisanz, die wohl darüber hinwegtäuschen soll, dass sie die Geliebte Cohens ist, und die ihre Meisterschaft im Abwimmeln von Besuchern unterstreichen soll. Aber weshalb komplimentiert sie mich hinaus? Zu Ivors Lebzeiten bin ich doch hier ein- und ausgegangen, wir haben zusammen gescherzt und uns die neuesten Kulissengeschichten erzählt.
Ich bin alarmiert. Hier stimmt etwas nicht, aber was? Von Cohens Büro gelange ich zu Fuss zu Dr. Peter Martin, den ich für einen ausgezeichneten Anwalt und Freund halte und der seine Kanzlei ganz in der Nähe hat. Er empfängt mich herzlich und ohne Umschweife in seinem geräumigen Büro, das von einem mächtigen Mahagonipult beherrscht wird und mit sehr gesunden Palmenpflanzen dekoriert ist.
Als ich den Namen Josef Cohen erwähne, heben sich seine buschigen Augenbrauen besorgt, und mit dem Zeigefinger fährt er über den Nasenflügel. Mit einer ruckartigen Bewegung reisst er sich entschlossen aus seinen Gedanken:
«Gut, dass Sie gleich zu mir gekommen sind, Diane. Ich habe dieses und jenes gehört und kenne verschiedene Leute aus der Branche. Am besten ist es, wir fahren gleich hinüber in die Filmstudios. Ach ja, Sie besitzen doch sicher einen Schlüssel zu Ivors Büro?»

Ich bejahe.
«Ich nehme meine Sekretärin mit, für alle Fälle», sagt Dr. Martin, und zu dritt fahren wir in seinem Auto zu den Studios. Ich schaue auf meine Uhr und stelle mit Schrecken fest, dass die Geschäftszeit schon vorbei ist. Doch wir haben Glück, Cohens Sekretärin ist noch anwesend.
Schnippisch schätzt sie uns ab und herrscht dann Dr. Martin an, ohne ihn eines Blickes zu würdigen: «Ich habe Frau von Radvany bereits gesagt, dass Herr Cohen nicht da ist. Er weilt für einige Zeit im Ausland.»
«Das stört uns nicht im geringsten, meine Dame», sagt Dr. Matin sehr höflich, aber mit fester Stimme, «Frau von Radvany ist im rechtmässigen Besitz eines Schlüssels zum Büro ihres verstorbenen Mannes. Und ich bin ihr Anwalt.»
Die Sekretärin will uns den Weg versperren und kreischt: «Das geht nicht, das lass' ich nicht zu, Sie müssen abwarten, bis Herr Cohen zurück ist.»
«Das werden wir nicht tun!» sagt Dr. Martin mit betont ruhiger Stimme. Er kann ein Handgemenge verhindern, indem er die Sekretärin in dem schmalen Korridor zur Seite bugsiert und uns einen Weg zu Ivors Büro bahnt. Jetzt scheint sie die Nerven völlig zu verlieren, und ihre Haare geraten in Unordnung: «Sie haben kein Recht, so eine Unverschämtheit, ich verbiete Ihnen ... Sie haben kein Recht!» schreit sie uns nach und kommt wieder ein paar Schritte näher.
Dr. Martin bleibt stehen, dreht sich langsam um, worauf die Sekretärin wieder zurückweicht.
«Sie irren sich, mein Fräulein», sagt er, «Frau von Radvany hat sehr wohl ein Recht, das Büro zu betreten. Sie handelt in Vollmacht ihres verstorbenen Mannes, dessen Alleinerbin sie ist.»
Wir eilen zum Ende des Flurs und stehen vor der verschlossenen Tür, hinter welcher sich Ivors Reich noch immer befindet. Dr. Martins Sekretärin, die hier offenbar als allfällige Zeugin anwesend ist, nimmt mir den Schlüssel aus der Hand, da sie sieht, wie ich zittere, und schliesst die Tür auf. Inzwischen hat Cohens Vorzimmerdame den Kampf aufgegeben und verschwindet unter Protesten und Verwünschungen.
Ich taste nach dem Schalter und knipse das Licht an.

«Um Gottes Willen!» entfährt es mir, und auch Dr. Martin und seine Sekretärin scheinen entsetzt.
Sämtliche Schränke stehen weit offen und sind leer. Auf den Bücherregalen liegen ein paar Leitz-Ordner kreuz und quer. Ein Blick in die Pultschubladen genügt: Alle Unterlagen, Verträge, Abrechnungen, Korrespondenzkopien sind verschwunden, ausgeplündert. Nur im Papierkorb liegen ein paar zerlesene Zeitungen und in der Schreibgarnitur Ivors Füllfederhalter, ein Geburtstagsgeschenk von mir. Da hat jemand saubere Arbeit geleistet und die Spuren verwischt.
Der Farbfilm, den Ivor mitfinanziert hatte, wurde fertiggestellt und ist vom internationalen Konsortium der Filmverleiher abgesegnet worden. Eine Uneingeweihte wie ich muss ja die Übersicht verlieren, und tatsächlich tappe ich völlig im dunkeln. Nach mehreren Anläufen, bei denen er sich mit Sicherheit verleugnen liess, gelingt es mir schliesslich, Josef Cohen zu stellen. Ich habe ihn am Münchener Stachus getroffen, wir beide warteten auf die Strassenbahn.
Er wendet sich ab, um von mir nicht erkannt zu werden und mich nicht sehen zu müssen. Doch es ist zu spät. Ich trete auf ihn zu:
«Wenn du einen Skandal vermeiden willst, und zwar hier in aller Öffentlichkeit, lieber Josef, dann kommst du jetzt mit mir in das Kaffeehaus dort drüben.»
Er muss eingesehen haben, dass ich zu allem entschlossen bin, und folgt mir. Wir sitzen uns an dem kleinen Tisch sehr nahe gegenüber. Ich mustere ihn eine Weile mit einer Mischung aus Zorn und Ohnmacht.
«Nun?» frage ich schliesslich.
Cohen behauptet nun plötzlich, Ivor schulde ihm noch Geld, einen Haufen Geld. Die Summe, die er nennt, ist horrend: «350 000 D-Mark, ohne Zinsen», sagt er. Mir wird schwarz vor den Augen.
«Ivor hat seinen Anteil für die Produktion und den Verleih des Films nicht geleistet. Ich habe ihm das Geld vorgeschossen», behauptet er. Auf einmal ist nicht mehr die Rede von Schulden, die Cohen mir gegenüber zu begleichen hat, sondern ich ihm. Die 20 000 Mark, die er mir vor Wochen zurückzahlen wollte, haben sich wohl in Rauch aufgelöst.

Er ist freilich nicht in der Lage, mir Beweise zu präsentieren, dafür erzählt er mir Zusammenhänge, die so unglaublich klingen, dass ich sie für eine Räubergeschichte halten muss. Ivor habe einen Vertrag unterschrieben, in welchem er über den Tod hinaus mit seinem gesamten Vermögen für seinen Filmanteil bürge. Ivor konnte es unmöglich so weit getrieben haben, denke ich. Doch nun geht es Schlag auf Schlag. Andere Filmproduzenten und Verleiher, Anwälte und Geldeintreiber kommen mit Verträgen, Aktennotizen und sogar mit Ivors Unterschrift in Notizbüchern, die beweisen sollen, dass er bei ihnen in der Kreide stand.
Die Unterschriften sind allesamt gefälscht, das ist meine Meinung. Ivors Unfähigkeit kurz vor seinem Tod, Dinge einzuschätzen und Geschäfte abzuschliessen, wurde von seinen Geschäftspartnern schamlos ausgenützt. Dass sämtliche möglichen Beweismittel aus Ivors Büro entfernt worden sind, davon ist nicht mehr die Rede. Eine polizeiliche Untersuchung, die ich gegen den Widerstand von Freunden, die mich von der Sinnlosigkeit überzeugen wollten, verlangte, verlief tatsächlich im Sand.
Dr. Martin meint, dass Ivors Vertrag mit der gesamten Vermögensüberschreibung von Cohen frisiert worden sei. «Diese und die andern Forderungen sind nicht nur eine Verfilzung, das Ganze ist ein absichtliches, verschwörerisches Durcheinander. Da kann nicht einmal ein Experte durchblicken, und es wird Jahre dauern, Diane, bis Sie alles geregelt haben werden.»
Er spricht es schliesslich mit einem Seufzer aus: «Zahlen oder die Erbschaft ausschlagen!»
Zahlen kann ich nicht, also kommt nur die Alternative in Frage. Weil unsere Liegenschaft im Grundbuch auf Ivors Namen eingetragen ist, legen die Gläubiger ihre Hand darauf. Unser Haus am Koglerberg wird mir weggenommen und für die Konkursmasse versteigert.
Der Abschied ist unsagbar schwer und schmerzhaft. Mit anzusehen, wie die Kaufinteressenten ohne Rücksicht ein- und ausgehen, die Schlafzimmer begutachten und achtlos den Rasen und den Felsengarten zertrampeln, schnürt mir die Kehle zu. Ich habe mir dieses Haus immer gewünscht, habe es allein

eingerichtet, nach meinen Wünschen und nicht nach Mamas Willen, habe es geliebt und gepflegt. Wir hatten angebaut, um diesen Teil untervermieten zu können, falls Ivor einmal nicht mehr arbeiten sollte. Damals hatten wir das freilich nicht nötig, doch Ivor meinte, wir müssten den Versuch machen, «nur so zur Probe, um zu sehen, wie es ist, wenn wir zwei uns einmal aufs Altenteil zurückziehen», wie er sagte.
So gingen Schauspieler bei uns ein und aus, blieben für Wochen oder Monate. Caterina Valente war eine unserer Mieterinnen, wenn sie für einen ihrer Schlagerfilme vor der Kamera stand.
Ivors Anbaupläne waren glänzend. Die Vermietung brachte gutes Geld, ich hätte davon existieren können. Aber jetzt wird mir zum zweiten Mal im Leben alles weggenommen.
Mein mitgebrachtes Frauengut kann man mir nicht nehmen. Ich besitze antike Möbel, Teppiche und ein paar sehr wertvolle Bilder, die ich vielleicht veräussern muss. Beim Räumen des Hauses und Packen meiner Habe fällt mir ein ungeöffneter Brief Ivors in die Hände. Hatte er ihn während seiner Krankheit in der Klinik geschrieben? Wusste er, dass sein Tod kurz bevorstand?
Ivor schreibt Zeilen voller Dankbarkeit an das Leben, an mich, die Liebeserklärung eines Sterbenden an eine Lebende. Sie bewegen mich tief, Tränen laufen mir über das Gesicht.
Immer wieder lege ich das Blatt zur Seite, um es doch wieder hervorzuholen. Ivor tröstet mich über seinen Tod hinaus. Er gibt mir Ratschläge, wie ich meine brachliegenden künstlerischen Talente wecken soll. «Wenn du einmal schreiben solltest, dann schreibe zu deiner eigenen Befreiung. Schöpfe neue Kraft daraus und nutze das Gelebte! Dein Leben ist so reich an Schönheit wie an Grausamkeit, akzeptiere beides. Zweifle nie an der Macht des Guten. Ich werde immer bei dir sein. Ivor.»
Trotzdem fühle ich mich allein und verlassen. Friedel, unsere Hausperle, und den Gärtner Walter Kohlbauer habe ich entlassen müssen. Ich falte den Brief wieder zusammen und will ihn in den Umschlag zurückstecken. Dabei fällt eine halbe, kleine Münze heraus vor meine Füsse − Ivors Hälfte des Talismans, das Symbol unserer Unzertrennlichkeit.

8. Kapitel: Überleben mit Schmierseife und Soda

Nein, ich will keine Verzweiflung aufkommen lassen. Eine geborene Stackenhorst zeigt ihre Gefühle nicht, sie versagt nicht, sie meistert jede Situation in vornehmer, stolzer, aufrechter Haltung. Doch zum Überleben braucht es Taten. Um Hilfe kann ich nicht betteln. Also bin ich gezwungen, meine antiken Möbel, die Teppiche und Gemälde sowie meinen Schmuck Stück für Stück zu verkaufen. Die Händler müssen mir wohl ansehen, dass ich sehr an den Sachen hänge und sie nicht veräussern will, sondern muss. Sie machen mir Angebote, über die ein Fachmann niemals diskutieren würde. Ich hingegen muss sie weggeben, tief unter ihrem Wert.
In einem Zeitungsbericht lese ich, dass ein Film mit Eva Bartok und Martin Held eine Pleite geworden ist. Das Ausland will von einer Übernahme nichts wissen, und die Kinosäle bleiben leer. Es werden Filmkritiken zitiert, die derart niederschmetternd, ja, vernichtend sind, dass nicht einmal Gefühlsmasochisten sich den Streifen ansehen wollen. Ich muss unwillkürlich an Berlin zurückdenken und an das letzte Filmfestival, das Ivor und ich besucht hatten. Ich war mit Eva Bartok von Hamburg aus geflogen, wo Ivor noch Geschäfte zu erledigen hatte. Eva war eine wunderschöne Frau, ein echtes Idol ihrer Zeit. Die Ausdauer und Hartnäckigkeit wartender Autogrammjäger, die glühenden Liebesbriefe ihrer Verehrer, die sie als Eigentum betrachteten, waren für mich unerträglich in ihrer Zudringlichkeit. Doch war ihnen «die» Bartok mit ihrer burschikosen Sinnlichkeit und dem geheimnisvollen Sex Appeal Teil ihres Lebensinhalts, ein Ideal eben, nach dem sie strebten. In Berlin wurden wir am Flughafen von Curd Jürgens, Evas damaligem Verlobten, in Empfang genommen. Es dauerte eine ganze Weile, bis sich die beiden aus ihrer Begrüssungsumarmung lösten und mir der Hüne mit der sonoren Stimme elegant die Hand küsste. Schon waren wir wieder umringt von Pressefotografen und Verehrern jeden Alters. Sogar von den Abfertigungsschaltern kamen sie herbeigelaufen, um eine Fotografie samt Autogramm zu ergattern.

Berlin hatte sich langsam, aber mit unglaublicher Willenskraft aus den Trümmern erhoben und wollte leben. Das Filmfestival war das gesellschaftliche Ereignis schlechthin, auch für mich. Die ganze Leinwandprominenz war da, darunter die junge, deutschsprachige Generation. Ich plauderte stundenlang mit der inzwischen berühmten Grethe Weiser, die aus ihrem Berliner Dialekt einen Kult machte, und ich tanzte mit dem besten Tänzer meines Lebens, Bernhard Wicki, einem der gerade am Filmhimmel aufgehenden Sterne. Das gleissende Licht, die prickelnden Empfänge der sich an Einfällen und Kosten überbietenden Filmfirmen und die Paraden der Stars übten auf die Massen eine Faszination aus, die mich zugleich erschreckte und belustigte. Denn ich gehörte ja auch ein wenig dazu.

Dr. Martin und seine Frau Irene unterstützen mich mit guten Ratschlägen. Mehr noch, sie sind mir behilflich auf der Suche nach einer geeigneten Wohnung. Tatsächlich kommt es zum Mietvertrag für eine Dachwohnung in einem Neubau an der Münchener Pilotystrasse hinter dem Armeemuseum und dem Hofgarten. Ich habe Glück in meinem Unglück: Die Besitzer sind ein ganz reizendes, unzimperliches Ehepaar, das mir Mut macht, mich häuslich einzurichten. Es sind nur zwei Zimmer und eine kleine Nische, die ich als Essecke vorsehe.

Nachdem ich mich jetzt wohnlich niederlassen kann, bleibt mir von dem Erlös der verkauften Bilder und Schmuckstücke ein hübscher Betrag. Voller Stolz hinterlege ich ihn auf der nahegelegenen Filiale der Dresdner Bank als Notgroschen, den ich nie angreifen will. Ich bin froh, daß ich meine übrigen schönen Möbel noch besitze. Um sie nicht auch verkaufen zu müssen und um meinen Lebensunterhalt zu sichern, kann ich im gleichen Haus zwei Einzimmerwohnungen übernehmen, die ich untervermieten darf.

Zum ersten Mal in meinem Leben komme ich für mich ganz allein auf. Ich verdiene Geld und bin stolz darauf.

Die Umstellung ist radikal. Doch zeigt sich bald eine Leere, ein Vakuum, das aufgefüllt werden muss. Ich gehe auf die Suche nach dem Sinn des Lebens, ich will die Geheimnisse erforschen, die uns umgeben.

Nach der Lektüre von allerhand mystischen Büchern, die ich

aus der öffentlichen Bibliothek hole, besuche ich Vorträge aus dem gleichen Wissensgebiet. Professor Wolf, den ich für einen der grössten Esoteriker halte, wird für mich zu einer Art geistigem Vater. Er löst in mir den Drang aus, mich auf mentalen Gebieten weiterzubilden. Ich werde auch Schülerin von Professor Neidhart. Dieser Hellseher von Kind auf ist gleichzeitig Astrologe, Ufologe und Esoteriker. Eine tiefe Freundschaft hat sich zwischen uns angebahnt. Schliesslich lerne ich Georg Thomalla, einen lieben Bekannten von früher, von einer ganz anderen Seite kennen. Georg bringt mich mit Rosenkreuzern zusammen, zu denen ich heute noch gehöre. Ich lerne wunderbare Menschen kennen, keine Papierchristen − bewahre! −, keine in Dogmen erstarrte Frömmler und Sektierer, nein, hilfsbereite, arbeitsame und im übrigen ganz normale Menschen.
Allein aus den Mieten der beiden Einzimmerwohnungen unter mir kann ich mich auf die Dauer nicht über Wasser halten, denn meine eigene Wohnung schluckt einen schönen Teil dieser Einkünfte. Ich muss also Geld dazuverdienen.
Durch eine Nachbarin komme ich in Kontakt mit der Familie Barozny, Flüchtlingen aus Ungarn. Wie sie mir glaubhaft erzählen, haben auch sie bessere Tage gesehen. Sie hausen zu viert zusammengedrängt in einer Baracke an der Rumfordstrasse und verdienen jetzt ihren Lebensunterhalt mit Kaugummiautomaten, die an allen Ecken und Enden der Stadt angebracht worden sind. Jede dieser Selbstbedienungsmaschinen enthält neben den bunten Kaugummikügelchen verschiedenes billiges Zeug wie Fingerringe, Broschen und Spielautos als zufällige Zugabe. Die Baroznys verdienen an diesen Apparaten fünfzig Mark je Stück und begründen damit ihr späteres Lebensmittelimperium.
Ich habe nun bei ihnen eine feste Anstellung, und meine Aufgabe besteht darin, solche Automaten nachzufüllen, für zwei Mark fünfzig Stundenlohn. So ziehe ich jeden Morgen los, beladen mit einer unglaublich schweren Tasche, die sich gegen Mittag langsam leert. Ein einziges Mal habe ich selber eine solche Kaugummikugel zerbissen, konnte ihr jedoch keine Lust abgewinnen. Ich überlasse das weiterhin den Amerikanern − und den Deutschen, die sie nachahmen. Auf meinem

vierstündigen Fussmarsch schaffe ich es, bis zu zwanzig Automaten zu bedienen – eine «brave Leistung», wie mir der alte Barozny bestätigt.
Am Nachmittag gehe ich neuerdings auch putzen. Die Anregung dafür kam von einem meiner Mieter, einem ehemaligen Wehrmachtsoffizier und Witwer, der bei einer der monatlichen Zahlungen die Bemerkung fallen liess, er sei im Haushalt ungeschickt und suche einen dienstbaren Geist.
Aus diesem ersten Kunden ist mit der Zeit ein halbes Dutzend geworden. Mit Schmierseife und Soda umzugehen habe ich inzwischen gelernt, ebenso Geschirr spülen und Betten frisch beziehen. Aber wie man poliertes Holz pflegt, Reitstiefel und Silber putzt, Parkettböden und Badewannen auf Hochglanz hält, das alles muss ich mir allmählich anhand der Gebrauchsanweisungen auf den Tuben und Dosen beibringen.
Eines Tages treffe ich auf der Strasse Schwester Mathilde. Ich habe sie in der Klinik kennengelernt. Sie hauptsächlich war es, die Ivor gepflegt hatte, zeitweise sogar nachts.
Wir setzen uns in eine Konditorei, und hier schlägt sie mir vor, mich beim «Reichsbund freier Schwestern» zu melden. Der Name gefällt mir nicht, aber Schwester Mathilde redet auf mich ein: «Man sucht dort Frauen für stundenweise Hauspflege bei entlassenen Patienten und Rekonvaleszenten. Keine Plackerei, Frau von Radvany, kein Scheuern auf den Knien!» beteuert sie und lobt die anständige Bezahlung.
Es tönt wirklich verlockend, und so melde ich mich beim «Reichfreien Schwesternbund», wie ich ihn nenne, und bekomme prompt ein Angebot.
Paul Fellberg ist mein erster Patient. Er ist geschieden und Gelegenheitskaufmann. Seine Geschäfte wickelt er in mehr oder weniger noblen Kaffeehäusern ab. Er gehört zu den leichtlebigen Menschen, jenem Menschenschlag mit Charme. Vor kurzem hatte er einen Autounfall, der ihm eine schwere Verletzung am Bein zufügte. Seine um viele Jahre jüngere Freundin hat sich, nach seinen Worten, geweigert, ihn und seinen Haushalt zu pflegen. Dafür gebe es Dienstpersonal, soll sie gesagt haben.
Wir sind uns rasch über die Bedingungen einig. Ich soll täglich kommen, also auch sonntags, ihm das Frühstück herrich-

ten und das Mittagessen. Das Gehalt von 180 Mark deckt gerade die Miete für meine Dachwohnung.
Ein weiterer Patient heisst Werner Pochrath. Bei ihm muss ich nicht kochen, vielmehr die Wohnung putzen und aufräumen. Manchmal sieht es hier schon ein bisschen chaotisch aus. Hin und wieder gibt es auch ein Hemd zu waschen. Da sie nicht sehr schmutzig sind, schaffe ich das leicht. Aber beim Bügeln habe ich Mühe, vor allem beim Kragen. Ich habe bei mir zu Hause geübt, aber immer waren das Resultat braune Flecken, die nach Verbranntem rochen. Ich arbeite gern bei Herrn Pochrath, weil ich ihn sehr gern mag. Auch er wartet immer auf mein Kommen, obwohl er mich unmöglich für eine gute Haushalthilfe halten kann.
Herr Fellberg zeigt eine überraschende Entwicklung. Er verlangt, dass ich mit ihm in den Park spazieren gehe. Dazu muss ich eine blauweiss gestreifte Schwesterntracht und die übliche weisse Spitalschürze tragen. «Man soll wissen, dass Sie meine Pflegerin sind, Frau von Radvany», lautet seine Begründung. Diese Spaziergänge haben etwas Demonstratives an sich. Humpelnd an der Krücke führt er seine Invalidität vor, und ich gehe neben ihm wie eine Betschwester. Jeder soll sehen, dass sich Herr Fellberg eine Pflegerin leisten kann. Niemand soll erfahren, dass er in Wirklichkeit finanziell ruiniert ist.
Seit er ohne Gehgips geht, massiere ich ihm das Bein unter Wasser und auch während er auf dem Bett liegt. Durch die lange Ruhestellung sind seine Muskeln stark geschwunden. Ich bewege seine Fussgelenke, knete ihm die Waden und Oberschenkel. Während ich so nach Kräften zugreife, schliesse ich die Augen, und es ist, als wüsste ich genau, wo es ihm am meisten weh tut und wo ich fester massieren kann.
Eines Morgens, als ich ihm gerade das Frühstück gebracht habe, bittet er mich, ich solle mich zu ihm neben das Bett setzen. «Schauen Sie sich mein Bein an, Frau von Radvany», sagt er, «keine Rötung mehr, kein Schmerz, überhaupt nichts.»
«Stimmt genau», bestätige ich ihm, «die Rötungen sind spurlos verschwunden.» Ich sehe ihn glücklich an: Hat ihm meine Massage geholfen?
Doch plötzlich wird er wütend und fährt mich wie toll gewor-

den an: «Ich will nicht gesund werden! Was haben Sie da mit mir angestellt, verdammt? Ich darf nicht gesund werden!» Seine Mundwinkel fangen an zu schäumen, und seine Stimme überschlägt sich: «Die Versicherung trägt doch die Unfallkosten, Herrgott nochmal, einschliesslich Ihrer Pflege. Ich kann es mir nicht leisten, gesund zu werden. Verstehen Sie das denn nicht?»

Nein, das verstehe ich nicht und schüttle sprachlos den Kopf.

«Der Unfall war und ist meine Rettung, von ihm lebe ich!» Langsam dämmert es mir. Herr Fellberg hat den Unfall zum Anlass genommen, seine Versicherung für ihn aufkommen zu lassen. Hat er den Unfall womöglich noch selbst verschuldet?

Jetzt entsinne ich mich wieder eines Gesprächs mit seiner Freundin vor ein paar Wochen. Sie hat damals in einem Wutanfall geschworen, sie wolle mit Herrn Fellberg nichts mehr zu tun haben. «Er schuldet mir Geld. Und was den Unfall anbelangt, so hat er ihn ja selbst inszeniert, indem sich dieser Schlawiner vor ein haltendes Auto schmiss.»

Ich hatte damals ihren Worten keinen Glauben geschenkt und dachte vielmehr, sie leide unter Hysterie und sei dabei, von meinem Patienten Geld zu erpressen.

«Ich darf nicht gesund werden, glauben Sie mir, Frau von Radvany», fährt Herr Fellberg fort, «nicht, bevor mein Sohn aus Amerika gekommen ist und mich abholt. Er wird meine geschäftlichen Dinge ordnen.»

Jetzt wird er kleinlaut: «Ich habe mich verspekuliert. Aber ich erinnere Sie an Ihre ärztliche Schweigepflicht, liebe Diane.»

Er greift nach meiner Hand und hält sie eisern fest. Das ist zuviel für mich. Ich löse mit Gewalt seine Umklammerung und bedeute ihm, dass ich nicht länger zu ihm kommen wolle. Und ich traue mich auch, darauf hinzuweisen, dass er mir noch den Lohn des vergangenen Monats und einige Einkäufe schuldig sei. «Ich versichere Ihnen, dass ich Ihnen morgen früh alles bis auf den letzten Pfennig bezahlen werde, liebe Frau von Radvany.» Da er wieder auf Distanz geht, verspreche ich, wiederzukommen. Wie ich am nächsten Morgen eintreffe, braust ein Krankenwagen mit Blaulicht und Sirene davon. Ich schaue dem Auto einen Moment lang nach und be-

trete das Haus. An der Wohnungstür empfängt mich Herrn Fellbergs Freundin.
«Wissen Sie's schon?» fragt sie mich leidenschaftslos, «der Paul hat einen Selbstmordversuch gemacht – einen angeblichen.» Sie zieht mich zur Tür herein. «Er hat mich angerufen, rechtzeitig freilich, ich solle sofort herkommen. Er habe sich die Pulsadern aufgeschnitten.»
Sie betrachtet ihre Fingernägel, wie um zu prüfen, ob der Lack noch feucht sei. «Na, ich fuhr sofort her, ich habe ja einen Schlüssel. Und was glauben Sie, was ich da vorfinde? Paul liegt auf der Ottomane in der Küche. Der Teppich ist zurückgeschlagen, damit das Blut keinen Schaden anrichten kann. An der Hand hat er ein paar Kratzer, in der falschen Richtung natürlich, damit er sich nicht wirklich was antut.»
Sie schaut durch die Küchentür, wo im Hintergrund das Fenster offensteht. «Den Gashahn hat er erst geöffnet, als ich eingetreten bin. Ich habe dann die Ambulanz veranlasst, und die hat ihn weggebracht in die Psychiatrische.»
Ich muss mich hinsetzen. Nein, es darf nicht wahr sein. Ich hatte geglaubt, einem kranken Menschen zu helfen, dabei habe ich einen Versicherungsbetrüger gegen seinen Willen gesund gepflegt.

Eine neue Stellung als Hausangestellte in der gehobenen Gesellschaft zu finden ist keine Hexerei. Allein aufgrund meiner eigenen Abkunft öffnen sich Tür und Tor. So erhalte ich eine neue Stellung bei einer alleinstehenden Dame. Frau Marta Schröter heisst sie und ist die Witwe eines der wichtigsten Drahtzieher des Nazi-Regimes. Frau Schröter lebt in der Vergangenheit. Sie ist nicht willens, ja, unfähig, das Unrecht, das um sie herum begangen worden ist, als solches anzuerkennen. Sie hat ihren eigenen Seelenkomplex entwickelt und ist felsenfest davon überzeugt, man tue ihr Unrecht. Sie war aus dem Nichts gekommen. Ihre Ehe mit einem Wehrmachtsoffizier, dessen Karrieresucht ihn in der Hierarchie ganz nach oben spülte, brachte ihr unverdientes, aber angeheiratetes Ansehen in der tausendjährigen Gesellschaft.
Die zwölf Jahre Nationalsozialismus sind ihre strahlende Zeit gewesen. «Man redete mich damals mit ‹unsere liebe Frau›

an», hat sie mir einmal in einer Mischung von Stolz und Melancholie erzählt. Doch das ist jetzt wieder so. Viele der nach dem Zusammenbruch in alle Winde versprengten Systemnutzniesser sammeln sich allmählich aufs neue, zum Beispiel in München. Einmal im Monat lädt Frau Schröter Frauen und Freundinnen ehemaliger Nazi-Grössen zu Nachmittagszusammenkünften ein. Beim Empfang geht sie ihren Gästen, denen ich Mantel und Handschuhe abnehme, mit ausgestreckten, blassen Armen entgegen. Dabei trägt sie meistens ein ebenso blasses, geblümtes Gürtelkleid und einen gehäkelten Dreieckschal mit langen Fransen. «Wie geht es unserer lieben Frau?» ist regelmässig die Begrüssungsformel der neu Angekommenen. Huldvoll nimmt sie die Ehrenbezeugungen entgegen. Frau Schröter ist wieder der Mittelpunkt ihres Clans. Mir wurde neulich schwindlig, als ich beim Servieren des Kaffees Ohrenzeugin ihrer Konversation werden musste. «Wäre die Endlösung konsequenter vorangetrieben und schneller abgeschlossen worden», hiess es in diesem erlauchten Kreis, «dann wäre uns der Sieg sicher gewesen, weil wir uns auf das Wesentliche hätten konzentrieren können.»
Der Umgang mit Frau Schröter ist nicht ganz leicht. Sie war in den vergangenen Jahren gehätschelt worden und war es gewohnt, ein Heer von Domestiken herumzukommandieren. Nun muss sie mit mir als alleiniger Haushalthilfe Vorlieb nehmen. Die Umstellung wird ihr sicher schwergefallen sein. Ich bemühe mich, ihre Anordnungen ohne Widerrede und nach besten Kräften auszuführen. Ihre stets freundliche und liebenswürdige Art kann man als äusserst korrektes Verhalten bezeichnen, weniger aber als Herzlichkeit. Nur als einmal ein Windstoss die Salontür zuschlug, als ich gerade auftragen wollte, so dass mir ein Kuchenteller zu Boden fiel und am Boden zerbrach, verlor sie für einen Augenblick die Fassung und schalt mich eine unachtsame Person.
Frau Schröter verlässt das Haus nie. Nicht zu Unrecht, wie ich meine, wittert sie in den Strassen Feinde, die ihr etwas anhaben könnten. Die Fenster ihrer Vierzimmerwohnung sind immer halb verdunkelt, was das Reinemachen erschwert. Obwohl sie im vierten Stock gelegen ist, muss die Balkontür immer verschlossen bleiben. Der Wohnungseingang ist auf der

Innenseite mit einer Gittertür und drei soliden Schlössern versehen. Wenn ich nach meiner Arbeit nach Hause gehe und Frau Schröter allein ist, höre ich immer, wie sie sich hinter mir regelrecht verbarrikadiert.
Wenn sie keine Gäste zu bewirten hat, verbringt sie die meiste Zeit im Morgenmantel auf dem Bett, liest in alter Korrespondenz oder schreibt Briefe an irgendwelche Teilhaberinnen aus ihrer früheren Glanzzeit.
Der Schauspieler Gustav Gründgens geniesst die besondere Gunst Frau Schröters. Er ist immer der erste Gast, der zu ihren Einladungen eintrifft. Ich weiss nicht recht, ob es ihm oder mir peinlicher gewesen ist, mich hier als Hausangestellte vorzufinden.
In meiner Freizeit gehe ich gern in die Halle des Hotels «Vier Jahreszeiten». Ich tue das oft, weil ich einfach dann und wann meiner jetzigen Umgebung entfliehen muss. Ich vergesse jeweils, daß ich arm bin. Ich fühle mich wohl und verdränge meine Sorgen. Wenn ich Freunde von früher treffen will, finde ich sie hier am ehesten. Ich brauche diese Atmosphäre, sie erinnert mich an meine Welt, die ich vermisse.
Fritz Kortner, dieser Magier auf der Bühne, sitzt fast täglich in einer Ecke der Eingangshalle. Ab und zu geselle ich mich zu ihm. Jedes Mal, wenn sich die gläserne Drehtür bewegt, habe ich das Gefühl, Ivor müsse erscheinen, mich umarmen, mit mir einen Drink nehmen oder mich in den Speisesaal führen.
Wehmut packt mich dann immer. Was ist nur geschehen, dass ich dieser Welt nicht mehr angehöre?
Ich bin tief in meine Gedanken versunken, als Kortner mich beinahe erschreckt: «Nun, Diane, Sie scheinen weit weg zu sein.» Er schiebt seinen Sessel etwas näher an mich heran.
«Allein?»
«Ja, allein», sage ich.
Als ich ihn hier zum ersten Mal traf – es ist ein paar Monate her –, stand er mir plötzlich frontal gegenüber und sagte mit seinem unbeirrbaren Blick: «Es ist lange her, seit wir uns aus den Augen verloren haben, Diane. Ich war richtig böse auf Sie, nach unserer Begegnung in Paris, Sie wissen schon!»
«Ich weiss, ich weiss», sagte ich, «es tut mir schrecklich leid, dass ich Sie enttäuschen musste.»

«Mir auch», erwiderte er mit einem bitteren Lächeln.
«Wollen wir Frieden schliessen und Freunde bleiben?» fragte ich und streckte ihm meine Hand entgegen.
Er ergriff sie ohne Zögern. «Kommen Sie, setzen Sie sich zu mir. Was möchten Sie trinken?»
Er nahm mich am Arm und führte mich zu seinem altgewohnten Platz.
Kortner ist seit Ivors Zeiten zu mir wie ein lieber Freund. Ich verehre ihn als Künstler und als Mensch. Freilich weiss auch ich, dass er ein schwieriger Zeitgenosse ist, oft über die Schnur haut und seine Umgebung, ob Theaterdirektor oder Mimen, vor den Kopf stösst. Ich weiss aber auch, dass es den liebenswürdigen, sensiblen, ja, schüchternen Fritz Kortner gibt. Kurz vor Ivors Tod trafen wir ihn und seine Frau, Hanna Hofer, die man wegen ihrer bescheidenen und doch so gewinnenden Art einfach lieb haben muss. In Zürich waren wir verabredet, und zwar auf Wunsch Hannas in einem vegetarischen Restaurant in der Nähe des Sees. Ich mag diese Art der Verpflegung und das Sektiererische vieler dieser Menschen nicht besonders, aber irgendwie passte es zu Hanna, dass sie dieses einfache Restaurant etwa dem «Baur au Lac» oder einem andern gehobenen Etablissement vorzog.
Wir waren uns auch öfter in Paris begegnet. Weil Kortner von meinen Erzählungen wusste, dass ich mich hier bestens auskannte, nahm er die Gelegenheit wahr, mich zu bitten, ihm doch einige exklusive Night Clubs und die Gegend von Saint Germain des Prés zu zeigen. Ivor war mit dem Vorschlag ohne weiteres einverstanden, und Hanna interessierte sich nicht im geringsten für diese Art von Vergnügungen. Ich war böse auf Ivor, denn er ahnte wie ich, dass Kortner in mich verliebt war und nur einen Grund suchte, mit mir auszugehen. Ivor spielte den Naiven und war sogar noch stolz darauf, dass seine Frau von dem so berühmten Theatermann eingeladen wurde. Mehr noch: er schlug vor, wir sollten im «Tour d'Argent» am Quai de la Tournelle zu Abend essen. Kortner ging auf der Stelle ans Telefon und bestellte einen Tisch für zwei Personen. Im «Fouquet», wo wir wie üblich unseren abendlichen Apéro zu uns nahmen, verabschiedeten wir uns von Hanna und Ivor. Kortner winkte ein Taxi heran, und wir fuhren los. Ich weiss

noch genau, wie glücklich Kortner war, mit mir allein unterwegs zu sein. Ein charmanter, verliebter Knabe!
«Sie werden nicht glauben, wie wenig ich diese Welt des Vergnügens kenne», gestand er mir im Fond des Autos, «es tut gut, einmal mit einer hübschen Frau, wie Sie eine sind, ein wenig bummeln zu gehen.» Seine Komplimente waren schmeichelhaft und schienen unwirklich aus dem Mund eines empfindsamen, schwierigen, doch grandiosen Regisseurs, den alle fürchteten. Im «Tour d'Argent» hatten wir einen diskreten Tisch an der Fensterfront. Kortner liess beim Bestellen nichts aus. Champagner und Kaviar, Champagner zur frischen Gänseleber, Champagner zur Languste. Als die raffiniert zubereiteten Entenbrüstchen aufgetragen wurden, prosteten wir uns mit einem alten Bordeaux zu, den er mit Champagner mischte, was ich bisher nie gesehen hatte und für barbarisch hielt. Und nach dem Obst und dem Käse wollte es Kortner noch mit einem «Château d'Yqem» aufnehmen, einem goldgelben Dessertwein, der träge wie Honig in die Gläser floss.
Wir unterhielten uns prachtvoll und waren in angeregter Stimmung, doch ich spürte, dass Kortner auf ein Abenteuer mit mir aus war und sich bereits darauf freute. Zu seiner Schmach liess ich ihn abblitzen. Er tat mir fast ein wenig leid, aber ich sah keine Veranlassung, meinen Standpunkt zu begründen. Schnell verlangte er die Rechnung und brachte mich auf einer wortkargen Taxifahrt in mein Hotel zurück. Hier setzte er mich kurzerhand ab, stieg nach einem förmlichen Abschied wieder ins Taxi und verschwand. Wo er den restlichen Abend oder vielmehr die halbe Nacht verbrachte, hat er nie preisgegeben. Ich weiss nur, dass er sehr spät zum Hotel zurückfand und die geduldige Hanna nach nichts fragte.
Während mir diese Erinnerungen durch den Kopf schwirren, redet Kortner auf mich ein. «Fühlen Sie sich nicht sehr einsam, Diane, eine Frau wie Sie?» Ob ich einen Freund habe, will er in Erfahrung bringen. Ob ich meinen Lebensunterhalt selbst verdiene, wie und wo, ob ich, ob ich ... Ich antworte ihm auf jede Frage. Alfred Walterspiel macht seinen üblichen Rundgang durch die Hotelhalle und begrüsst die Gäste. Als er mich bemerkt, schaut er etwas merkwürdig. Denkt er vielleicht, ich sei Kortners Freundin?

«Und nun lade ich Sie, liebe Diane, zum Abendessen ein. Ich kenne da ein zauberhaftes italienisches Lokal. Da ich zurzeit Strohwitwer bin, würde es mich besonders freuen, den Abend mit Ihnen statt allein zu verbringen.»
Nach unserer wiederbesiegelten Freundschaft kann ich ihm die Einladung nicht ausschlagen und willige ein.
Das Restaurant besteht aus mehreren Etagen, es hat Nischen und Treppen. Kortner hat nicht übertrieben, es ist tatsächlich originell gebaut und sehr sympathisch. Er scheint hier Stammgast zu sein, denn wir kommen unangemeldet und werden vom Empfangschef sehr herzlich begrüsst. Auch die Kellner lächeln mit einer leichten Verbeugung und nennen ihn beim Namen. Wir bekommen einen hübschen, ruhigen Tisch, von wo aus man einen Überblick über das Kommen und Gehen hat.
Kortner stellt ein Menü zusammen, wie es nur ein Gourmet und Schlemmer fertigbringt. «Erinnern Sie sich an unser Diner in Paris, Diane?» Ich nickte. «Dann bestelle ich wieder Champagner und einen Rotwein, und beides mischen wir dann zusammen. Das ist besser als die Methode von Hans Albers, der Weisswein mit Sekt mixt.»
Wir lachen ausgelassen wie ein junges, verliebtes Paar. Vor dem ersten Schluck bietet mir Kortner das Du an, weil er meint, wir seien lang genug befreundet, und die Anrede «Sie, Fritz!» töne reichlich albern. Er ist entspannt, witzig und voller Humor wie immer, wenn er guter Laune ist. Er erzählt Müsterchen aus seinem enormen Anekdotenschatz, die sich ausnahmslos während seiner Inszenierungen abgespielt haben.

«Ich weiss, ich bin oft ein unbequemer Mann. Oft schüchtere ich Schauspieler derart ein, dass sie den Text vergessen und nicht mehr zu spielen wagen. Ich weiss nicht, wieviele Frauen ich auf der Bühne schon bis zu Weinkrämpfen geplagt habe. Mein Temperament geht zu schnell mit mir durch. Aber nun musst du mir etwas aus deinem Leben berichten, Diane!» sagt er dann. Ich überlege einen Moment und frage:
«Weisst du überhaupt, wem ich meine Existenz verdanke, Fritz?»
«Deinen Eltern, nehme ich an», lacht er.

«Ja, aber wie!»
Plötzlich werde ich ernst.
«Auf der Hochzeitsreise meiner Eltern geschah nichts, lange nichts, was mit dem ‹Vollzug der Ehe› bezeichnet wird. Das ist nicht verwunderlich, denn mein Vater war nicht in seine Neuvermählte, sondern in deren Bruder verliebt. Als meine Mutter in Nizza, eine der Stationen ihrer Flitterwochen, im Swimming-Pool des Hotels aus dem Wasser auftauchte, klebten ihr die kurzen Haare nass an der Stirn. Der Anblick muss meinen Vater in diesem Augenblick besonders krass an ihren Bruder erinnert haben, dem sie sehr ähnlich war. Er nahm sie an der Hand und eilte mit ihr auf der Stelle ins Schlafgemach ihrer Suite, wo's dann klappte. ‹Du bist das Produkt dieses Augenblicks, Diane, gezeugt von der Leidenschaft deines Vaters zu deinem Onkel›, sagte meine Mutter viele Jahre später voller Hass, Abscheu und Zorn.»
Ich habe Kortner in Verlegenheit gebracht. Warum erzählte ich ihm eigentlich diese Geschichte? Rasch versuche ich, das Thema zu wechseln und leite über zu den Schrullen meiner Kunden, denen ich als Haushaltshilfe die Wohnung putze.
Nach dem Essen lässt Kortner ein Taxi kommen. Ich habe gedacht, er wolle mit mir irgend ein anderes Lokal aufsuchen, um noch einen Kaffee oder ein Glas Wein zu trinken. Statt dessen schlägt er vor, ich soll mit ihm nach Hause gehen.
«Es ist niemand in der Wohnung. Meine Tochter schläft im Stockwerk darüber und kann uns nicht hören», beeilt er sich zu sagen.
Nach diesem so anregenden Abendessen bin ich nun wirklich enttäuscht und über das Ansinnen tief gekränkt.
«Fritz, lass uns bitte vernünftig sein. Wenn uns jemand sieht und Hanna es erfährt – ich könnte deiner Frau nicht mehr in die Augen sehen.»
Ein besseres Motiv ist mir nicht eingefallen, und Kortner lässt nicht locker. Im Taxi legt er seinen Arm um mich, zieht mich an sich heran, bettelt und fleht mich an, zu ihm zu kommen. Ich löse mich mit aller Kraft aus seiner Umklammerung und rufe dem Fahrer gleichzeitig zu, er möge unverzüglich anhalten. Der Mann tritt auf die Bremsen, dass es quietscht. Erschrocken schaut er nach hinten und denkt wohl, es handle

sich um eine Belästigung. Ich greife nach meiner Handtasche, reisse die Wagentür auf und habe vor, mich ins Opernkaffee zu flüchten, vor dem unser Taxi zum Stehen gekommen ist. Ehe ich die Tür zuschlage, schreie ich Kortner an: «Nicht mit mir, Fritz, niemals!»

9. Kapitel: Zwei Frauen wie ein Ehepaar

Meine älteste Tochter Mercedes hat mir aus New York geschrieben. Mein erstes Enkelkind sei geboren worden, teilt sie mit. Es ist ein Bub. Doch den Grund, weshalb sie damals Hals über Kopf nach Amerika gereist war, verschweigt sie noch immer. Lange Zeit später – es mögen zwei oder drei Jahre dazwischen liegen – erhalte ich die Nachricht, ihr Mann sei bei einem Unfall tödlich verletzt worden. Sie habe sich wieder verheiratet und lebe nun in Kanada. Damit bricht unser hauchdünner Kontakt erneut ab. Ich weiss aber aus anderer Quelle, dass Mercedes immer wieder nach Europa kommt und ihren Vater aufsucht. Obwohl es mir fast das Herz bricht, meine Tochter nicht sehen zu können, verhalte ich mich ruhig und mische mich nicht ein.
Auch meine zwei andern Töchter sind im Verkehr mit mir äusserst zurückhaltend. Ihre Anrufe scheinen koordiniert zu sein. Abwechselnd und alle paar Monate meldet sich eine von ihnen. Ich höre heraus, dass ihr Vater gegen unsere Kontakte ist und sie nur unter Protest toleriert.

Seit Frau Schröter ihre Wohnung in München aufgegeben hat und in eine Kleinstadt in Westfalen gezogen ist, habe ich mich mehr und mehr eingeschränkt, auf die Stör zu gehen. Jetzt bin ich ganz ohne Einkommen. Meine finanzielle Lage ist prekär. Es wäre mir egal, um Sozialhilfe nachzusuchen, egal wie einem Hund, der keinen Unterschied daraus macht, ob man ihm das Fressen auf einem goldenen Teller serviert oder vor die Füsse wirft. Die bisherigen Arbeitgeber haben sich die Ausgaben für meine Kranken- und Arbeitslosenversicherung sparen wollen, so stehe ich also ohne Unterstützung da. Welche entmutigende Erfahrung! Aber ich habe noch meinen Notgroschen auf der Dresdner Bank. Also, denke ich, ist es jetzt halt so weit, und hebe etwas von meinem Sparbüchlein ab.
Mit Geld in der Tasche hat man ein völlig anderes Auftreten, die depressive Stimmung verflüchtigt sich im Nu, und die Welt

scheint freundlicher. Ich kneife mich in die Rippen und bilde mir ein, es gehe mir glänzend. In diesem Hochgefühl fahre ich ins Hotel «Vier Jahreszeiten», setze mich in die Halle und warte auf – worauf und auf wen eigentlich? Ich bin mit niemandem verabredet. Ein Page geht durch die Gänge zwischen den Tischchen, bimmelt mit einem Glöcklein und zeigt dabei eine Tafel rundum, auf der mit Kreide ein Name geschrieben ist. Ein kurzer Blick darauf zeigt mir, dass nicht ich zum Telefon gebeten werde.
Trude Gerlach, die Frau eines der Münchner Filmmächtigen, rauscht durch den Eingang. Sie scheint die Parade der Dienerschaft abzunehmen. Küsschen links, Händchen rechts, lächelt sie wie tiefgefroren in die Gegend. Ihr Tailleurkleid ist eine Spur zu eng geschnitten, finde ich, und ihr Make-up scheint zu grell für diese Tageszeit. Sie weht an mir vorbei und zieht dabei eine Fahne «Chanel No 5» hinter sich her. Hat Frau Gerlach nie gehört, Parfüm solle man an einer Dame nicht riechen, sondern bloss ahnen? Sie würdigt mich keines Blickes, will mich nicht mehr kennen, und ich bin sogar dankbar dafür. Hinter Trude schreitet Hoteldirektor Alfred Walterspiel. Aber er folgt ihr nicht, wie es zunächst den Eindruck macht, sondern kommt direkt auf mich zu.
«Darf ich?» fragt er und deutet auf den Sessel neben mir. «Es ist schön», sagt er, während er sich hinsetzt und die Beine übereinander legt, «Sie wieder einmal bei uns zu sehen. Wie geht es Ihnen, Frau von Radvany?»
Über meine Schwierigkeiten will ich eigentlich nicht sprechen, tue es dann aber doch. Denn ich darf mit Sicherheit davon ausgehen, dass Herr Walterspiel über meine Lage Bescheid weiss und ich ihm meine Sorgen nicht zu verheimlichen brauche.
«Sie und Ihr Mann waren mir immer ausserordentlich willkommene Gäste, das wissen Sie, Frau von Radvany. Wir vermissen Ihren Gatten sehr. Und was Sie betrifft, liebe Frau von Radvany, möchte ich aufrichtig dieses betonen: Betrachten Sie unser Haus weiterhin als das, was es immer für Sie war, nämlich ein Stück Heimat, ein Fleckchen Geborgenheit. Und seien Sie bitte meiner Freundschaft versichert.»
Ich sage ihm, dass ich ihm dafür sehr dankbar bin und dass

ich kaum mehr mit Filmleuten verkehre. «Seit mein Mann tot ist, verliere ich meine Verbindungen zu der Szene fast von selbst.»
Herr Walterspiel schaut in die Richtung von Trude Gerlach, die gerade den Lift betritt. «Die meisten dieser Filmbonzen sind eine einzige Clique von Angebern und Parvenüs. Erst neulich habe ich einem dieser Prahler die Tür gewiesen. Bei Ihnen ist es etwas anderes, Sie gehören zu den gern gesehenen Gästen. Man weiss doch, wer Sie sind und aus welchem Haus Sie stammen...»
«... ich bin in Konkurs geraten, Herr Walterspiel», stammle ich, bevor er mich vollends in Verlegenheit bringt, «ich kann mir kaum etwas leisten, aber ich bin froh über Ihre aufmunternden Worte.»
Ich bin dem Weinen nahe. «Werden Sie morgen mit mir zu Mittag essen, Frau von Radvany, am gleichen Ecktisch, den wir immer für Ihren Mann reserviert hatten?»
In mir kehrt die Lebensfreude zurück.
Am nächsten Mittag erwartet mich Alfred Walterspiel in der Hotelhalle und bietet mir meinen Drink an, einen Martini mit grüner Olive. Er bittet mich, ihm meine Sorgen anzuvertrauen, und fragt mich ernsthaft interessiert, ob er etwas für mich tun könne. Ich verneine. Kaum ist mein Wort ausgesprochen, bereue ich es bereits.
Bei Tisch bin ich stolz, mit dem Besitzer dieses feudalen Hotels zu erscheinen. Alle Blicke ruhen auf uns. Serviert werden als Vorspeisen die nach Walterspiels Rezept zubereitete Schildkrötensuppe und dann die fast noch berühmteren geräucherten Forellen mit Kaviar, dazu ein edler Tropfen aus dem Moselgebiet.
Einmal mehr vergesse ich völlig meine Armut und die aussichtslose Zukunft. Ich bin in diesem Augenblick wieder ganz Dame und ganz in meinem Element. Die Wachteln werden mit einer leichten Sauce gereicht, die die Zartheit des Fleisches perfekt unterstreicht. Der Safranrisotto und die zarten Kefen werden mir mein Lebtag in bester Erinnerung bleiben. Mein Gastgeber ist der Charme in Person, ein geduldiger Zuhörer und, wie mir scheint, ein ganz klein wenig in mich verliebt. Jeden ersten Sonntag eines Monats lässt er mir eine Torte mit

Blumen der Saison und handgeschriebene Grüsse schicken. Als Begleitkameraden hat er mir einen schwarzen Pudel, aber eine kleinere Rasse als mein früherer Hund, geschenkt, dem ich den Namen Blacky gegeben habe. Das «Vier Jahreszeiten» wird für mich zur Insel, auf der ich Zuflucht und Rettung finde.
Von einer längeren Reise durch Südamerika kommt Alfred Walterspiel krank nach München zurück. Er hat mich angerufen und mich um Geduld gebeten, er glaube, mir eine passende Arbeit vermitteln zu können. Es kommt nicht mehr dazu. Sein Tod trifft mich hart. Lange Zeit kann ich am Hotel nicht mehr vorbeigehen, geschweige denn es betreten. Zu sehr schmerzt mich die Erinnerung. Für mich bleibt Alfred Walterspiel der letzte Grandseigneur alter Schule.
Noch immer bin ich stellenlos. Astrid Bronner, meine ehemalige Nachbarin vom Koglerberg, hat mich ins Opernkaffee an der Maximilianstrasse eingeladen. Wir setzen uns an einen der Tische auf dem Boulevard. Alles trifft sich hier, hauptsächlich aber Leute aus der Filmbranche. Jeder kennt jeden.
«Hallo, ist das nicht Diane? Diane von Radvany, ja, kennt sie mich denn nicht mehr?» Es ist Stella Micka, eine der erfolgreichen und bestverdienenden Journalistinnen der Bayernmetropole. Natürlich erinnere ich mich an sie, sie hatte grosse Interviews mit Ivor veröffentlicht, sie rief ihn oft als Informanten an und ging schliesslich bei uns ein und aus.
«Hallo Stella», erwidere ich ihren Gruss, «wie geht's dir?»
«Wollt ihr euch nicht zu uns setzen?» fragt sie und macht eine einladende Bewegung. Zwei junge Männer sind in ihrer Begleitung, offenbar Berufskollegen.
«Schrecklich, schrecklich, was dir da passiert ist, Diane. Wie ich höre, hast du dein Haus in Grünwald nicht mehr und bist nach München umgezogen, stimmt's?»
«Ja, man kann es so sagen.»
Die beiden Männer verabschieden sich, und jetzt, wo wir drei Frauen unter uns sind, erzähle ich von meinen Arbeitsplätzen und dass ich zurzeit eine Stellung suche.
«Das trifft sich ja grossartig», ruft Stella, «ich suche dringend eine zuverlässige Hilfe für meinen Haushalt. Du kannst morgen schon bei mir anfangen, wenn du willst.»

Sie hat mich komplett überrumpelt und lässt mir keine Zeit, mir das Angebot durch den Kopf gehen zu lassen. Aber was gibt es da eigentlich zu überlegen? Ich brauche Arbeit, basta.
«Wegen der Bezahlung, der Versicherungen und so werden wir uns schon einig. Auf jeden Fall zahle ich dir das Doppelte dessen, was du bisher als Stundenlohn erhalten hast.»
Das Doppelte? Bin ich bisher unterbezahlt und ausgenützt worden? Ich weiss es nicht, ich habe nie Vergleichsmöglichkeiten gehabt und mir auch keine Gedanken darüber gemacht. Im Umgang mit Geld habe ich noch nichts dazugelernt. Doch, Stellas Vorschlag ist verlockend, und ich verspreche ihr, zu kommen. Sie greift in die Innentasche ihrer Anzugjacke – Stella bevorzugt Flanellanzüge und verabscheut Röcke –, kramt nach Schreibzeug und findet keins.
«Hat mir jemand einen Bleistift?» fragt sie dann in die Runde. Vom Nebentisch streckt ihr ein Bursche einen Füllfederhalter herüber. «Du willst Journalistin sein, Stella, und hast kein Werkzeug bei dir», neckt er.
«Das ist immer so gewesen, und daran wird sich bei mir nichts mehr ändern», gibt sie zurück und schreibt mir ihre genaue Anschrift auf.
Stella Micka bewohnt eine grosse, sehr herrschaftliche Wohnung in einem Altbau, einem Gebäude, das um die Jahrhundertwende erstellt worden ist und bestimmt zu den schönsten Liegenschaften gehört hat. Sie ist nicht weit von der Pilotystrasse entfernt, wo ich nach wie vor wohne. So kann ich den Weg bequem zu Fuss gehen und gleichzeitig mit Blacky den Hundespaziergang erledigen.
Dem Haus ist ein Garten vorgelagert, und das ganze Grundstück hat eine schmiedeeiserne Umzäunung. Es braucht ziemliche Kraft, um die schwere Haupttür zu öffnen, dann steht man im düsteren Treppenhaus. Einen Lift gibt es nicht, aber Stella wohnt im ersten Stock, also ist man nicht schon ausser Atem, wenn man die Arbeit beginnt.
Hundegebell empfängt uns. Stella steht in der Tür, wie immer trägt sie einen Herrenanzug.
«Liebes, ich freu' mich, dass du gekommen bist.» Sie umarmt mich und gibt mir einen freundschaftlichen Kuss. Blacky beschnuppert Nofretete, Stellas magere, fast nackte Windhün-

din, eines dieser Windspiele, wie sie Friedrich der Grosse liebte. «Komm herein, lass dich anschauen.» Stella zieht mich in einen Wohnsalon, der möbliert ist wie ein Herrenzimmer: drei tiefe, lederne Clubsessel, dicke Teppiche, ein Schreibtisch, beladen mit Papierstössen, Briefen, Notizblöcken und aufgeschlagenen Drehbüchern. Sie zündet sich eine Zigarette an.
«Du rauchst noch immer nicht?» fragt sie und bläst das Streichholz aus.
Sie fasst mich mit einem Arm um die Taille und führt mich vom Salon in ihr Schlafzimmer − ein zerzaustes Bett, ein riesiger Kleiderschrank, auf einem Frisiertisch Cremedosen, Haarbürsten, Pantoffeln, ein Sektkübel und Flaschen mit herbem Eau de Toilette.
Blacky und Nofretete haben sich ausgiebig beschnuppert und bereits Freundschaft geschlossen. Beide springen auf Stellas ungemachtes Bett und balgen sich vergnügt.
«Schau dir die zwei an, Diane, bei denen geht's wohl schneller als bei uns.»
Ich lächle, verstehe aber den Sinn von Stellas Bemerkung nicht. Sie zeigt mir die Küche, in der ein gewaltiger Holztisch steht, an welchem acht Leute bequem Platz nehmen können. Herd, Anrichte und Spültröge sind intelligent gruppiert, so dass es eine Lust sein muss, hier zu kochen und Freunde zu verwöhnen. Nach dem Rundgang durch die drei restlichen Räume − ein Esszimmer, ein Ankleidezimmer und ein Gästezimmer − greift mich Stella an den Oberarmen: «Na, was meinst du, Kleines, wirst du kommen und mir den Haushalt besorgen?» Sie spielt vor meinem Gesicht mit einem Schlüsselbund, der meiner werden soll. Ich habe gar keine andere Wahl und sage zu.
Schon am andern Tag bin ich zur Stelle. Ich scheine mit meinem Hund allein anwesend zu sein. Stella ist, nehme ich an, ihrer journalistischen Arbeit nachgegangen und hat Nofretete, diesen zittrigen Hund mit den grossen dunkelbraunen Augen, mitgenommen. Als erstes räume ich das Schlafzimmer auf, das genau gleich chaotisch aussieht wie gestern. Im Besenschrank finde ich einen altersschwachen Staubsauger, dessen ohrenbetäubender Lärm über seine magere Leistungsfähigkeit hinwegtäuscht. Das Kabel ist so kurz, dass ich in die-

ser grossen Wohnung von Zimmer zu Zimmer eine neue Steckdose suchen muss. Und bei jedem Einstecken setzt es Funken ab, irgend etwas kann da nicht in Ordnung sein. Aber ich habe vom Elektrischen keine Ahnung.
Den Mülleimer habe ich auf den Treppenabsatz gestellt, wie es mir Stella aufgetragen hatte, das Geschirr ist weggeräumt und die ganze Wohnung abgestaubt. Es riecht nach Frische.
Beim Weggehen sehe ich einen Zettel, der in den Glasrahmen auf der Innenseite der Wohnungstür gesteckt ist:
«Liebes, bitte besorge folgendes: Tartar und etwas Kalbsbrust für Nofretete, dann gehst du zu Dallmayer, hole dort geräucherten Lachs, und bring eine Flasche Champagner mit (bitte keinen Sekt!) Magst du Kaviar? Dann kauf welchen. Ich lade dich heute abend ein – hoffe, du bist frei?»
Ich erledige alle Besorgungen, schreibe aber auf die Rückseite des Papiers, dass ich leider verhindert sei.
Ich bekomme Stella selten zu sehen, sie steht oft erst auf, wenn ich ihre Wohnung bereits wieder verlassen habe. Nun ja, sie hat als Zeitungsmensch einen andern Tagesrhythmus und arbeitet oft bis spät in die Nacht.
Doch heute hat sie mich überrascht. Schlaftrunken steht sie in der Schlafzimmertür, gähnt, beide Ellbogen erhoben, und reibt mit den Fäusten die Augen:
«Kommst du heute zum Abendessen mit mir zu Humpelmayer, Liebes, wäre doch nett?»
Ich habe Stella mehrmals einen Korb gegeben und sie damit verärgert, also muss ich dieses Mal endlich zusagen und verspreche, pünktlich zu sein.
Stella hat ihren Lieblingstisch reservieren lassen. Sie erscheint in einem dunkelblauen, zweireihigen Massanzug und mit einer waghalsig getupften Krawatte. Eine Krawattennadel mit Brillant fehlt an ihr ebenso wenig wie ein Paar wunderschöne Manschettenknöpfe, und ihr blondes Haar trägt sie unter einem klassischen Borsalino-Hut. In meinem schlichten Seidenkleid wirke ich wie eine brave, aber nicht unelegante Mutter, und zusammen sehen wir aus wie Eheleute, nur dass wir eben zwei Frauen sind.
Und so empfängt man uns wie ein Königspaar. Von unserm Tisch wischt der Oberkellner einige nicht vorhandene Staub-

partikelchen weg, während ein Commis unsere Stühle zurechtrückt. Rechts und links sitzen bekannte Gesichter. Curd Jürgens winkt uns zu. Seine Frau Simone nickt leicht verstimmt. Ich frage mich, was die wohl alle darüber denken, mich mit Stella Micka in einem der nobelsten Restaurants Münchens zu sehen. Ich glaube sie fragen zu hören: «Soso, die von Radvany – zappelt jetzt die an Stellas Angel?»
Der Direktor ist sofort zur Stelle: «Des Huîtres Belon, meine Damen, ganz frisch angekommen, als Vorspeise?» schlägt er vor. Stella fragt mich, ob ich Austern möge. Ich nicke eifrig.
«Und hinterher Poulet Franz Liszt mit Trockenreis? Ist leicht und bekömmlich.» Stella ist damit einverstanden, der Direktor scheint ihren Geschmack genau studiert zu haben.
«Weisst du, Liebes», sagt sie, als der Direktor mit seinem Bestellblock im Office verschwunden ist, «ich mag alles, was mit Paprika und Schalotten zubereitet ist. Dieses Poulet Liszt ist ein Originalrezept von Walterspiel. Das Huhn wird, wie könnte es anders sein, mit Tokaier abgeschmeckt, dazu kommt gartenfrischer Thymian, und das Ganze erinnert wirklich an Ungarn.»
Sie entfaltet ihre Serviette und legt sie über die Bügelfalten ihrer Anzughose. «Ich hoffe, dass du ein gutes Dinner und einen erlesenen Wein so sinnlich geniesst wie ich», sagt sie dann.
«Aber sicher, Stella, ich bin mit allem einverstanden», gebe ich zurück.
«Ach, wie langweilig! Sei doch nicht so schüchtern, Diane, bitte!» Sie hebt ihr Glas und prostet mir zu.
Eine Blumenverkäuferin in ziemlich schäbigen Wollsachen und ausgelatschten Halbschuhen kommt an unseren Tisch mit wundervollen, dunkelroten Rosen.
«Alle!» ordnet Stella an und nimmt der Frau den ganzen Strauss mit sicher über fünfzig dieser langstieligen Blumen ab.
«Für dich, Diane!» sagt sie, und bereits eilt ein Kellner herbei mit einer Vase.
Es ist mir äusserst peinlich, denn alle Blicke richten sich nun unverhohlen auf uns. An einem der Nebentische erkenne ich das Ehepaar von Molo – Margot ist noch immer eine der schönsten Schauspielerinnen –, weiter hinten sitzt Frau Kortner, in wessen Begleitung kann ich nicht erkennen, da mir der

Mann den Rücken zukehrt. Fritz ist es jedenfalls nicht, was aber rein gar nichts zu bedeuten hat. Hans Habe lächelt herüber. Mein Gott, was werden sie alle von mir denken? Ich leere rasch mein Glas, allerdings nützt eine Flucht jetzt auch nichts mehr. Plötzlich klammert sich Margot von Molo mit beiden Händen an die Tischkante und zieht sich hoch. Sie wankt auf uns zu und lässt sich auf einen Stuhl fallen. Sie faselt halbe Sätze, die unverständlich sind und keinen Zusammenhang haben. Dabei rollt sie ihre grossen Augen. Stella redet ihr ganz ruhig zu und verspricht ihr in die Hand, sie anderntags anzurufen. Ich bin erschrocken. Kann sich Margot derartig betrunken machen? «Sie ist krank», sagt Stella, die meine Gedanken erraten hat, «für eine Aufputschtablette kannst du alles von ihr haben.» Der Kellner bringt auf Stellas Geheiss die Rechnung, die er ihr diskret unter einer Serviette reicht. Ebenso unauffällig legt sie die Geldscheine hin, nach seinem strahlenden Gesicht zu schliessen, hat sie ihn mit einem fürstlichen Trinkgeld bedacht.
Es regnet in Strömen. Der livrierte Portier winkt mit seiner Trillerpfeife ein Taxi heran. Im Fond hakt mich Stella unter und streichelt meine Hände. «Du bist zauberhaft, Diane», schwärmt sie, und ohne auf den Fahrer zu achten, bestürmt sie mich: «Darf ich dir einen Kuss geben?»
Der Wagen hält vor Stellas Haus. «Du kommst doch noch mit hinauf?» Stella knipst neben der Eingangstür den Schalter für die Treppenhausbeleuchtung an. Aneinander gelehnt wie am Ende unserer Kräfte, erklimmen wir die zwei Treppen zum ersten Stock. Ich stolpere über eine Stufe und verliere einen Schuh. Stella lacht schallend, obwohl es schon spät ist. Die Nachbarschaft und ihre Nachtruhe spielen bei ihr keine Rolle. «Ich glaube, wir haben beide einen Schwips», sagt sie, und wie als Beweis dafür hat sie ein paarmal hintereinander einen kräftigen Schluckauf.
«Ich bin es nicht gewohnt, soviel und so vielerlei durcheinander zu trinken», sage ich.
«Du wirst dich mit der Zeit daran gewöhnen, Diane. Jetzt einen Cognac und alles ist wieder in Butter.»
Sie kramt in ihrer Rocktasche. Endlich findet sie den Wohnungsschlüssel. Nofretete empfängt uns wedelnd und zitternd

an der Tür. «Soll ich dir eine Tasse Kaffee machen?» frage ich Stella, «er könnte dir nicht schaden.»
Statt mir eine Antwort zu geben, geht sie auf das Grammophon zu und legt eine Platte auf. Sentimentale Musik klingt auf. Dann zündet sie ein halbes Dutzend lila Kerzen an, die im Wohnzimmer verteilt sind. Sie greift nach einer Holzschachtel, entnimmt ihr eine lange, schlanke Zigarre, schneidet fachmännisch am hintern Ende eine Kerbe ein und dreht sie über einer der Kerzen, bis eine gleichmässige Glut entstanden ist. Genüsslich saugt sie den Rauch ein.
«Komm, setz dich her zu mir, Dianchen!» Sie zieht mich auf die Couch hinab.
«Sei nicht immer so schüchtern – magst du mich denn nicht?» fragt sie.
«Aber natürlich, sicher doch mag ich dich», erwidere ich und löse mich von ihr, um in der Küche Kaffee aufzubrühen.
«Kaffee und Cognac, getrennt getrunken, wirken Wunder, keine Kopfschmerzen hinterher, keinen Kater», sage ich beim Hinausgehen.
Stella verschwindet in ihrem Schlafzimmer und kommt nach kurzer Zeit zurück. Sie trägt jetzt einen seidenen Hausdress, natürlich ist es ein Anzug.
Das Schmalzstück ist endlich ausgeklungen. «Jetzt spiele ich dir eine meiner Lieblingsplatten, du wirst sehen...»
Es klingt, als ob sie sagen möchte, vielleicht würde ich mich dann doch noch in sie verlieben.
Auftakt. Ich traue meinen Ohren nicht. Es ist die Ouvertüre zum «Rosenkavalier». Und während ich der Musk lausche, für die ich eine Hassliebe empfinde, rutscht Stella vom Sofa hinunter auf den Teppich zu meinen Füssen und lässt ihre Arme verschränkt auf meinen Knien ruhen.
«Sag' bloss, du mögest diese himmlische Musik nicht?» Stella schaut mich ungläubig an.
«Doch, doch», lüge ich. Sie muss bemerkt haben, dass ich plötzlich wie versteinert dasitze und abwesend bin.
«Du liebst mich nicht, ich spüre es», schreit sie plötzlich böse. Sie erhebt sich und setzt sich neben mich. Die sphärischen Klänge des «Rosenkavaliers» versetzen mich in eine Art Trance.

«Was ist denn, Liebes, was mache ich falsch?» Sie erhebt sich ruckartig und stürzt auf mich zu, nimmt mich in die Arme und überschüttet mich mit Küssen.
«Ich gebe nicht so schnell auf, meine Liebe. Ich bin zu grob und zu brutal zu dir, also werde ich schonender mit dir umgehen.»
Mir sitzt der Schreck in den Gliedern. Stella nimmt meine Zurückhaltung für Schüchternheit und setzt an, aufs Ganze zu gehen. Sie wird zudringlich.
Ich schiebe ihre tastenden Finger beiseite. Mit dem Hinweis auf die späte Stunde und den morgigen Arbeitstag schütze ich Müdigkeit vor. Es gelingt mir, sie zu vertrösten, indem ich mich mit dem Versprechen verabschiede, eine der kommenden Nächte mit ihr zu verbringen.
Stattdessen kündige ich meine Stellung bei ihr fristlos. Ihrem Zorn über das vergebliche Bemühen verschafft sie Luft durch erfundene Geschichten über mich. An mir ist auf einmal kein guter Faden mehr, und schliesslich soll ich mich auch noch an ihrem Haushaltsgeld vergriffen haben.
Ich habe einen Menschen verloren, den ich für eine gute Freundin hielt.
Wenige Tage später lese ich in der Tageszeitung, dass Margot von Molo in ihrer Wohnung tot aufgefunden worden sei. Die tollsten Gerüchte kursieren: eine unbeabsichtigte Überdosis Tabletten vielleicht? Unfall? Mord? Hat Stella etwas mit Margots Tod zu tun? Auch diese Möglichkeit wird in den Kaffeehäusern leidenschaftlich diskutiert. Wer war Margots letzte Freundin, wer hat sie zuletzt gesehen? Oder war es Selbstmord? Die Wahrheit ist nie ans Tageslicht getreten.

> Was kann Menschen zum Selbstmord treiben? Erinnerungen an meine erste Ehe mit Sam und dessen Liebesverhältnis zu meiner Mutter werden wach.
> Es war auf einer Rundreise durch Algerien. Mama hätte es nicht ausgehalten, ohne Sam allein in Basel zurückzubleiben, deshalb drängte sie sich zu unserer Nordafrikatour auf. Wie immer versuchten die beiden, mich aus ihrem Privatleben herauszuhalten. Im Hotel wie immer das Gleiche: Krach wegen der Reservatio-

nen. Mama hatte es wieder einmal durchgesetzt, dass wir unser Zimmer auf ihrer Etage beziehen mussten. Dort gab es aber nur Einzelzimmer.
«Macht doch nichts», sagte Mama, «so hat jeder von uns seine Ruhe und ein eigenes Bad.» Auf diese Weise wurde ich von meinem Mann getrennt, damit sich die beiden ungestört ihrer Leidenschaft hingeben konnten. Statt mich demütigen zu lassen, suchte ich die Konfrontation. Ich klopfte bei Mama an. Sie strich gerade mit der Bürste durchs Haar, als ich eintrat.
«Ich möchte mit dir reden, Mama», sagte ich.
«Muss das jetzt sein?» Sie frisierte sich weiter, als sei das wichtiger als alles andere.
Ich holte tief Luft und raffte meinen ganzen Mut zusammen.
«Mama, du musst aufhören, Sam für dich zu beanspruchen. Sam ist mein Mann, hörst du, mein Ehemann!»
Meine Gefühle brachen aus mir heraus. Ich liess mich vor ihr auf die Knie fallen, legte meinen Kopf in ihren Schoss und weinte:
«Mama, ich habe doch nur euch, dich und Sam, ich möchte geliebt werden und euch lieben. Lass mir Sam, Mama, bitte! Er ist der Vater meiner Kinder. Sei doch vernünftig ... ich ...»
Weiter kam ich nicht.
Mama schob mich zur Seite. «Du bist verrückt. Unterlass gefälligst diese hysterischen Ausbrüche.» Ihre Stimme war schneidend, hasserfüllt. Die Tür ging auf. Sam starrte ungläubig auf das Bild – ich auf den Knien, in Tränen aufgelöst. Mama ganz Matrone.
Sie lachte: «Komm herein, Sam, unsere Gute hat einmal mehr einen Eifersuchtsanfall.»
Ich ging zurück in mein Zimmer, am Ende meiner Kräfte. Seelisch hatte mich alles derart mitgenommen, dass ich ganz einfach nicht mehr Widerstand leisten konnte. Ich schloss mich ein und litt unter schrecklicher Migräne. Obwohl ich Hunger und Durst verspürte, wollte ich um keinen Preis ins Restaurant hinuntergehen und mit den andern essen.

Auf dem Balkon konnte ich durchatmen. Er grenzte an einen Olivenhain. Es dämmerte bereits. Da – ein Flötenspiel, unwirklich, wie im Traum. Die ersten Sterne funkelten, und durch die verknorpelten Bäume erkannte ich die Umrisse des Musikanten, ein Knabe. Er kam näher, barfuss, in kurzer Hose und einem weissen Hemd. Gern hätte ich ihm etwas Geld zugeworfen, aber ich hatte nicht eine einzige Münze bei mir, ich hatte nie Geld auf mir.
Der Knabe war längst verschwunden, und es war Nacht. Ich fühlte, wie die Einsamkeit und Ausweglosigkeit mich in den Tod trieben. Ich zündete die Zimmerlampe an, nahm aus meinem Schminkkoffer das Nötigste, um mich ein wenig frisch zu machen. Wie magisch zog mich der Rhumel an, einer der grössten Flüsse Algeriens, der sich in Jahrmillionen eine hundert Meter tiefe Schlucht durch das numische Plateau gefressen hat, für Selbstmörder eine sichere Sache.
Wie von Sinnen verliess ich das Hotel. Ich lief und lief. Ich kam auf den Platz mit einer Kathedrale und blieb wie gebannt stehen. Neben mir tauchte ein Mann auf: «Die Kathedrale Unserer lieben Frau von den sieben Schmerzen.»
Hatte ich geträumt? So schlagartig der Mann dagestanden hatte, so rasch war er wieder verschwunden. Es trieb mich quer über den Platz, und ich folgte einem alten Weiblein in die Kirche. Dort kniete ich nieder:
«Lieber himmlischer Vater aller Menschen, hilf mir! Lass ein Wunder geschehen, ich bin doch noch so jung. Du allein bist mein Vater, zu Dir komme ich, weil ich von Dir Rat erhoffe. Lieber Gott im Himmel, ich halte es nicht mehr aus. Hier unten habe ich keine Eltern, keinen Vater, der mich liebt, und keine Mutter.»
Ich schluckte und rang nach Atem: «Ich weiss, dass es Sünde ist, Selbstmord zu begehen, aber ich kann nicht mehr, und ich weiss, dass es nie gut wird, solange Mama ... Bitte, lieber Vater im Himmel, darf ich zu Dir kommen?»
Wie wahnsinnig geworden, erhob ich mich ruckartig

und eilte ziellos weg. Wie lange ich herumirrte, weiss ich nicht, die Zeit stand für mich still. Wo war ich überhaupt? Ich hatte die Orientierung völlig verloren.
Unvermutet stand ich vor einem Lift. Schlafwandlerisch betrat ich die Kabine und fuhr hinauf an den Rand der Schlucht über dem Rhumel. Ein Steg führte über den Abgrund. Ich starrte in die Tiefe. Der reissende Fluss zog mich magisch an. Mir wurde schwindlig. Ich klammerte mich an die Eisenstangen des Geländers.
Wenn ich jetzt die Stange losliess und über den Handlauf kletterte, würde ich in die Tiefe fallen, in Sekundenschnelle wäre alles vorbei. Es gäbe keine Mama mehr und keinen Sam. Eine Faust packte mich am Handgelenk.
«Allein sollte man zu dieser Stunde von der Brücke aus nicht einmal die herrliche Aussicht geniessen.» Ich klammerte mich noch fester ans Geländer, aber die fremden Hände hatten mich noch eiserner im Griff. Ich wollte nicht hinhören und vergewisserte mich nochmals, dass die Brüstung nicht hoch war und unten die Fluten tobten.
Ich sprang nicht, sondern verlor das Bewusstsein.
Als ich halbwegs zu mir kam, schlug mir jemand ins Gesicht, zweimal, dreimal, ich kam zu mir, weil es mir weh tat.
«Tief durchatmen!» sagte die Stimme mild. Der Mann schleifte mich zu einer Sitzbank. «Wenn man so jung ist, soll man leben», murmelte er. Ich hörte seine Worte wie aus weiter Ferne und hatte nur einen Wunsch, einzuschlafen.
«Kommen Sie mit, ich tue Ihnen nichts. Gott hat mich zu Ihnen geschickt, sonst wären Sie jetzt tot.»
Willenlos folgte ich ihm in ein Café. Der türkische Mokka weckte meine Lebensgeister, und ich nahm meinen Retter erstmals wahr. Er war ein Europäer, mittelgross mit schwarzen Augen und dunklem, leicht meliertem Haar.
«Wo wohnen Sie?» wollte er wissen. Der Name des Ho-

tels fiel mir nicht ein, und ich stammelte etwas von «Compagnie Transatlantique». Er wusste Bescheid und brachte mich hin. Vor dem Hotelportal blieben wir eine Weile stehen. Ich dankte ihm für alles, was er für mich getan hatte. «Danken Sie Gott, nicht mir!» sagte er, drehte sich um und war weg, bevor ich noch etwas erwidern konnte.
Sam und Mama sassen in der Halle. Sie hatten gesehen, wie ich mich mit einem Unbekannten vor dem Hotel unterhalten hatte.
«Wo kommst du her?» fragte Sam mit barschem Ton.
«Vom Fluss. Ich wollte mir das Leben nehmen.»
Mama spielte mit ihrer Perlenschnur und biss sich auf die Lippen. «Leere Versprechungen!» hörte ich sie flüstern.

Vorübergehend helfe ich bei Peter von Molo aus. Er ist seit dem Tod von Margot sehr verwirrt und hat von Haushalt keine Ahnung. Sie war eine grosse Tierfreundin gewesen und hinterliess einen ganzen Zoo: drei Hunde, fünf Katzen, die niemals alle gleichzeitig im Haus sind, und einen Ara, der sprechen kann. An mir liegt es nun, die Tiere zu versorgen, was mir leichter fällt, nachdem sich Blacky mit der neuen Umgebung vertraut gemacht hat und die Hausgenossen auch ihn vertragen.
Peter verwöhnt mich oft mit allerlei Leckerbissen, von der Gänseleberpastete über den Hummersalat bis zum hundertjährigen Armagnac. Trotzdem: putzen, aufräumen, anderer Leute Dienstmädchen sein ist nicht leicht.
Astrid Schön, eine meiner wenigen wirklichen Freundinnen, die unkompliziert das Leben mit Mutterwitz meistert, wurde vor kurzem von einem Zahnarzt geschieden. Weil sie die Brücken hinter sich vollständig abbrechen und unabhängig bleiben will, ist sie aus dem gemeinsamen Haus ausgezogen und hat sich in einer meiner beiden Untermietewohnungen einlogiert.
Mit Astrid berate ich eines Abends bei einem Portwein meine Lage. Ich lege meine Karten offen auf den Tisch. «So kann es auf unbestimmte Dauer einfach nicht weitergehen», sage ich,

«bei dieser Gelegenheitsarbeit bin ich weder gegen Unfall noch Krankheit versichert, und auch für das Alter ist nicht vorgesorgt.»
Astrid bläst ihren Zigarettenrauch aus. «Du hast eine schwerreiche Mutter, deine Familie lebt in Saus und Braus. Und du? Du musst jeden Pfennig zweimal umdrehen, bevor du ihn ausgibst. Kaum dass du dir die Trambahn gönnst.»
Ich bin bei Dr. Martin in seiner Anwaltskanzlei angemeldet. Nachdem ich auch ihm reinen Wein eingeschenkt habe und er immer wieder ungläubig den Kopf geschüttelt hat, stellt er eine Budgetrechnung auf: Einnahmen durch Untermiete, Putzfrauenarbeit, Zinsen von meinem Spargroschen, die allerdings nicht ins Gewicht fallen. Auf der andern Seite listet er meine Lebenskosten auf, die er hart am Existenzminimum ansiedelt. Und schliesslich erbittet er Einsicht in meine Scheidungsakten.

«Ich rate Ihnen dringend, Frau von Radvany», sagt Dr. Martin schliesslich, «sich für eine feste Anstellung umzusehen, damit für Sie gesorgt ist, wenn irgendetwas Unvorhergesehenes passiert, denn Sie müssen unbedingt in den Genuss der Sozialversicherungen kommen, falls das nötig ist.»
Astrid wartet zu Hause schon im Treppenhaus auf mich. Sie sieht, wie deprimiert ich dreinschaue und bittet mich zu sich herein. Ich berichte ihr von meiner Besprechung mit Dr. Martin. Dann nimmt sie sich die «Süddeutsche Zeitung» und die «Abendzeitung» vor. Wir blättern im Stellenmarkt. Was für mich in Frage kommt, findet man allenfalls in einer Kleinanzeige. Mit schriftlichen Angeboten habe ich kein Glück. «Wir bedauern, Ihnen keinen besseren Bescheid geben zu können. Vielleicht ergibt sich zu einem späteren Zeitpunkt...» So oder ganz ähnlich lauten die Absagen, die im Klartext heissen: Sie sind uns zu alt.
Jetzt erfahre ich, was es heisst, eine Arbeit zu suchen, wenn man die Fünfzig überschritten hat, auch wenn man um zehn Jahre jünger aussieht. Also muss ich drauf aus sein, mich persönlich vorstellen zu können.
Ein Adressbuchverlag sucht Angestellte und Arbeiterinnen. Ich habe mich auf den Weg gemacht und stehe vor einem futu-

ristischen Bürohochhaus. Ich lasse mich von dem Empfangsfräulein im zuständigen Personalbüro telefonisch anmelden. Das Anstellungsgespräch ist kurz und klar. Da ich keine Forderungen zu stellen habe, brauche ich nur die Bedingungen der Firma zu akzeptieren. Die Anstellung kommt zustande, allerdings, wie ich meine, zu einem Hungerlohn: anfänglich hundertachtzig Mark – genau meine Monatsmiete – und nach der Probezeit drei Pfennige mehr pro Stunde. Immerhin bin ich meine grösste Sorge los, ich bin endlich versichert.
Nun heisst es allerdings, in der Frühe um fünf Uhr aufzustehen. Blacky kann ich bei Astrid Schön gleichsam ins Tagesheim geben. Nach einer Tasse Kaffee geht's um sechs los mit der um diese Zeit überfüllten Trambahn.
Meine Enttäuschung ist gross, als ich wieder vor dem schönen Gebäude stehe. Kein Licht brennt, obwohl es noch fast dunkel ist, und die Eingangstür, durch die ich gestern gegangen bin, ist verschlossen. Es kommt mir merkwürdig vor, an der Seite des Portals klingeln zu müssen. Eine ganze Weile dauert es, bis hinkend ein Mann in Uniform hinter der Glastür erscheint. Es ist der Nachtwächter. Er rasselt mit Schlüsseln und sperrt schliesslich auf.
«Was wollen S'?» herrscht er mich an, «die Büros öffnen um acht. Vorher kein Parteienverkehr!»
Ich erkläre ihm, dass ich meine neue Stellung antreten wolle und für sieben Uhr bestellt worden sei.
«Ja mei, dann gehören S' in die Fabrik und nicht in die Verwaltung. Die Fabrik ist ums Eck herum.» Er riegelt wieder zu und verschwindet. Es ist ein weiter Weg dorthin. Wieder ein offensichtlich kriegsversehrter Torwächter, bei dem Menschenschlangen vorbeiziehen. Kontrollen, Eisentüren, Treppenhall, ein Gedränge von Männern und Frauen. Dann ist man drin, hineingespült in den Fabriksaal.
Es ist ein Riesenraum mit Regalen für Nachschlagebücher, Tischen, Kisten und Karteikarten. Der Vorarbeiter in einem weissen, abgewetzten Berufsmantel winkt mich zu sich heran. Er ist sichtlich übelgelaunt und sieht unausgeschlafen aus. Auch er hinkt. Er behandelt mich in seiner männlichen Überlegenheit von oben herab, weist mich an einen Tisch, wo ein Arbeitsplatz frei ist, und führt mich eintönig in die Geheim-

nisse des Sortierens von Annoncen und Adressen ein. Er nennt mir die Bedeutung der Buchstaben und Zeichen, die dem Beruf oder der sonstigen Tätigkeit der Adressaten entsprechen. Wohnort, Bezirk, Landkreis, Besatzungszone haben wiederum ihre eigenen Kürzel. Es sind gewiss über dreihundert solcher Zahlen und Zeichen, die zu beachten sind.
Der Vorarbeiter, den alle Chef nennen, schiebt mir eine Anzahl Karteikistchen zu und überlässt mich meinem Schicksal. Ich versuche, die Karten nach Vorschrift einzuordnen. Das Durcheinander wird immer grösser, und ich werde schrecklich nervös. Der weisse, schäbige Arbeitsmantel beobachtet mich aus Distanz. Mit ein paar Schritten, bei denen er das eine Bein nachzieht, steht der Mann neben mir.
«Herrgott, können Sie denn nicht besser aufpassen? So geht das doch nicht!» schreit er mich an. Er behandelt mich, als wäre ich eine Analphabetin.
Die andern Arbeiter amüsieren sich über ihren Chef und machen sich lustig über eine Anfängerin.
Es ist eine sture Arbeit. Dazu kommt die schlechte Behandlung. So müssen die Zustände in einem Straflager sein, denke ich, mit sadistischen Aufsehern, denen man schutzlos ausgeliefert ist und zu gehorchen hat. Um zehn Uhr schellt es zur kurzen Pause; man hat die gütige Erlaubnis, das mitgebrachte belegte Brot zu vertilgen oder auf die Toilette zu gehen – entweder oder, denn für beides reicht die Zeit kaum, es sei denn, man kombiniert die beiden Verrichtungen.
Nach etwa einem halben Jahr bin ich dieser Anstellung überdrüssig, mehr noch: ich halte es hier nicht mehr aus. Die Arbeit ist geisttötend und stupid, meine einstmals teuren Kleider sind abgetragen und sehen bald so schäbig aus wie der Mantel des Chefs.
Wie schon früher einmal, rufe ich meine Schwester Jenny in Basel an. Damals sandte sie mir in meiner Ausweglosigkeit telegrafisch ein paar hundert Mark.
Dieses Mal meldet sich mein Schwager Edi am Apparat. Nein, Jenny sei nicht zu Hause, sagt er. Ich setze dazu an, ihm meine neuerliche Not zu schildern. Man müsse im Leben durchhalten, antwortet er, und damit ist unser Gespräch zu Ende.

Als ich ein paar Tage später wie gewohnt am Nachmittag nach der Frühschicht nach Hause komme, übergibt mir Astrid einen Einschreibebrief. Telegramme und eingeschriebene Briefe haben mir seit jeher Angst und Herzklopfen bereitet. Aber sollte jetzt Edi vielleicht ein gutes Herz gehabt haben und mir etwas Geld zuschicken?
Ich sehe mir den Briefumschlag genauer an. Er kommt aus London.

10. Kapitel: Als «Ladyship» beim Lord Mayor von London

Astrid will mir einen Brieföffner reichen, doch mit leicht zitternden Fingern habe ich das Kuvert bereits aufgerissen. Das Schreiben ist von James, meinem besten und ältesten Freund. Er schreibt, dass er vor kurzem das Amt des «Lord Mayor of London» übernommen habe. Bürgermeister dieser Millionenstadt zu werden, ist eine grosse Ehre, das kann ich zwischen seinen Zeilen lesen. Er und seine Frau laden mich für vierzehn Tage ins «Mansion House», dem Sitz des Würdenträgers, ein. «Du musst miterleben, wie Dein grosser Freund als Lord Mayor im Mansion House regiert.» Dem Brief ist ein Scheck beigelegt, der mir das Herz höher schlagen lässt.
Astrid teilt meine Begeisterung, umarmt mich und tanzt mit mir im Kreis, bis uns fast schwindlig wird.
Wie ein Backfisch vom Reisefieber gepackt, kündige ich meine Stelle beim Adressenfabrikanten und bekomme vor dem Termin vorab noch acht Tage bezahlten Urlaub.

Vor vielen Jahren lernte ich James im Suvretta-House in St. Moritz kennen. Es war an einem Kostümfest. Ich hatte mich als kecke Zofe verkleidet und wartete mit ein paar Freunden auf einen Fotografen, der uns als Gruppenbild verewigen sollte. «Das muss ein Engländer sein, ein ‹British Subject›, in diesem edlen Kostüm», rief ich in meinem reinsten Basler Patrizierdialekt meinen Begleitern zu, als ich einen Edeljüngling erblickte.
Prompt kam die Reaktion des Angesprochenen: «Gell, du kennst mich nicht?» fragte er in der haargleichen Mundart, «ich spreche halt auch Schweizerdeutsch, Mädchen!»
Es war James, mit dem ich so ins Gespräch gekommen war und der mich um den nächsten Tanz bat.
Wir gingen hinterher zum Tisch, wo Sam sich gerade mit irgend jemandem über irgendwelche Geschäfte unterhielt. Ich wollte die Herren bekanntmachen. Aber James sprang vor und umarmte Sam: «Nun, alter Knabe, es ist lange her, seit

wir zum letzten Mal etwas voneinander gehört haben.»
Das war wirklich eine Überraschung. Sam und James hatten, wie ich jetzt erfuhr, jahrelang im gleichen Mittelschulinstitut zusammen die Schulbank gedrückt und sich bei Sport und Schabernack ausgetobt.
James entstammte einem alten Zweig des britischen Landadels. Er war der jüngste Spross einer Familie mit zwölf Kindern. Wie es in England Brauch ist, wurde der älteste Sohn Erbe des Gutes und des Vermögens und machte in Indien Karriere im Dienste der Krone. Seine jüngeren Brüder wurden standesgemäss zu «Selfmademen» erzogen. So ging der Jüngste in die Politik und wurde schliesslich mit den Insignien des «Lord Mayor of London» ausgestattet, nachdem er Jahre zuvor seine geistigen und körperlichen Fähigkeiten in einer Schweizer Internatsschule trainiert hatte, die spezialisiert ist für die Heranbildung späterer Führungsspitzen.

Nun heißt es, meine alten, aber zum grossen Teil immer noch tadellosen Modellkleider, Tailleurs und Deux-pièces aufzufrischen und die Koffer zu packen. Eine Schneiderin mit einer kleinen Werkstatt ein paar Strassen weiter hat sich bereit erklärt, meine Abendtoiletten instand zu stellen. Sie ist entzückt, als sie die Einnähetiketten der berühmtesten Pariser Modehäuser sieht. Sie nennt es eine «heilige Handlung», die Nähte mit neuem Faden ausbessern zu dürfen und will unter keinen Umständen Geld dafür nehmen. Ich muss alle meine Überzeugungskünste aufbieten, um ihr verständlich zu machen, dass jede Arbeit ihren Preis wert ist. Mit unendlicher Sorgfalt und mit Hilfe von Seidenpapier legt sie die frisch gebügelten Roben zusammen und verstaut sie in einer grossen Reisetasche. Astrid begleitet mich zum Flugplatz Riem. Immer wieder muss ich ihr versprechen, nach München zurückzukommen. Aber klar, versichere ich ihr, ich habe doch meine Wohnungen und meine ganzen Möbel hier. Sie winkt mit einem enormen Taschentuch, als ich über die kleine Treppe in die DC-3 klettere. Und ich kann die noch immer winkende Astrid sogar erkennen, als die Maschine abhebt, bis sie schliesslich in den Wolken verschwindet. Wir landen in London Gatwick. Alle Reisenden werden einer strengen Pass- und Gepäckkon-

trolle unterzogen. Einer der Zollbeamten wühlt in meinen Koffern und der Reisetasche. Er zieht die Abendkleider ans Tageslicht. Als er bei Nummer fünf angelangt ist, schaut er drein, als sei er einem raffinierten Schmuggel auf der Spur. Er ruft einen andern Uniformierten herbei und begutachtet argwöhnisch die eingenähten Perlen und Steine auf ihre Echtheit. Es ist mir sehr peinlich.
Wieviel Geld ich bei mir habe, will er wissen. Ich weiss es selber nicht und schaue in meiner Handtasche nach. Dann muss ich mein Flugticket vorweisen, in welchem er sich überzeugen kann, dass der Rückflug bereits bezahlt ist. Schliesslich will er wissen, wo ich in England zu wohnen gedenke.
«Im Mansion House», sage ich gelassen.
Der Kiefer fällt ihm herunter: «Mansion House? Soso!» wiederholt er verblüfft.
Erneut blättert er in meinem Flugticket. «Sie beabsichtigen also, im Mansion House zu arbeiten?»
Jetzt macht er den Eindruck, als habe er einen Fall von illegaler Einwanderung und beabsichtigter Schwarzarbeit aufgedeckt.
«Nein, ich will hier nicht arbeiten», sage ich, «ich bin Gast beim Lord Mayor.»
«Well well», sagt er belustigt. Dann schreckt er auf, wie von der Tarantel gestochen: «Was sagen Sie da – Gast beim Lord Mayor sind Sie?» Jetzt ist es an mir, mit einem Lächeln zu nikken.
Von diesem Moment an sind die Beamten wie verwandelt und nennen mich «Madam» oder gar «Ladyship». Sie lassen die andern Passagiere einfach stehen und kümmern sich zuvorkommend um mich. Eine Kontrollangestellte nimmt sich meiner Abendkleider an und legt sie behutsam in die Reisetasche zurück, indem sie das Seidenpapier mit der Handkante glättet und darauf achtet, dass nichts knittern kann.
Einer ruft einen Dienstmann herbei, der sich um mein Gepäck kümmert. Alle stehen stramm, um mich zu verabschieden und mir einen angenehmen Aufenthalt zu wünschen.
Draussen vor dem Flughafengebäude erwartet mich James. Er nimmt mich herzlich in die Arme und küsst mich links und rechts auf die Wangen.

«Grossartig siehst du aus, Darling», schwärmt er, «und schlank bist du geworden, beinahe schmal.»
Kunststück, denke ich, bei all der Schufterei der letzten Jahre, aber ich sage nichts.
«Wir freuen uns ja so, dich bei uns zu haben – bei mir.»
«Und du, James, bist stattlich und elegant wie eh und je.» Er küsst mich erneut.
Sein Chauffeur in schwarzer Uniform und ledernen Gamaschen öffnet die Tür des Bentleys, an welchem beidseitig eine Standarte befestigt ist.
«Bevor wir zum Mansion House fahren, möchte ich mit dir in einen Pub einkehren, wenn es dir recht ist», sagt James.
«Aber natürlich ist es mir recht.»
James schiebt die Trennscheibe zur Seite und gibt dem Fahrer eine Adresse bekannt.
«Ich bin wirklich tief beeindruckt, vom Lord Mayor höchstpersönlich abgeholt zu werden», sage ich, «und erst noch in einer Staatskarosse mit Standarten zu sitzen. Ich bin riesig stolz auf dich, James.»
Ich erzähle ihm von meinem Erlebnis am Zoll, und wir schütten uns aus vor Lachen. Schon lange bin ich nicht mehr so glücklich und unbeschwert gewesen wie gerade jetzt.
Der Wagen hält vor einem wuchtigen, roten Backsteinhaus mit vielen Türmchen und Kaminen. Wir betreten den durch mannshohe Trennwände in kleine Nischen aufgeteilten Pub und setzen uns an einen Eichentisch in einer Ecke. Er bestellt für mich meinen obligaten Martini und für sich selbst ein Guinness-Bier vom Fass.
«Komm, Diane, erzähl mir, wie's dir geht.»
«Seit Ivors Ableben nicht besonders gut», sage ich zaghaft, denn ich habe gelernt, dass Engländer anders sind als die Leute auf dem Kontinent. Es ist nicht angebracht, einem Gentleman über schlechte Zeiten zu berichten, schon gar nicht als Frau. Ein unbestimmtes Gefühl mahnt mich, vorsichtig zu sein. James hatte sich mit Ivor nie anfreunden können. So lieb ich James habe, so ehrlich muss ich mir eingestehen, dass er ein Snob ist und immer war, ein Draufgänger und Streber, allerdings einer mit Charme.
Damals, als wir uns kennenlernten, gehörte ich zur High So-

ciety, besass ein wunderbares Heim, war vermögend und angesehen. Er jedoch stand noch am Anfang seiner mühselig angelaufenen Karriere als Immobilienhändler. Nur durch seine Frau, die eine Lady ist, kam er immer mehr zu Ruhm und Ehren. Er ist Freimaurer, wurde in den Londoner Stadtrat gewählt, nie jedoch ins britische Parlament. Jetzt ist er Bürgermeister der Hauptstadt – wohl der erste, der Schweizerdeutsch spricht – und verfügt über ein Millionenvermögen, während ich eine verarmte Reiche bin.
Immer wieder prosten wir uns zu und versichern uns gegenseitig, wie schön doch das Leben ist, dass wir uns hartnäckiger Gesundheit erfreuen, den Krieg heil überstanden haben und sogar ein Quentchen ineinander verliebt sind.
«Diane, Darling», sagt er, bevor wir aufbrechen, «du wirst dir vorstellen können, dass ich sehr vorsichtig sein muss, in meiner Stellung, du verstehst?»
Wie um sich zu entschuldigen, sagt er dann: «Aber ich freue mich, dich in London verwöhnen zu dürfen, und ich verspreche dir, dich kommendes Jahr in München zu besuchen.»
Mein Gott, überlege ich, denkt er nur an sich? Wenn er wüsste, wie elend es mir in München geht. Ich schweige und spiele mit Leichtigkeit die Salondame, die es gewöhnt ist, in den «Upper Ten» eine Spitzenrolle zu spielen.
Und ich spiele sie gern und perfekt.
Das Mansion House liegt im Herzen Londons. Sunnie, wie wir privat den Lord Mayor nennen, zeigt mir voller Stolz seinen Dienstpalast. «The Venetian Parlour» ist Sunnies Arbeitszimmer. Im Vestibül stehen in Nischen Statuen, dann führt er mich durch das grosse Wohnzimmer «The State Drawing Room». Im «Long Parlour» finden Zusammenkünfte oder Dinners statt, und im «Saloon» werden Mitglieder der königlichen Familie und andere gekrönte Häupter empfangen. James bleibt vor dem Gobelin «Visit of Queen Victoria 1887» stehen, und ich denke an eine andere Queen – an meine gütige und weise Grossmutter.
Am Ende des Mansion House nimmt die «Egyptian Hall» die ganze Breitseite des Gebäudes ein. Durch eine Seitentür vom Salon aus betreten wir diesen Trakt.
«Ich dachte, es würde dir Spass machen, liebe Diane, während

deines Aufenthaltes diese Gemächer zu bewohnen», sagt Sunnie. «Um Gottes Willen, nein! Ich würde mich in diesen Riesenräumen fürchten», rufe ich.
«Hier haben schon Staatsoberhäupter geschlafen», meint er.
«Ist mir egal, ich will nicht!»
Das gewaltige Himmelbett steht auf einem Podest. Das hauptsächlichste Material ist dunkelroter Samt. Das Badezimmer in grünem Marmor ist mit Sicherheit seit seiner Erbauung unverändert geblieben. Nur die bemalten Kacheln auf der einen Seite finde ich scheusslich. Die viktorianische Badewanne steht auf Löwenfüssen und ist so gross, dass auch dicke Bäuche untertauchen können.
Sunnie lacht: «Es war doch nur ein Scherz.» Er nimmt mich am Arm und führt mich zum Lift. Ich beziehe ein sehr elegantes, aber dennoch gemütliches Gästezimmer neben dem «Lord Mayoress Boudoir», dem Privatgemach der Frau Bürgermeister, mit vielen privaten, mitgebrachten Dingen wie in Silberrahmen gefasste Fotos und Nippsachen mit Sammlerwert. An den hohen Fenstern hängen Vorhänge aus geschmackvollem Chintz.
«Mach es dir bequem und komm doch dann herunter zum ‹Five o'clock tea› ins Boudoir. Bessie wird sich freuen.»
Ein Blick in mein Badezimmer bestätigt mir: Hier werde ich mich wohlfühlen. Ein Diener bringt mein Gepäck. Bestimmt ist er anderes gewöhnt, Fürstlichkeiten mit unzähligen Koffern, eigenem Gefolge und teurem Schmuck.
Bessie ist eine wahre Dame, nicht erst, seit sie zur Lady erhoben worden ist. Ich habe grosse Achtung vor ihr, finde sie liebenswürdig und dennoch kühl und «very english».
Den ersten Abend verbringe ich mit Lady Bessie und Sunnie allein. Nach der Teestunde, bei der wir Frauen uns sehr formell begrüssten, kann ich mich in mein Gemach zurückziehen, mich etwas ausruhen und frisch machen. Zu meinem Entsetzen muss ich feststellen, dass meine Koffer ausgepackt sind. Meine aufgefrischte, kümmerliche Garderobe hängt im Schrank, alles ist säuberlich in die verschiedenen Schubladen verteilt. Ich habe ja kaum etwas bei mir, ausser Abendkleider. Ich sehe das verächtliche Gesicht des Dieners vor mir, als er meine Sachen ins Zimmer gebracht hat.

Zum ersten Mal im Leben schäme ich mich meiner Armut.
Plötzlich erinnere ich mich an eine unscheinbare Bemerkung von James im Pub. Er sagte, ich soll mit niemandem über meine derzeitigen Verhältnisse sprechen. Schämte er sich meiner? Er, der mich als reiche Frau kennt, als Besitzerin des herrlichen Gutes Maienrain, er, der mit mir als damals begehrenswerte junge Frau im Suvretta House in St. Moritz tanzte – ist er jetzt enttäuscht?
Punkt sieben Uhr dreizehn muss ich wieder im Boudoir erscheinen. Die alte Miss Dale, die Lady Bessie vom früheren Haushalt in das Mansion House mitgebracht hat, begrüsst mich fast feindselig, sie war schon immer eifersüchtig auf mich. Sunnie mixt die Cocktails – wobei ihm ein Diener die eigentliche Arbeit abnimmt –, «just some Gordon's Gin and a bit of Bitter and the Rose», sein bevorzugter Apéro am Abend. Pünktlich um sieben Uhr dreissig meldet ein Lakai, das Essen sei zum Servieren bereit. Die Treppe hinunter, durch das Vestibül zum «State Drawing Room» mit dem Nelson-Chair, einem Ehrfurcht einflössenden Ledersessel, und über ein paar Stufen gelangen wir zum kleinen «Dinner Room», wo das Abendessen aufgetragen wird. Hinter jedem Stuhl steht ein Diener, befehligt von einem Stubenmeister, der auch das Kommando über die Serviermädchen hat.
Das Essen ist einfach, aber unbritisch fein gewürzt und aromatisch. Es ist das Verdienst Sunnies, der als einer der Pioniere den kulinarischen Geschmack auf die Insel der «splendid isolation» importiert hat.
Die Morgenstunden und die Nachmittage gehören mir. Ich besuche alte Bekannte, Künstler, meine Freundin Claire Schorr, deren Bruder Raoul Bildhauer ist. Beide stammen aus Basel. Raoul hat vor nicht langer Zeit aus den Händen der Königinmutter eine Bronzemedaille in Empfang nehmen dürfen, worüber er sehr stolz ist. Er bewohnt eine Villa im Künstlerviertel Chelsea. Hildegard Knef ist eine seiner beliebtesten und berühmtesten Gäste, die für ihren Aufenthalt bei ihm wie in einem Hotel zahlen. Ich besuche Museen und Galerien, und ich lebe richtig auf. Oft nimmt mich Sunnie mit, weil er meint, ich müsse alles mit ihm zusammen erleben. Ich begleite ihn an eine Filmpremiere, die für mich nur deshalb überwälti-

gend ist, weil die Königinmutter anwesend ist und das Publikum sie mit Ovationen feiert. Nach der Vorstellung wird in einem unterirdischen Gewölbe direkt unter dem Kino ein Bankett gegeben, bei dem ich der «Queen Mother» vorgestellt werde.
Sunnie meint, ich solle an einer Gerichtsverhandlung teilnehmen, die er als Lord Mayor eröffnen wird. «Das musst du miterlebt haben, Diane, komm morgen früh pünktlich um sieben Uhr fünfundfünfzig ins Foyer.»
«Ich bin immer pünktlich, das habe ich gelernt: ‹L'exactitude est la politesse des rois!›» Wir lachen.
Am nächsten Morgen stehe ich zur verabredeten Zeit — hier geht offenbar alles mit preussischer Genauigkeit vor sich — im Flur bereit. Alles ist zur Abfahrt fertig. Man wartet nur noch auf die Hauptperson, den Lord Mayor. Zwei hohe Offiziere in mittelalterlicher Uniform, langen Säbeln und Wimpeln setzen sich zu uns in den Bentley. Drei Polizeimotorräder eskortieren unsere offizielle Mission.
Auf Schweizerdeutsch flüstere ich Sunnie zu: «Ich fühle mich wie die leibhaftige Königin. Ich werde jetzt huldvoll lächeln und dem Volk zuwinken.»
Statt einer Antwort bekomme ich einen sanften Stoss in die Seite: «Sprich jetzt nicht, Darling, bring mich nicht zum Lachen», sagt er dann in unserem Dialekt, von dessen perfekter Beherrschung Sunnie nichts eingebüsst hat.
Vor dem «Old Bailey» öffnet ein Gerichtsdiener den Wagenschlag. Der Lord Mayor wird von Weibeln flankiert und betritt als erster das Gerichtsgebäude. Mich geleitet ein anderer Bediensteter durch einen Nebeneingang zu einer Empore, von wo aus ich den Gerichtssaal überblicken kann.
Die Richter treten ein und setzen sich würdevoll. Sie kommen mir komisch vor mit ihren hellen Lockenperücken. Zuletzt tritt der Lord Mayor ein, und alle Anwesenden, auch ich, erheben sich respektvoll. Sunnie trägt einen Talar und ebenfalls eine Perücke. Ich muss einen Heiterkeitsausbruch unterdrücken. Er setzt sich in die Mitte einer Reihe von Richtern in Amtstracht. Mit einem Hammerschlag eröffnet er die Gerichtsverhandlung. Eine kleine Seitentür öffnet sich, und der Angeklagte wird hereingeführt. Er wirkt hilflos, eingeschüch-

tert und sehr armselig. Mich packt Mitleid. Sein Name wird verlesen und das Verbrechen, dessen er beschuldigt wird.
Der Lord Mayor leitet die Verhandlung nach einem peinlich genau festgesetzten Zeremoniell. Der schäbig gekleidete Sünder antwortet auf fast alle Fragen mit einem schuldbewussten «Yes Sir». Diese untertänige, monotone Äusserung weckt in mir den Verdacht, dass der arme Schlucker die hochgestochene Sprache der Juristerei nicht versteht, und das Verdikt scheint schon vor der Urteilsberatung festzustehen.
Ich empfinde die ganze Vorstellung als Farce. Der Mann hat doch keine faire Chance, sich zu verteidigen. Nicht einmal sein Pflichtbeistand unternimmt etwas, um das Verfahren auf einem Niveau auszutragen, das es seinem Mandanten ermöglicht, den Äusserungen aus der Anklageschrift und den Plädoyers folgen zu können.
Aber ist das ein Sonderfall oder nicht doch eher die Regel? Ich muss unwillkürlich an meine Scheidung von Sam in Basel denken. Sam hatte einen Anwalt engagiert, der stolz darauf war, Erfolge verbuchen zu können, indem er über Leichen ging. Ich hatte einen jungen Juristen zur Seite; er erhoffte, durch diesen seinen ersten grösseren Prozess Anerkennung und Berühmtheit zu erlangen.
Der Schönheitsfehler an ihm war nur der, dass er sich von der Gegenpartei bestechen oder zumindest überreden liess, die Klage wegen Inzests, Erpressung und Zeugenbeeinflussung fallen zu lassen und bloss die zivilrechtliche Scheidung wegen Zerrüttung der Ehe anzustrengen. Denn bei Blutschande und den andern Taten handelt es sich um Offizialdelikte, um die sich das Strafgericht kümmert.

Ich bin froh, noch vor der Urteilsverkündung «Old Bailey», dieses Haus der Gerechtigkeit, verlassen zu können.

Auf dem kostbaren weissen Büttenpapier mit dem Prägedruck «Mansion House London» schreibe ich unzählige Briefe. Einer davon ist an meine Schwester Jenny gerichtet. Sie antwortet sofort und lädt mich bei meiner Rückreise zu einem Abstecher nach Basel ein. Freunde, Cousins und Cousinen in Basel ermunterten mich angeblich, sie bei dieser Gelegenheit

ebenfalls zu besuchen. Ich bin verblüfft über das plötzlich wiedererwachende verwandtschaftliche Interesse an meiner Person. Das Briefpapier mit dem roten Wappen des Lord Mayors muss Wunder gewirkt haben.
Der Clan glaubt, mit dem Brief einen Beweis in den Händen zu haben, dass es mir glänzend geht. Und somit läuft niemand Gefahr, mir ein Almosen spenden oder meinetwegen auch nur ein schlechtes Gewissen haben zu müssen. Ja, wegen eines Briefkopfs bin ich bei ihnen wieder gern gesehen. Und meine eigentliche Not können sie getrost verdrängen.
Die Zeit im Mansion House verfliegt im Nu und ist wie ein schöner Traum. Bessie und Sunnie haben meine Ferien in London mit viel Liebe und Umsicht zu einem einmaligen Erlebnis gemacht. Ich habe diese Weltstadt in Dimensionen und aus Perspektiven beobachten können, wie sie sich selten einem Touristen offenbaren.
Mit dem gleichen Aufwand wie bei der Ankunft, bringt mich Sunnie zum Flughafen zurück. Es gibt einen sehr herzlichen Abschied, bei welchem wir Sunnies Absicht seines Besuchs in Deutschland übers Jahr nochmals bekräftigen. Mit einem Gemisch von Glück und Wehmut fliege ich nach München zurück. Auf den Abstecher nach Basel verzichte ich fürs erste. Zwei Wochen Wahrhaftigkeit gewordenes Märchen sind vorbei. Ich muss mich wieder in das Münchener Aschenbrödel verwandeln. Jetzt heisst es, wieder auf den grauen Alltag umzuschalten.

Am Flugplatz in München-Riem bemerke ich Astrid auf der Zuschauerterrasse. Sie schenkt wieder ihr riesiges weisses Taschentuch. Sie bestürmt mich mit Fragen, und ich gebe ihr mit vielen Gedankensprüngen ein paar erste Eindrücke wieder. Ich habe ihr auch etwas mitgebracht – einen Seidenschal von «Harrods», den sie sich auf der Stelle um den Hals drapiert und den sie von nun an jeden Tag tragen wird.
«Es ist viel Post für dich da», sagt sie auf der Busfahrt in die Stadt, «ich habe dir alles auf den Schreibtisch gelegt.» In meiner Wohnung stelle ich mein Gepäck ab. Die Fensterläden muss ich nicht öffnen, das hat Astrid bereits beim Lüften der Räume getan. Unter den diversen Kuverts finde ich einen Ein-

schreibebrief. Wie immer, vermute ich in eingeschriebener Post einen Boten schlechter Nachricht und gerate in Panik. Ich habe recht: Der Hausbesitzer kündigt mir eine meiner beiden Wohnungen, die ich untervermiete. In ihren Räumen stehen meine kostbarsten Möbel. Es wäre ein Jammer, wenn ich sie in einem Möbellager aufbewahren lassen oder gar verkaufen müsste.
«Es gibt immer einen Ausweg», versucht Astrid mich zu trösten, obwohl wir noch gar nicht wissen, ob die Kündigung die Wohnung betrifft, die sie selbst von mir in Untermiete hat.
«Ich werd' für uns beten, Diane, und halt mit dem Hausherrn reden.»
Und siehe da, die Panik war vergebens. Der Hausbesitzer hatte ursprünglich Eigenbedarf angemeldet. Doch hat sich offenbar eine Lösung angeboten, die die Kündigung gegenstandslos macht: Der Sohn des Hauswirts beginnt sein Studium nicht in München, wie ursprünglich vorgesehen, sondern in Hamburg. Und somit braucht er hier keine Wohnung.
Aber nun heisst es, eine neue Arbeit zu finden, denn mein Bargeld ist praktisch restlos aufgebraucht.
Ich finde eine Teilzeitstelle in einem Unternehmen der chemisch-pharmazeutischen Branche. Es ist ein Auslieferungslager, und die Kunden sind Ärzte, Apotheken und Spitäler. In der Annonce hat gestanden: «leichte Arbeit, Halbtagsarbeit eventuell möglich, angenehmes Betriebsklima, gute Arbeitsbedingungen, zeitgemässe Löhne und Sozialleistungen.» Ich mache mich auf den Weg dorthin, um mich vorzustellen. Es ist ein ganz moderner Bürokomplex, wie sie in dieser Gegend Jahre nach den Bombardierungen wie Pilze aus dem Boden schiessen. Die Empfangshalle ist ganz mit Marmorplatten ausgelegt. Über ein paar breite Stufen gelangt man zu drei Paternostern, die wie ein endloser Fahrstuhl in die oberen Etagen führen.
Mein erster Eindruck ist absolut positiv. Der Personalchef oder eben ein untergeordneter Angestellter, der für diesen Personalzweig zuständig ist, stellt wenig Fragen. Er scheint froh zu sein, dass sich mindestens jemand auf sein Inserat gemeldet hat. Ich werde als Arbeiterin für das Medikamentensortiment eingestellt.

Wieder habe ich den Fehler gemacht, mich als Arbeiterin statt als Angestellte engagieren zu lassen. Arbeiterinnen beziehen Stundenlohn, und bei ihnen wird auf Heller und Pfennig abgerechnet. Angestellte hingegen haben ein Monatssalär, egal, ob zum Beispiel an einem kirchlichen Feiertag gearbeitet wird oder nicht. Aber immerhin gehöre ich nun wieder der Sozialversicherung und einer Krankenkasse an.
Hier kann ich das Nötigste für meinen Lebensunterhalt verdienen. Denn ich habe mir ausgerechnet, dass ich mit der Bezahlung meiner fünf täglichen Arbeitsstunden und bei sehr bescheidenen Ansprüchen meinen Haushalt bestreiten kann. Aber ich habe völlig vergessen, dass ich pro Arbeitsweg mehr als eine Stunde völlig nutzlos in der Strassenbahn und im Stadtbus verbringe. Für diese Kosten muss ich selbstverständlich allein aufkommen.
Beim Empfang am nächsten Nachmittag, meiner ersten Schicht, frage ich das Schalterfräulein, wo ich mich melden soll und zeige ihr den Zettel, den mir der Personalmann nach unserem kurzen Gespräch ausgehändigt hat.
«Hier bestimmt nicht!» sagt sie nach einem einzigen Blick auf den Wisch. Ihr Ton verrät, dass sie für das manuell arbeitende Volk nur Verachtung übrig hat und selber zu etwas Höherem geboren ist als zum Dienst am Empfangsschalter. Der Eingang für das Fussvolk befindet sich auf der Rückseite des Gebäudes. Die glänzende Fassade auf der Seite der Hauptstrasse hat mich also wieder einmal geblendet.
Auf dem Hof aus Erdreich und Steinen, zwischen denen Grasbüschel ihr karges Dasein behaupten, stehen unzählige Lastautos, Lieferwagen und Eildienstautos. Hier werden die Medikamente in grossen Mengen von den Chemiefabriken angeliefert, eingelagert und je nach Bestellung der Kunden zum Aussand neu zusammengestellt. Über kleine Betontreppen ohne Geländer gelangt man zu den Verladerampen, wo die Kisten, Container und Paletten kommen und gehen.
Ich kenne mich noch nicht aus, deshalb muss ich einen schüchternen Eindruck machen, als ich den grossen Sortiersaal betrete. Eine der Packerinnen sieht mich misstrauisch an.
«Du bist doch keine von uns?»
«Doch, ich muss ans Fliessband», sage ich und finde es belu-

stigend, dass sie mich doch wie eine der Ihren von Anfang an duzt.
«Zweites Stockwerk.» Sie zeigt mit dem Daumen nach oben und zupft dann ihre Arbeitshaube zurecht.
Eine Etage höher zeigt mir eine der Arbeiterinnen, wie man die Stechkarte für die Kontrolle der Arbeitszeit abstempelt.
«Sind Sie die Neue?» Ich drehe mich nach der Stimme um. Es steht ein Mann hinter mir, als Abteilungsleiter stellt er sich vor.
«Ja, die bin ich», antworte ich ihm.
Er führt mich in den Sortiersaal. «Sie haben die Buchstaben O und P. Aber zuerst werden die Regale geputzt und die Ware abgestaubt und frisch eingelagert. Verstanden?»
Ich lüge ihm vor, verstanden zu haben, doch in Wirklichkeit habe ich keine Ahnung. Ich schaue mich im Raum um und entdecke grosse Buchstaben, aufgemalt auf emaillierten Blechtafeln. Ich nähere mich den mir zugewiesenen O und P. In der Mitte des Saals bewegt sich das Fliessband. Auf ihm holpern Holzkistchen dahin, die die bestellten Medikamente enthalten, welche am Ende des Sortierwegs verpackt werden und per Post oder Lieferdienst das Haus verlassen.
Vier Wochen lang dauert meine Putzerei, und man nimmt mit Häme zur Kenntnis, dass ich die Lappen mit der Reinigungslauge nur mit Gummihandschuhen anfasse. Schnell habe ich meinen Übernamen: «Da kommt die ‹Prinzessin auf der Erbse›», raunen sie sich zu, wenn ich die Sortiererei betrete.
Nach vier Wochen Ausräumen, Scheuern und Einräumen werde ich ans Fliessband befördert. Aber das ist weit schlimmer als jede Schmutzarbeit in dieser Fabrik.
Man entnimmt den vorbeiziehenden Holzkistchen die einem zugeteilten Buchstabentafeln, für mich, wie gesagt, O und P. Alle unsere Produkte, die mit einem O oder P beginnen – etwa «Odol» oder «Piralvex» – muss ich auswendig lernen. Verpackungsart, Grösse, Dosierung sind wichtig bei Medikamenten mit verschiedenen Wirkungsgraden.
Also heisst es: Leiter rauf, Medikament der gewünschten Sorte packen, Leiter runter und rein in das Holzkistchen, Ausführung bestätigen durch Abhaken des entsprechenden Feldchens auf dem Bestellschein. Mit andern Worten, man ist dau-

ernd auf den Beinen unterwegs, sich bücken und sich recken, pausenlos, stundenlang.
Die viertelstündige Gewerkschaftspause findet in der Toilette statt. Da ist ein kleiner Heizapparat für warmes Wasser installiert. Alle Frauen kochen hier eine Brühe, die sie allen Ernstes «eine schöne Tasse Bohnenkaffee» nennen. Dazu rauchen sie eine miserabel gestopfte Zigarette mit blondem Tabak und erzählen das Neueste von ihren Männern.
Abends um sieben Uhr komme ich jeweils komplett erledigt, wiederum nach einer guten Stunde Fahrt in einem hoffnungslos überfüllten Bus und zusammengepfercht in der Trambahn, zu Hause an.
Ist eine solche Existenz menschenwürdig? Aber andere müssen es ja auch tun, gebe ich mir selbst die Antwort.
Der einzige Lichtblick in diesen Wochen und Monaten ist Astrid. Mit rührender Sorgfalt bereitet sie das Abendessen, das wir gemeinsam in meiner Wohnung, manchmal aber auch bei ihr einnehmen. Immer hat sie eine kulinarische Überraschung bereit, und sei sie noch so unscheinbar. Vielleicht hat sie auf dem Viktualienmarkt eine exotische Frucht entdeckt oder einen köstlichen Fisch. Ich bin überzeugt, dass ich ohne Astrid diese Zeit nicht überlebt hätte.
Zweimal bin ich bei der Arbeit zusammengebrochen, zweimal schickte mich der Abteilungsleiter zum Vertrauensarzt, und zweimal meinte dieser, das Herumklettern auf den Leitern sei keine Arbeit für mich. Er hat gut reden, aber wie soll ich es ändern?
Ich habe mit meiner Schwester Jenny telefonieren wollen. Wiederum war zuerst mein Schwager Edi am Apparat. «Du musst durchhalten, Diane!» sagt er bloss, nachdem ich ihm meine Situation im Telegrammstil geschildert habe.
Durchhalten. Wenn ich dieses Wort nur schon höre! Existierte es nicht, ich glaube, dann gäbe es auch den Edi nicht.
Dann meldete sich Jenny. «Du musst durchhalten – in deinem Alter!»
Jetzt fängt sie auch noch damit an. Ich ertrage es nicht mehr. «Herrgottnochmal!» antworte ich ihr etwas gereizt, «durchhalten kann doch nur, wer am Ende der Röhre oder am andern Ufer einen Silberstreifen erkennen kann.»

Über meinen ungewohnten Temperamentsausbruch muss sogar Blacky erschrocken sein. Er lässt die sonst so aufmerksamen Ohren hängen, zieht den Stummelschwanz ein und trottet lustlos hinter mir her.
Ich versuche, mit allen Arbeitskolleginnen nett und freundlich zu sein. Meine direkte Vorgesetzte ist knapp neunzehn Jahre alt und hat es mit ihrem Schikanieren auf mich abgesehen. Sie spürt instinktiv, dass ich, einmal abgesehen von meiner Sprache, die sich mit dem Bayerischen nicht völlig deckt, im Grund einer andern Gesellschaftsschicht angehöre als jener der Schichtarbeiter. Sie nimmt jede Gelegenheit wahr und lässt keine Möglichkeit aus, mich anzubrüllen, mir eins auf die Finger zu klopfen und mir das Leben schwer zu machen. Eine zwar nur lose, aber für meine Begriffe in dieser Firma bereits schon dicke Kameradschaft entwickelt sich zwischen mir und einer schwarzen Amerikanerin, die nach Kriegsende mit ihrem Mann in München stationiert war und dann von ihm sitzengelassen wurde.
Sie ist eine unkomplizierte Frau und lässt sich von nichts unterkriegen. Oft bringe ich ihr Schokolade mit. «Von Schokolade kann ich nicht dick werden», sagt sie in solchen Momenten, «weil wir beide die gleiche Farbe haben und meine Kalorienzähler im Bauch gar nicht bemerken, wer sich da an ihnen vorbeischmuggelt.»
Hin und wieder lese ich ihr während der Pause am Toilettenfenster aus der Hand, eine Kunst, die mich neben der Esoterik in meiner Freizeit am meisten beschäftigt.
«Meiner hat einen Tripper eingefangen.» Mit dieser urigen Botschaft hat sie nur mich vor kurzem überrascht, denn sie selbst nimmt solche Tatsachen gelassen als göttliche Vorsehung hin.
Aber das war erst der harmlosere Teil ihrer Beichte.
«Ich glaube, ich erwarte ein Kind von ihm», fuhr sie fort. Sie «glaubt», von ihrem ebenfalls schwarzen Freund ein Kind zu erwarten. Ist das nicht fahrlässig? Sie kann mit der Ungewissheit leben und schaut den Tatsachen mit kindlicher Unverdorbenheit ins Gesicht. Sie kann abwarten, bis es dann tatsächlich soweit ist.
Ich habe sie im Spital am Wochenbett besucht. Sie ist guten

Mutes wie immer. Allerdings muss sie sich nach einem andern Vater umsehen. Denn das Baby ist viel zu weiss geraten. Doch es ist wohlauf.

Nach etwas mehr als einem Jahr bringe ich den Mut auf, meine Fabrikarbeit aufzugeben. Sie hat mich viel gelehrt, da gibt es gar keinen Zweifel. Ich gerate nicht mehr in Panik bei der leisesten Unebenheit und ich habe keine Angst mehr vor der Zukunft.
Astrid hat sich in der Zwischenzeit verlobt, mit einem Theatermann, einem Regisseur und Schauspieler. Ich liebe Astrid wie meine leibhaftige Tochter, und bevor sie mich damals fragte, ob sie mir ihren Auserwählten vorstellen dürfe, umarmten wir uns minutenlang. Astrid liess mich an ihrem Glück teilhaben.
Immer wieder einmal werde ich gefragt, ob ich es denn nicht bereue, mich von meinem ersten Mann geschieden und Basel für immer den Rücken zugekehrt zu haben.
Nein! Das ist meine klare Antwort. Ich habe inzwischen das Leben von einer andern Seite kennengelernt. Nicht mehr nur behütet und verwöhnt werden, nicht mehr nur die Rolle der angebeteten Salondame spielen, umgeben von einem Heer von Bediensteten, mit denen man glaubte umspringen zu können, als wären es Leibeigene.
In meinem Orden der Rosenkreuzer, den ich regelmässig besuche, habe ich Freunde und den Weg zur inneren Harmonie gefunden. Das Leid, die Plackerei und die Geldsorgen haben ihr Gespenstisches verloren und verblassen zunehmend, je mehr ich darüber stehe.

11. Kapitel: Grethe Weiser wird mein Rettungsanker

Astrid und ich entwickeln uns zu regelrechten Kaffeetanten. «Es tut gut, mit einem lieben Menschen selbst die Nichtigkeiten des Alltags bequatschen zu können», sagt sie, und wir nehmen jede Gelegenheit wahr, zusammenzusitzen. Wenn ich abends das Treppenhaus hinaufsteige, und der frische Duft von frisch gemahlenem Kaffee zieht durch meine Nase, dann weiss ich, dass Astrid etwas auf dem Herzen hat, das sie loswerden möchte, oder einfach zu einem Plauderstündchen aufgelegt ist.
Oft steigen Erinnerungen in uns auf, zum Beispiel Hamburg. Der Film «Viktoria und ihr Husar» mit Eva Bartok ist immer wieder ein Thema. Die Diva war damals ganz gross im Geschäft, teils durch schauspielerische Begabung und Fleiss, teils durch geschickte Ausbreitung ihres Privatlebens in der Öffentlichkeit. Immerhin ist sie in ihrer Karriere auf etwa sieben Ehemänner gekommen – ich sage «etwa», weil Eva Bartok die genaue Zahl selbst nicht weiss, wie sie mir gegenüber einmal behauptete. Ihre Romanze mit Curd Jürgens, so intensiv sie auch war, dauerte jedenfalls nur fünfzehn Monate.
«Weisst du noch, Astrid, wie ich meinen ganzen Einfluss geltend machte, damit du aus vielen Bewerberinnen als Ballett-Elevin, ganz wörtlich genommen, den Sprung auf die professionelle Bühne wagen konntest? Nein», winke ich ab, weil Astrid eine Bemerkung anbringen will, «nein, es war keine Protektion von mir, sondern Überzeugung – dein Erfolg hat mir recht gegeben.»
Es war während meiner Kündigungszeit, die ich für die Suche nach einer neuen Beschäftigung nutzen musste. Wir sitzen nach dem Abendessen in meiner Wohnung noch bei einem Glas Bocksbeutel, einem meinem Geschmack entsprechenden, trockenen Weisswein, den Astrid mitgebracht hat.
Plötzlich klingelt das Telefon. Ich schaue erstaunt auf: «Wer kann das sein? Es ist schon so spät.»
Astrid, die sich in meiner Wohnung, genau wie ich bei ihr, völ-

lig frei bewegen kann, greift zum Hörer. Über ihr Gesicht huscht ein Strahlen.
«Rate, wer es ist!»
Ich bin überfragt.
«Grethe!» Astrid reicht mir das Telefon. Es ist Grethe Weiser. Ich habe immer eine besondere Bewunderung für diese gleichzeitig kleine Person und grosse Persönlichkeit empfunden. Sie ist in jeder Beziehung eine aussergewöhnliche Frau. Ich erinnere mich sofort an die vielen Berliner Filmfestspiele, als ich oft privat Gast war von Grethe und ihrem Mann Hermann Schwerin. Aber was in aller Welt bringt sie dazu, mich jetzt, in der Dunkelheit, anzurufen?
«Schätzchen», plätschert es am andern Ende, «ganz beiläufig habe ich gehört, dass du in München lebst.»
Ich komme nicht dazu, auch etwas zu sagen, denn sie fährt munter fort:
«Kannst du noch heute abend zu mir kommen? Ich habe jetzt auch eine Bleibe in München.»
«Duldet denn dieser Besuch keinen Aufschub, sagen wir bis morgen abend?» kann ich endlich fragen.
Ich mache geltend, dass ich noch die kommenden paar Tage hart arbeiten müsse und gern bereit sei, sie morgen gleich nach der Schicht zu treffen.
Ich höre Enttäuschung. Doch schliesslich willigt Grethe ein und diktiert mir ihre Adresse. Astrid verspricht, mit Blacky «Gassi» zu gehen, weil ich voraussichtlich spät nach Hause kommen werde.
Aber wie kann ich in meiner Fabrikaufmachung vor Grethe Weiser erscheinen? Schliesslich machen sich Frauen nicht für Männer schön, sondern für Frauen, ihre natürliche Konkurrenz. Und nicht nur das: ein gepflegtes Äusseres gehört zu den Geboten der Selbstachtung.
In einer separaten Tragtasche nehme ich also einen Mantel, eine Pelzmütze und ein Kleid mit in die Fabrik, das für die Arbeit zu hübsch wäre und zu dummen Bemerkungen der Kolleginnen führen würde. Nach dem Glockenzeichen zum Schichtwechsel schliesse ich mich in eine Toilettenkabine ein, ziehe mich eilig um und bringe meinen Teint in Ordnung. Die Tasche mit den Arbeitskleidern übergebe ich dem Pförtner,

der mürrisch bereit ist, sie für mich aufzubewahren. Ein Taxi kann ich mir nicht leisten, also nehme ich die Strassenbahn.
Sie habe jetzt auch eine Bleibe in München, hat Grethe am Telefon gesagt, welche Untertreibung! Sie bewohnt ein wunderschönes Penthouse hoch über den Dächern von München. Die Fahrt mit dem Lift dauert eine Ewigkeit. Sie empfängt mich mir ihrem breiten Lachen.
«Gut siehst du aus, Kindchen», empfängt sie mich strahlend, «komm, lass dich anschauen!»
Meine Mütze ist aus Pelzimitation und sitzt schräg auf meiner Frisur und leicht in die Stirn gedrückt. Der Mantel ist aus dem gleichen billigen Material.
Grethe dreht mich an der Hand im Kreis herum und betrachtet mich von oben bis unten und ringsum.
«Schick bist du», bestätigt sie ihren ersten Eindruck. Ich bin sicher, dass es ihre aufrichtige Meinung ist. Schon anderswo hat man mir Komplimente gemacht, obwohl ich sichtbar ab Konfektionsstange gekleidet war. Kürzlich habe ich auf der Strasse eine Dame der Münchener Gesellschaft angetroffen. «Oh, Sie sehen aus wie das Mädchen aus dem Katalog, Frau von Radvany!» hat sie entzückt gerufen. Ob ich teure Sachen kaufte oder, wie jetzt, in billigen Fähnchen daherkomme, ich habe immer gewusst, dass ich gut darin aussehe. Deshalb bin ich froh, dass man mir meine Armut nicht ansieht.
Grethes Zugehfrau hilft mir aus dem Mantel. Wir setzen uns im Wohnzimmer an ein grossflächiges Fenster mit einem überwältigenden Blick auf die Häuser und in die Strassen mit ihrer beschaulichen Emsigkeit.
Ich werde mitten in meiner Bewunderung unterbrochen. «Ich möchte mit dir repetieren, Diane», sagt Grethe, «zehn Mark die Stunde.»
Grethe ist in Geldangelegenheiten immer schon generös gewesen, ein Charakterzug, den ich in Schauspielerkreisen eher selten angetroffen habe. Blitzartig überschlage ich mein zukünftiges Einkommen. Dennoch hat sie mich völlig überrumpelt.
«Also Grethe, das geht doch nicht. Text abfragen – das habe ich noch nie gemacht. Das kann ich nicht», stottere ich.
«Dann wirst du es eben lernen», sagt sie und grinst von Ohr zu Ohr.

Sie fängt meine Verständnislosigkeit mit einer Handbewegung auf: «Ich werde es dir beibringen, und zwar gleich jetzt.» Sie gerät in die ihr eigene Schwärmerei. Sie spiele in Kürze in der «Kleinen Komödie» die Hauptrolle in «Weekend» von Noël Coward. «Ein herrliches Stück, sag' ich dir. Ich werde einen eleganten Hosenanzug tragen. Meine ganze Garderobe ist bei Adlmüller in Auftrag gegeben worden», betont sie ihre Unbescheidenheit. «Und ich werde auf der Bühne meine Yoga-Künste vorführen. Du wirst staunen, ich wiege nur noch fünfundvierzig Kilogramm.»
Sie wirft einen ungeduldigen Blick auf mich und fragt rasch: «Also, was ist, hast du Zeit für mich?»
Und ob ich Zeit habe. Sie ist für mich der grosse Rettungsanker. Grethe lässt mich meine Unsicherheit rasch vergessen. Ihr Temperament steckt mich an. Ich geniesse es wie ein himmlisches Privileg, ihr zuzuschauen, wie sie sich verwandelt und die schwarzen Buchstaben im Textbuch Silbe für Silbe gestaltet. Zuerst spricht sie die Sätze im Sitzen, dann schiesst sie auf und wendet sich stehend an ihre imaginären Partner, spielt mit ihnen und geht ganz in ihrer Rolle auf. Ich glaube, die andern sehen zu können, so greifbar plastisch sind Grethes Gänge und Aufteilung des Wohnzimmers.
Ab jetzt bin ich täglich bei Grethe. Astrid glaubt, an mir eine Verjüngung festzustellen, die sie mit meiner inneren Ausgeglichenheit begründet. Im Penthouse helfe ich auch im Haushalt, beim Aufräumen vor allem dann, wenn Grethe einmal am Herd gestanden hat. Ja, in der Küche waltet sie mit der gleichen Energie wie beim Spiel. Kochen ist ihr Steckenpferd und eigentlich zweites Talent. Ich nehme gelegentlich Blacky mit zu Grethe. Er tollt dann mit ihrem Yorkshire-Hündchen, das über seinen Stecknadelaugen ein rotweisses Mäschchen trägt, um überhaupt aus den Haaren sehen zu können. Dann rasen die beiden so wild durch die Gegend, dass sie uns bei den Textproben stören und wir ernsthaft einschreiten und sie zur Räson bringen müssen.
Eines späten Vormittags komme ich, gut gelaunt wie meistens, zur Textprobe ins Penthouse. Ich muss eine ganze Weile warten, bis sich etwas regt. Endlich schliesst die Zugehfrau die Tür auf. Sie deutet mir mit dem Zeigefinger an, still zu sein. Es

braucht keinen siebten Sinn, um zu erfassen, dass hier etwas nicht stimmt. Nichts rührt sich. Nicht einmal der Yorkshire Terrier begrüsst Blacky und mich.
Die Haushälterin zieht sich in die Küche zurück, wo sie sich mit irgendwelchen Obliegenheiten zu beschäftigen sucht. Ich denke, sie mag mich nicht besonders. Sie scheint zu fürchten, ich mache ihr die Arbeit streitig, was natürlich barer Unsinn ist.
Auf den Zehenspitzen gehe ich durch die Wohnung und schaue nach allen Seiten. Grethes Schlafzimmertür steht einen Spalt weit offen. Ich höre ein dünnes Schluchzen. Grethe ist im Bett. Halb liegt sie, halb sitzt sie aufrecht. Ich trete hinzu und sehe sie ihren Hund streicheln. Sie hat gerötete Wangen. Ich lege ihr meine Hand an die Stirn und merke sofort, dass sie fiebert.
Sie schaut mich an, als wäre sie kurz vor dem Ertrinken.
«Hermann betrügt mich!»
Die Worte stossen pulsierend aus ihr hervor wie Erbrochenes. Dann weint sie, laut und inbrünstig. Ich halte ihr die Hand und lasse sie gewähren.
Sie ist völlig aufgelöst, grau im Gesicht und über Nacht fast bis zur Haut zusammengeschrumpft.
«Hermann betrügt mich!» wiederholt sie und beisst in ihr Taschentuch.
Verzweiflung und schiere Verbitterung überwältigen sie:
«Hermann – mit seinen achtundfünfzig Jahren!» Sie gebraucht furchtbar hässliche Wörter, die ich aus ihrem Mund zu hören niemals erwartet hätte.
Die Ohnmacht, aber noch mehr der Hass auf die jüngere, attraktive Nebenbuhlerin, die sich auch noch Kollegin nennt, bricht Grethe das Herz. Immer wieder wird sie von Weinkrämpfen geschüttelt. Hätte sie die Echtheit dieser Gefühle auf eine Filmleinwand übertragen, ihr wäre die Nomination für einen «Oscar» sicher gewesen.
Nein, Grethe befindet sich in wirklicher Gefahr. Aber den Kampf um Hermann hat sie nicht aufgegeben. Abwechselnd stolz, dann wieder bettelnd, hat sie versucht, ihn zur Vernunft zu bewegen.
Mit Erfolg. Hermann Schwerin hat von seiner Freundin abgelassen und ist zu Grethe zurückgekehrt.

Sie hat ihren Sieg nicht lang auskosten können. Beide sind bei einem entsetzlichen Autounfall ums Leben gekommen. Nur der kleine Yorkshire Terrier hat überlebt. Ich habe ihn zu mir genommen. Doch nach kurzer Zeit verweigerte er alle Nahrung und wurde krank. Ein Tierarzt hat ihn eingeschläfert.

Wieder einmal bin ich auf Arbeitssuche. Von einer Bekannten von Astrid erfahre ich, dass sie altershalber eine gute Stellung mit Repräsentationsaufgaben in einer Galerie unter den Arkaden im Hofgarten aufzugeben gedenke. Ich solle mich doch melden, falls mich die Sache interessiere. Und ob sie mich interessiert!
Am verabredeten Tag mache ich mich zurecht und eile gleich nach dem Frühstück hin, damit mir niemand zuvor kommt.
Die Galerie mit einer darunter liegenden kleinen Buchhandlung ist nur fünf Gehminuten von meiner Wohnung entfernt, idealer geht's kaum. Bei meiner Ankunft ist die Tür noch geschlossen. Galerien sind eben keine Bäckereien, wo man in aller Herrgottsfrühe auf den Beinen ist, denke ich, und ich muss über mein Ungeschick ein Lächeln verkneifen. Ich setze mich auf eine Parkbank vor einen Springbrunnen und unterhalte mich mit Blacky, der an diesem Abenteuer teilnehmen darf.
Pünktlich zur Öffnungszeit um zehn Uhr betrete ich den Laden. Es ist keine gewöhnliche Galerie, wo ein paar seelenlose Bilder kaum je genannter Maler vor sich hin hängen. Nein, es ist eine zauberhafte Boutique mit Kunstbüchern als Liebhaberausgaben, sehr geschmackvollen Handtaschen, handgefertigten Spielsachen und Kunstpostkarten. Schon die äussere Sorgfalt, mit der das Sortiment präsentiert wird, verrät Originalität und künstlerische Begabung.
Das ältere Fräulein, das mir vor wenigen Wochen über Astrid die Stellung angeboten hat, empfängt mich ausgesprochen herablassend. Ich hatte mich schon gewundert, weshalb ich auf ein Anstellungsgespräch mit den Galeriebesitzern so lange warten musste. Jetzt ist es klar: Das Fräulein hat es sich plötzlich anders überlegt und will nun doch noch bleiben.
«Man erwartet mich», sage ich ähnlich spitz, «wo kann ich die Herrschaften sehen?»
«Gehen Sie nach oben.» Sie zeigt zu einer Wendeltreppe, die

zur Galerie führt. Mitten auf den Stufen zur zweiten Etage kläfft uns ein kleiner Hund, ein Pekinese, an. Blacky ist begeistert. Er hat den Job bereits angenommen.
«Jasminchen, sei still, so gib schon a Ruh'!» tönt es von oben herunter. Die Stimme klingt jung und frisch.
«Kommen Sie herauf», sagt dann die Stimme, «wir erwarten Sie.»
Auf dem obersten Treppenabsatz steht eine zierliche, hübsche junge Frau.
«Ich bin Ria Petersen», stellt sie sich vor und reicht mir die Hand. Es ist eine Tochter der Chefin. «Kommen Sie, Frau von Radvany», sagt sie und weist auf die Tür des Büros.
Dort kommt mir Frau Petersen mit ihrer zweiten Tochter Käthe entgegen. Nach einer freundlichen Begrüssung, und nachdem sie mir einen Stuhl angeboten hat, kommt Frau Petersen zur Sache. Sie nennt die Anstellungsbedingungen: «Arbeitszeit von dreizehn bis achtzehn Uhr, mittwochs von neun bis vierzehn Uhr, bei einem Gehalt von fünfhundert Mark monatlich. Sind Sie damit einverstanden?»
Ich bejahe, wende jedoch sofort ein: «Aber den Samstag muss ich für mich haben, wie bisher.»
«Das ist unmöglich!» Es rufen alle drei gleichzeitig, und Frau Petersen ergänzt: «An den Samstagen brauchen Sie nur von neun bis zwölf Uhr hier zu sein. Das wird separat vergütet und wohl o.k. sein, oder?»
Obwohl ich enttäuscht bin, nehme ich an. Nun gilt unsere ganze Aufmerksamkeit dem Pekinesen King, der, wie aus dem Häuschen geraten, um meine Blacky tänzelt. King ist der zweite Hund der Petersens. Er hat sich bisher still unter einem Stuhl verborgen gehalten. Jasminchen verfolgt die Szene voller Eifersucht.
«Jasminchen, das ist mein Hund», sagt Ria Petersen und hebt ihn sich auf den Arm. King beruhigt sich allmählich, und ich nehme Blacky an die Leine.
«Also ist alles klar, wir erwarten Sie am nächsten Montag zur Arbeit.»
«Und meine Zeugnisse?» Ich krame in meiner Handtasche und will die ersten beiden Arbeitsqualifikationen meines Lebens vorzeigen.

Frau Petersen schüttelt den Kopf: «Die brauchen wir nicht. Ausschlaggebend für uns ist jemand, dem Hunde sympathisch sind und der mit ihnen umgehen kann. Und das können Sie, Frau von Radvany.»
Ich muss zerknirscht zur Kenntnis nehmen, dass Blacky es ist, der mir eine neue Stellung verschafft hat. Sie hat ihre Extrawurst redlich verdient und erhält sie auch gleich an der nächsten Imbissbude.
Langsam normalisiert sich für mich das Leben. Es bekommt Rhythmus und Gewohnheit. Die Arbeit in der Galerie bringt mir Fachkenntnisse, ein sicheres Urteil und die Möglichkeit, in der Branche mitreden zu können.
Ich nehme regelmässig an den Zusammenkünften in der Loge teil und besuche viele Vorträge über esoterische Themen. Ja, ich habe sogar wieder einen Freundeskreis, und zwar einen, den ich mir selber ausgesucht habe, aus freier Wahl. Es sind nicht wie früher Menschen, die einem aus familiären Gründen, aus Staatsräson sozusagen, aufgezwungen worden waren und die man zu akzeptieren hatte.

> Meine Erziehung, die ich von Kindermädchen und Internatslehrern erhielt, welche die Anweisungen Mamas zu befolgen hatten, bestimmte mein Dasein als junge Frau, den Umgang mit den mir zugewiesenen Freunden. Ich grübelte lange über meine Verlobung mit Sam nach. Mama war gegen meine Heirat mit Willy, meiner Jugendliebe, gewesen, obschon er aus alteingesessener Familie kam. Ausschlaggebend für Mamas Abneigung gegen ihn waren einzig und allein seine ihrer Meinung nach nicht ausreichende Mitgift und sein bloss achtstelliges Vermögen – zu bescheiden, um Mamas Schwiegersohn zu werden. Sie hatte damals Willys Mutter zu sich zitiert und ihr klipp und klar erklärt, dass eine Liaison zwischen ihrem Sohn und mir eine aussichtslose Sache sei.
> Ob man einen Mann liebte oder nicht, das war Nebensache, und Liebesheirat gar ein Fremdwort.
> Ich hatte mich damals im Bett hin- und hergewälzt. Sollte ich unsere Gouvernante wecken und sie um Rat

fragen? Aber nein, eine Magd war ein zweitrangiges Geschöpf, und meine Erziehung verbot mir, mich jemandem, und erst recht nicht einer minderen Person, anzuvertrauen.
Mit Mama konnte ich ausgeschlossen reden, denn sie war es ja, die alle Fäden zog. Sie hatte sich mit der Familie Sams, den Falkenbergs, in Verbindung gesetzt. Oscar Falkenberg, das Familienoberhaupt, und sie hatten die Heirat zwischen mir und Sam, den ich kaum kannte, besiegelt – es gab manche Fusionsverhandlungen, bis es soweit war.
Viele Jahre später war mir ein Tagebuch von Mama in die Hände gefallen, das sie, einer Eintragung zufolge, eigentlich vernichten wollte, aber es dann doch nicht tat. Darin schreibt sie:
«Was war das doch für ein Tag gestern – Dianes Verlobung! Sams Dankesbrief an mich und die gelben Rosen. Dann das Verlobungsessen, ganz privat und en famille bei den Falkenbergs.
Alles verlief wie auf Wunsch von Oscar und mir. Gottlob hat Diane seinem Sohn Sam ihr Jawort gegeben, ohne widerspenstig zu sein. Nun ist alles gut und genau so, wie ich es gewünscht habe. Sam ist dreissig. Er ist zehn Jahre älter als Diane, und ich bin knapp acht Jahre älter als er. Ich bete zu Gott, dass es klappen wird. Ich habe ein reines Gewissen. Diane wäre mit ihrem Willy nicht glücklich geworden. Ich habe ihr gesagt, dass die Liebe aus dem Fenster entflieht, wenn es an Geld mangelt. Ob sie das verstanden hat, bezweifle ich, denn sie ist noch immer in Willy verliebt, was sie aber nicht zugeben will. Ich habe ihr auch erklärt, dass es sich bei der Liebe verhält wie bei Tisch, dass nämlich der Appetit mit dem Essen komme. Schon als Student lud Sam seinen Kummer bei mir ab und hat mir seine intimsten Probleme anvertraut. Es kann nichts geben, was er mir je verheimlicht hat.
Nur einmal hat er mich schwer getroffen und mir zumindest indirekt geschadet. Es war, als er ein Verhältnis mit Antoinette hatte, der Tochter meiner früheren

Schulfreundin. Das Mädchen war schrecklich verliebt in Sam und wollte ihn partout heiraten. Ich konnte Sam überzeugen, dass sie nicht die richtige Frau für ihn abgebe, worauf er nichts mehr von ihr wissen wollte. Es gab einen Wirbel, weil Antoinette überall erzählte, ich sei an der Trennung schuld. Sie habe erfahren, dass Sam mich ständig besuche und Parmaveilchen für mich mitbringe. Sam sei in mich verliebt, hiess es, und die ganze Stadt sprach nur noch vom ‹Parmaveilchenskandal›. Dabei sagte mir Sam immer wieder, dass er sich ein Leben ohne mich nicht denken könne.
Ach, nicht einmal seine Mutter hat er ins Vertrauen gezogen, als die Affäre mit dem Fräulein Tobler zu platzen drohte. Sie brachte ein Kind von ihm zur Welt. Ein Mädchen. Es geschah während einer Militärinspektion von Sam im Berner Oberland. Die verheiratete Frau hatte sich in den blutjungen Offizier verliebt und nannte ihn ‹mein Napoleon›. Da ihr Mann offensichtlich unfruchtbar ist, willigte er in das Verhältnis ein und freute sich sogar auf das Kind. Sie sind bald nach der Niederkunft ausgewandert, und man hat nie wieder etwas von ihnen gehört, was für Sam nur erfreulich ist.
Ach ja, wie wenig kennen doch die Falkenbergs ihren eigenen Spross. Der gute Sam, ich habe ihn immer wie meinen eigenen Sohn betrachtet, und nun wird er es tatsächlich.»

Ich habe diesen Ballast, den der Reichtum unweigerlich mit sich bringt, über Bord geworfen. Ich bin frei.

Meine Tochter Mercedes hat angekündigt, nach München zu kommen. Ich freute mich schon lange riesig auf ihren Besuch. Sie lebt in Zürich, und es hat Wochen gedauert, bis sie mein Angebot annehmen konnte. Aber jetzt ist sie hier. Weil sie schon immer einen dünnen Schlummer gehabt hat, habe ich ihr mein Schlafzimmer überlassen, das ruhiger ist als die Wohnstube. Hier schlafe ich während ihres Aufenthaltes auf dem Sofa so gut wie in einem Bett.
Nächtelang sitzen wir am Tisch und plaudern. Der Qualm ih-

rer Zigaretten füllt den Raum. Mercedes erzählt mir die Umstände, unter denen ihr erster Mann in New York bei einem Verkehrsunfall zu Tode gekommen ist und wie sie sich mit ihrem kleinen Sohn Bobby allein durchschlagen musste, was in dieser Stadt ein Kampf um Leben und Tod sei.
Sie hatte dann das Glück, sich wieder verheiraten zu können und zog mit ihrem neuen Mann nach Kanada. Leider war diese Liebe ein Strohfeuer, das nur für kurze Zeit anhielt und die Ehe geschieden wurde. Bobby lebt in der Obhut von Pflegeeltern, jedenfalls solange, bis Mercedes ihn nach Europa holen kann. Das Verhältnis zwischen ihr und mir ist nicht mehr das einer Tochter zur Mutter. Es ist viel eher so, als besuche mich eine gute Freundin, die ich jahrelang nicht gesehen habe.
«Weisst du, Mutti, ich bin glücklich bei dir, so einfach du es auch hast.»
Ich brauche nicht um mich zu schauen, um zu erraten, was Mercedes damit meint.
«Aber es ist gemütlich bei dir», ergänzt sie und giesst uns vom Rotwein nach.
«Du wirst es nicht für möglich halten, aber Papa hat mich nicht aufgenommen, als ich nach dem Tod meines Mannes in der Not vor seiner Tür stand.»
«Oh doch, Mercedes, ich glaube es dir aufs Wort. Ich kenne ihn», sage ich vorsichtig.
Sie lehnt sich, wie um die Glieder zu strecken, auf dem Stuhl zurück und holt tief Luft.
«Solange es uns gut ging, waren wir öfter auf dem Maienrain, doch nach meiner Scheidung wurde es schlagartig anders.»
Und nun kommt sie auf ihre Stiefmutter zu sprechen, Dinge, die ich geahnt habe: «Olga hat Papa ganz in der Hand. Sie ist jetzt die treibende Kraft in unserem Haus. Papa ist ein schwacher, labiler Mensch geworden. Er lässt sich von ihr herumkommandieren. Ich glaube, er hat Angst vor ihr.»
Mercedes zieht tief an ihrer Zigarette. «Ich habe Olga niemals lachen gesehen. Sie ist herrisch auf eine antrainierte, unerträgliche, aufgesetzte Art.»
Ich nicke stumm.
«Auch Grossmama steht unter ihrem Druck. Beide tun, was Olga ihnen gerade befiehlt. Du glaubst das nicht, Mutti.»

«Oh doch, Kind, es musste so kommen», sage ich und streichle Mercedes übers Haar.
An einer der nächsten nächtlichen Unterhaltungen gesteht sie mir, sie habe einen Freund.
«Ich glaube, dieses Mal habe ich mehr Glück», lächelt sie.
«Das wünsche ich dir von Herzen», sage ich und gebe ihr mein Ehrenwort, bei der Hochzeit zugegen zu sein.
Nach einer knappen Woche ist ihr Besuch bei mir zu Ende. Sie begleitet mich vor ihrer Wegfahrt mit dem Zug noch zur Galerie. Beim Abschied weint Mercedes: «Und du musst arbeiten gehen, Mutti, und lebst hier so armselig. Und jene, die andern, die können sich alles leisten in unserer Familie, was habe ich bloss für eine Grossmutter!»
Ich streichle sie wieder und klopfe ihr auf die Arme: «Nicht doch, Mercedes, ich habe meine glanzvolle wie auch meine schlimme Vergangenheit überwunden. Mir geht es gut, glaub' mir!»

Professor Neidhart, dessen Vorträge über esoterische Fragen, Astrologie, Hellsehen, Parapsychologie, Ufologie und Mediumismus mich nicht mehr aus ihrem Bann lassen, ist für mich ein «Guru» geworden. In den vielen Jahren, in denen wir uns näher kamen, wurde er zu meinem Lehrer und Freund. Er ist mein Berater, Helfer und Heiler zugleich.
Wir wissen, dass unsere Begegnung in München eine Wiederbegegnung war. In diesem Sinn habe ich ihm über unser früheres Dasein teils geschrieben, teils auf Tonband gesprochen. Ich weiss, dass Nichteingeweihte lächeln werden, wenn ich sage, dass sich unser früheres gemeinsames Leben während der französischen Revolution abgespielt hat.
Als mich Georg eines Abends in meiner Wohnung besucht, erzähle ich ihm von einem Traum, den ich ein paar Nächte zuvor gehabt habe und der mich nicht mehr loslässt.
«Das war kein Traum», sagt er, «das war eine Begegnung mit deiner Mutter im Astralbereich.»
Er konzentriert sich auf Mama. «Sie liegt im Koma», sagt er, «sie wollte dich sehen und dich sprechen, aber es gelang ihr nicht.»
«Darum der Traum? Glaubst du wirklich?» Ich bin verblüfft.

«Ja, ich weiss es», bekräftigt Georg und massiert sich seine schmalen, feingliedrigen Hände.
Ich berichte ihm von meinem Traum, der also kein Traum gewesen ist:
«Ich stehe an einer Strassenkreuzung. Es hat keine Autos, trotzdem arbeiten die Verkehrsampeln. Auf der gegenüberliegenden Seite der Kreuzung erblicke ich eine Gestalt, ganz in Schwarz. Es muss eine Frau sein. Sie trägt einen breitkrempigen Hut. Ein dichter schwarzer Schleier verhüllt ihr Gesicht, doch ich erkenne sie – es ist Mama.
Hinter ihr gehen viele schwarzgekleidete Wesen. Nun bleiben alle wie auf Kommando stehen. Rotlicht. Auch ich muss an der Strassenkreuzung stehen bleiben und warten.
Wie das Licht auf Grün wechselt, verlässt Mama fluchtartig die Gruppe und eilt gegen die Mitte der Strassenkreuzung zu und bleibt dort ruckartig und wie gebannt stehen. Sie hebt den schweren Schleier, und ich kann ihr Gesicht jetzt genau sehen. Auch ich bin ganz nahe an sie herangetreten, so dass sie mir ihren Gesichtsausdruck offenbart.
Grosse, weit aufgerissene Augen starren mich mit kühlem Blick an. Sie öffnet den Mund, als wolle sie mir etwas sagen, aber sie bringt kein Wort heraus. Dennoch kann ich ihre Gedanken erraten, ich weiss, was sie mir mitteilen will: ‹Du musst mir verzeihen, Diane!› Ich höre diese Worte ganz deutlich. Mama versucht mich in ihre Arme zu nehmen, und ich gehe ganz nahe an sie heran. ‹Ich finde keine Ruhe, verzeih' mir›, sagt sie. Nun schmiege ich mich an ihren schwarzen Mantel, und sie drückt mich fest an sich und verschwindet, wie in Luft aufgelöst.»
«Und – hast du ihr verziehen, Diane?» fragt der Professor.
«Ja, ich habe ihr verziehen.»
Georg wird still und regungslos. Ich weiss, dass er sich jetzt in Trance versetzt.
«Du hast dich richtig verhalten, Diane. Es war deiner Mutter letzter Wunsch. Sie wollte sich mit dir versöhnen, dich treffen, wurde aber daran gehindert.»
Georg bleibt nun eine lange Zeit stumm. Nur seine Augen bewegen sich, wie wenn sie etwas suchen oder verfolgen würden.
«Ihm wird es einmal sehr schlecht ergehen, seine Schuld ist

allzu gross. Er wird ihr in kürzester Zeit in den Tod nachfolgen.»
Jetzt legt er seine Hände flach auf den Tisch. «Du aber, Diane», sagt er fast ohne Stimme, «du darfst keinen Hass und keine Rachegedanken aufkommen lassen. Deine Prüfung besteht darin, dass du verzeihen musst.»
Nun sitzt er nachdenklich, mehr noch: gedankenverloren, neben mir und hat die Hände im Schoss gefaltet.
«Liebes, du wirst noch vieles zu ertragen haben. Aus der Hoffnung erwächst Zuversicht. Deine schweren Zeiten nähern sich dem Ende. In Kürze wirst du, glaube mir, sorgenfrei sein. Du wirst so leben können, wie du magst und wie es deiner Person entspricht. Bis dahin habe Geduld! Du hast gelernt, dass allem in und um uns ein karmisches Prinzip zugrunde liegt. Ursache und Wirkung stammen zum grössten Teil aus früheren Leben.» Er streckt eine Hand aus, um meine zu fassen. «Ertrage also das dir auferlegte Schicksal ohne zu murren, ohne zu klagen. Die Kraft liegt in dir, die Prüfungen zu meistern. Schalte nach Möglichkeit alles Negative aus. Weiche Streitigkeiten und Prozessen aus, das hast du nicht nötig. Vertraue auf Gott...»
«... und auf die Sterne...?» frage ich lachend.
«... und auf die Sterne! Ich kenne dein Horoskop wie kein anderer – und auch deine Vergangenheit.»
«Werden wir uns wieder treffen?» Ist das jetzt eine Bitte oder eine bange Frage von mir?
«Aber natürlich, du weisst es», beruhigt mich Georg. «Wenn ich einmal nicht mehr bin, werde ich dennoch immer in deiner Nähe sein. Du brauchst mich nur zu rufen.»
Nach einer langen, stummen Pause fährt er fort: «Der Planet Erde ist ein Prüfungsplanet, das hast du inzwischen auch gelernt. Also unternimm alles, um die Prüfungen zu bestehen! Alles andere ist unwichtig. Höre auf deine Führung und gehorche ihr, versprich es mir!»
Ich verspreche es ihm in die Hand. Dann legt er den Arm um meine Schultern und küsst mich freundschaftlich auf die Stirn. Wenige Tage später stirbt er.

Nach Professor Neidharts Beerdigung, die seinem Wunsch entsprechend schlicht war, weil er dieses Leben aus seiner Sicht nicht für besonders gelungen hielt, sitze ich in meiner Wohnung im Halbdunkel. Blacky ist bereits gefüttert und hat sich in ihr Körbchen zurückgezogen, wobei sie sich mit der Zunge geniesserisch über die Schnauze fährt.
Im Halbschlaf, halb benommen von den Strapazen des Tages, erinnere ich mich an meine erste Begegnung mit Georg Neidhart. Ich stand mit andern Mitgliedern unseres esoterischen Zirkels im Vorraum unseres Versammlungsraums. Die Tür öffnet sich, und eine imposante Erscheinung trat herein: gross, rötliches Haar, scharf geschnittene Gesichtszüge und Lippen – so stellte ich mir einen Raubritter des Mittelalters vor. Er war für einen Vortrag über Reinkarnation angesagt worden, weshalb der Aufmarsch in unseren Versammlungsraum grösser war als sein Fassungsvermögen.
Als der Mann mich erblickte, blieb er abrupt stehen und schien sogar einen Schritt zurückfliehen zu wollen. Dann stand er da, als hätte der Blitz ihn getroffen.
«Ich habe es ja gewusst», sagte er wie zu sich selbst.
Auch ich blieb wie angewurzelt stehen. Zu keinem klaren Gedanken fähig, kam ich mir vor wie das Kaninchen vor dem hypnotisierenden Blick der Schlange. Was war geschehen?
Sekunden vergingen, die mir Ewigkeiten schienen. Dann endlich löste sich der Bann.
«Nehmt bitte Platz», bat der Fremde, dessen Name ich allerdings schon gehört hatte und dessen Schriften mir geläufig waren. Wir zwängten uns an den einzigen Tisch im Raum, einige der Mitglieder mussten sich mangels genügender Stühle an die Wand lehnen.
Er starrte mich wieder an, kniff dann die Augen für eine Weile zusammen, und plötzlich hatte ich das Gefühl, keinem Unbekannten mehr gegenüber zu sitzen, sondern einem Freund aus längst vergangenen Zeiten.
Der Vortrag war für mich eine Tortur. Einerseits interessierte mich die Materie der Reinkarnation in asiatischen Religionen brennend, andererseits vermochte ich mich nicht auf Neidharts Thesen und Aussagen zu konzentrieren, so sehr war ich mit unserer Begegnung beschäftigt.

Nach dem Vortrag und der Diskussion bat mich Neidhart um ein privates Gespräch und schaute dabei Astrid an, die neben mir stand. Sie zögerte und wollte uns allein lassen: «Ich werde noch ein paar Besorgungen erledigen, bevor die Läden schliessen.»
Neidhart nickte. Er hatte diese Antwort erwartet.
Als wir beide allein geblieben waren, richtete er beinahe feierlich das Wort an mich: «Ich habe dich erwartet.»
«Ich weiss», sagte ich spontan, so dass ich mich selbst über meine Kühnheit wunderte.
Er nahm meine Hand in die seine: «Ich kenne dich, du bist mir keine Fremde, und ich wusste, dass der Tag kommt, da wir uns begegnen würden.» Das war die Initialzündung zu unserer tiefen Freundschaft.
Ich traf mich mit Astrid hinterher in einer Konditorei, und gemeinsam fuhren wir mit der Strassenbahn nach Hause. Als wir uns im Treppenhaus voneinander verabschiedeten, meinte sie: «Irgend etwas sagt mir, dass deine Begegnung mit Neidhart eine Wiederbegegnung gewesen ist, stimmt's?»
«Ja, es stimmt», sagte ich, «auch ich fühle es.»

Ich lege mich auf die Couch, Blacky ist friedlich eingeschlafen und träumt unter Zuckungen und offenem Maul wahrscheinlich von ihrem vollen Bauch. Sorgfältig öffne ich einen Brief von Georg, den ich wie ein Vermächtnis aufbewahren werde:

«Liebes,
ich wusste es immer, dass ich Dich eines Tages wieder finden musste. Nun kamst Du zu mir, Du weisst, er gibt keinen Zufall – und schlagartig stieg in mir die Erinnerung wieder auf, wurde lebendig. Ja, sie wurde lebendig, und es war mir, als lebte ich wieder in der Zeit unseres Königs Ludwig XVI am Hof in Versailles.
Du warst jung und schön, blond und liebreizend, man musste sich in Dich verlieben. Der alte Comte de Bergerac war Dein Mann – ein Mann, der gar nicht zu Dir passte: ein hinterlistiger, egoistischer und lüsterner Höfling, so wie es die meisten Günstlinge und Intriganten in der Umgebung der Krone waren. Um beim König aufzufallen und als lieb' Kind Vorteile

für sich herauszuschinden, scheute er nicht davor zurück, Dich dem König zuzuschanzen. Nun ja, es gehörte in der damaligen Zeit für eine junge Frau wie Dich zum guten Ton, eine Mätresse des Königs zu sein. Kein Ehemann hätte dieser feudalen Sitte zu widersprechen gewagt, denn zu edel waren die Geschenke und die lockenden hohen Stellungen in der Politik, der Armee und Gesellschaft. Ausserdem war man unter sich.
Dann trat ich in Dein Leben, ich, ein junger, robuster, kämpferischer Mann voller Tatendrang. Ich war Offizier, am Hof ein gern gesehener Mann. Die Damen umschwärmten mich, und der König hatte Vertrauen zu mir.
Die Revolution bahnte sich an. Aus mir wurde ein Verräter. Statt den König zu schützen, gehörte ich zu den Jakobinern. Mit ihnen wollte ich für Frankreich kämpfen und schrie mit ihnen: ‹A, ça ira, ça ira, ça ira, les aristocrats à la lanterne – die Aristokraten an die Laterne!›
Tiger-Lilly war meine grosse Liebe. Sie war eine der wenigen echten Dirnen, eine mit Format, Charakter und Bildung. Erinnerst Du Dich an jene dunkle Gasse im Hafenviertel von Marseille? An die entsetzlichen Schreie einer Frau in Not? Zwei betrunkene Matrosen versuchten sie auf den Boden zu drücken und sie zu vergewaltigen. Ein kurzes Eingreifen eines Offiziers, und Tiger-Lilly war aus den Schenkeln der Bösewichte befreit. Die Liebe zwischen Lilly und mir war einzigartig. Sie war es, die mir treu ergeben war und mir nach Paris folgte. Als ich mit dem Gefängnisfuhrwerk zur Guillotine gefahren wurde, um geköpft zu werden, hatte sie mir ein vorläufig letztes Mal in die Augen geschaut.
Du, Diane, warst meine Geliebte. Ich hatte Dich vergöttert, doch plötzlich trautest Du mir nicht mehr über den Weg. Du zweifeltest – zu Recht – an meiner Königstreue und verliessest mich.
Konntest Du Dir je vorstellen, wie das Leben der gehätschelten, vom Überfluss verwöhnten Weibchen innerhalb der Palastmauern die Substanz des Volkes auffrass?
Nein, Diane, Du hast die Revolutionsprüfung nicht bestanden.»

Ich weiss, Herr Professor Neidhart, in der französischen Revolution habe ich versagt.

Den Brief falte ich zusammen und stecke ihn in den Umschlag zurück. Also werden wir uns gelegentlich zu einem neuen gemeinsamen Leben zusammenfinden? Dann auf Wiedersehen, Georg.

12. Kapitel: Wohin gehöre ich – nach München, Basel oder Zürich?

Mamas Tod und die wohl standesgemässen, aber verlogenen Beerdigungszeremonien für eine Frau, die längst aus der Kirche ausgetreten war, zeigten einmal mehr die Risse in der Fassade der Basler Hochfinanz. Aber man konnte ihnen auch eine weniger düstere Seite abgewinnen. Sie brachten meinen Teil der Familie wieder zusammen – freilich ohne meinen früheren Mann Sam: Er war, als Mamas Ableben kurz bevorstand, mit seiner jetzigen Frau ziemlich überstürzt ins Ausland verreist.
«Für einen Feigling wie Papa wundert mich seine Flucht überhaupt nicht», sagte meine älteste Tochter Mercedes bei meiner Ankunft in Zürich, wo sie mit ihrem Verlobten Ralph ein Haus im Seefeld einrichtete.
«Jetzt, wo Grossmama tot ist, verlässt er das sinkende Schiff, nachdem er sie Tag und Nacht hat bewachen lassen, damit sie an ihrem Testament keine Änderungen mehr vornehmen konnte.»
Mercedes hatte mir Geld nach München geschickt, um meine Reise zu ermöglichen. Sie bestand darauf, dass ich mit dem TEE-Zug fahre und im Speisewagen das Frühstück einnehme. Seit Jahren war ich nicht mehr im Zug 1. Klasse gefahren und genoss die Landschaft des Allgäus, den Blick über den Bodensee und die Hügellandschaft der Ostschweiz.
Mein Empfang durch Mercedes und Ralph im Hauptbahnhof Zürich ist überhaupt nicht formell, sondern sehr herzlich. Die Einrichtung ihres Heims ist weit mehr fortgeschritten, als es ihre Schilderungen am Telefon vermuten liessen. Auf jeden Fall fehlt nur noch dies und das, aber ich muss für meinen Aufenthalt hier auf keine Annehmlichkeiten verzichten. Mercedes und ich gehen die paar Schritte dem See entlang, überqueren die Quaibrücke und biegen dann in die Bahnhofstrasse ein. Wir müssen für die Trauerzeremonie einen schwarzen Mantel, ein schwarzes Kleid und ebensolche Schuhe und Strümpfe für mich kaufen.

Ralph hat für uns alle im Basler Hotel «Drachen» Zimmer bestellt. Von meinem Fenster aus kann ich den Hof meiner einstigen Privatschule sehen. Von der Elisabethenkirche schlägt es gerade fünf Uhr. Wie oft hatte ich als Mädchen auf dieses Geläut gewartet, das Zeichen zum Schulfeierabend.
Mein Neffe Louis Falkenberg, der sich für meine Reise nach Basel besonders eingesetzt hat, lädt uns zum Abendessen ein. Es ist das erste Mal seit vielen Jahren, dass ich meine jüngeren Töchter Sabine und Sylvia treffen soll. Als ich mit Mercedes und Ralph den Speisesalon betrete, sitzen alle andern bereits im Halbkreis der Wand entlang. Grosse Verlegenheit hat uns erfasst. Die Kinder erheben sich von ihren Stühlen. Niemand weiss so recht, wie er sich bewegen soll, was zu sagen und wo hinzuschauen am diskretesten ist. Louis als Gastgeber und seine gertenschlanke Frau Anna geben sich alle erdenkliche Mühe, diese ersten Hemmungen zu überbrücken.
Sylvia, meine Zweitälteste, begrüsse ich als erste. Ich hätte sie kaum wiedererkannt. Sie ist eine stattliche Frau geworden und Mutter eines Buben. Sie klammert sich am Arm ihres Mannes fest, als ob sie Halt suche. Sie ist so aufgeregt, dass sie mir gleich ihre ganze tragische Geschichte in einem einzigen Satz erzählt: Sie sei von Grossmama fürsorglich wie eine Gefangene gehalten worden und habe erst im Alter von vierzig Jahren heiraten dürfen.
Louis überwindet diese Klippe, indem er mich am Arm nimmt und zu Sabine hinüber führt, die, obschon verlegen wie alle hier, sich scheinbar gelassen und sicher gibt. Ihren Mann hatte ich zuletzt als vierjährigen Jungen gesehen; er ist der Sohn einer Schulfreundin und Cousine von mir. Nun ist er grossgewachsen, eher schon hochgeschossen, mit wunderschönem, dichtem Haar, dessen präzisen Scheitel ich nur sehen kann, wenn er den Kopf nach vorne neigt. Er hat eine unaufdringliche, vornehme Haltung, und diese Eigenschaften finden sich in seiner Stimme und seiner Wortwahl wieder.
Louis' Frau Anna ist fast ebenso gross wie er und hat langes, blondes Haar. Dass sie Nordländerin sein muss, verrät sie, sobald sie den Mund aufmacht. Sie ist von einer kühlen Schönheit, ist aber dennoch sympathisch. Ihre ungekünstelte, offene Art behagt mir sehr. Sie bemüht sich immer wieder, Kontakte

zwischen den Anwesenden herzustellen, wenn die Situation peinlich zu werden droht. Doch ihre Kinder, zwei temperamentvolle Bälge von vier und sechs Jahren, sorgen für Unterhaltung. Übermütig rennen sie geräuschvoll den Tischkanten entlang, kriechen unten durch und kommen auf der andern Seite mit roten Köpfen wieder zum Vorschein. Man sieht, wie sich die Erziehungsmethoden geändert haben. In diesem Alter hätten wir es nicht einmal im Kinderzimmer wagen dürfen, so ausgelassen herumzutoben.
Jedenfalls scheint das Eis endlich gebrochen. Gerade will ich mich fragen, worauf wir eigentlich noch warten, da wird die Tür aufgestossen und, einer Majestät gleich, rauscht meine Schwester Jenny herein. Ihr folgt, mit einigem Abstand, Edi, ihr Ehemann. Sie erinnert mich im Aussehen und ihrer Gestik immer mehr an die Queen, unsere Grossmutter, charmant und selbstsicher, wie es sich für unsere Familie gehört. Mit einem huldvollen Lächeln gibt Jenny jedem die Hand, es sieht tatsächlich so aus, als empfange eine Königin zur Privataudienz.
Anna hat es sich nicht nehmen lassen, uns Erwachsenen ein nordisches Getränk zu kredenzen, Glögg, wie sie es nennt. Es ist ein Rotwein, der erhitzt und mit Gewürzen aromatisiert wird. Dazu werden kleine Schälchen mit Mandeln und Rosinen gereicht. Im Nu kommt Stimmung auf, und die Zungen lösen sich. Annas Zofe, ein zartes Mädchen mit Häubchen und blütenweisser Schürze, meldet, das Essen könne serviert werden, und so begeben wir uns in das Nebenzimmer zu Tisch.
Auf einer mit einem bunten Tuch bedeckten Tafel hat Anna einen üppigen Smörgåsbord angerichtet, kalte Köstlichkeiten vom geräucherten Fisch bis zu Salaten mit verschiedenen Saucen und Brotsorten. Alle werden von ihr eingeladen, einen der grossen, flachen Teller zu ergreifen und sich nach Lust zu bedienen. Als die Vorspeisen verzehrt sind, trägt das Mädchen eine grosse Platte, die mit einer silbernen Cloche zugedeckt ist, herein. Der Hausherr höchstpersönlich tranchiert mit einer Bratengabel und einem schlanken Messer den zum Vorschein kommenden Schweinshals, der sich als angenehm saftig und würzig erweist. Anna reicht Louis nacheinander die Teller,

und das Mädchen schöpft aus Porzellantöpfen und Platten Rösti, Gemüse und Bratenfond. «Das ist genau das Essen, das ich mir schon lange wieder einmal gewünscht habe», sage ich, an Anna und Louis gewandt. Sie lachen: «Wir haben schon gedacht, eine währschafte einheimische Kost werde dir eine Abwechslung sein.»
Bei den Süssspeisen, die bunt daherkommen, und dem Champagner überbordet die Stimmung fast, auf jeden Fall ist die Lautstärke im Vergleich zum Beginn unserer Zusammenkunft merklich angehoben. Ich bin Louis und Anna sehr dankbar, denn ihnen beiden verdanke ich dieses erste zwanglose Wiedersehen mit meinen Töchtern und die erste Begegnung mit meinen Enkelkindern.

Etwas Merkwürdiges geht plötzlich in mir vor. Ich spüre, dass ich hierher gehöre, zu meiner Familie, und dieses Gefühl wird von Minute zu Minute stärker. Oh nein, es ist kein Heimweh – Heimweh habe ich nie gekannt. Wo immer ich glücklich bin, ist meine Heimat. Und das ist nun eben München.
Sollte ich meiner Wahlheimat München den Rücken zeigen und in die Schweiz zurückkehren? Der Gedanke lässt nicht locker. Auf der Bahnfahrt zurück, bei dem hämmernden Rhythmus der Wagenräder, habe ich genügend Zeit, mir das Wenn und Aber, das Für und Wider genau durch den Kopf gehen zu lassen. Die Bremsen quietschen, der Zug kommt zum Stillstand, und ein Lautsprecher verkündet: «Augsburg Hauptbahnhof! Augsburg Hauptbahnhof!» In diesem Augenblick ist mein Entschluss gefasst, fest und unwiderruflich.
Ich bin mir wohl bewusst, was es heissen wird, meine Münchner Wohnung aufzulösen, meine Anstellung in der Galerie zu kündigen und mich von meinem zwar kleinen, aber langjährigen Freundeskreis zu trennen. Aber ich muss es einfach schaffen. Also fasse ich alle drei Aufgaben gleichzeitig an, und gleich schon morgen früh.
Die Petersens von der Galerie sind nicht nur bitter enttäuscht, sondern regelrecht wütend, dass ich sie im Stich lassen will. Die drei Frauen haben sich so sehr an mich gewöhnt, dass es ihnen völlig undenkbar erscheint, mich gehen zu lassen. Es braucht Tage, ja, Wochen, bis sie sich mit der Tatsache meiner

Kündigung vertraut gemacht haben. Aber schliesslich trennen wir uns in wehmütiger, aber freundlicher Umarmung.
Die Wohnungskündigung ist im Prinzip eine reine Formalität, doch weil ich mich mit dem Hausbesitzer so gut verstanden habe, geht das Prozedere über den Einschreibebrief hinaus. Wir einigen uns darauf, dass die Untermieter meiner zwei Wohnungen, unter ihnen Astrid, zu Hauptmietern gemacht werden. Um meine eigene Wohnung loszuwerden, darüber machen wir uns keine Sorgen, die wird im Handumdrehen vergeben sein.

Mehr Mühe macht mir die Instandstellung und die Reinigung der Räume bis zur ordentlichen Übergabe an meinen Nachfolger. Ein professionelles Reinigungsinstitut oder auch nur eine Putzfrau kann ich mir nicht leisten, und einen Maler schon gar nicht. Meine Freundin Astrid hat sich anerboten, mit anzupacken, aber das ist schneller gesagt als getan, denn ich arbeite tagsüber noch immer in der Galerie, und sie muss abends ins Theater gehen. Also bleibt mir nichts anderes übrig, als selber Hand anzulegen. Vom Warenhaus Kaufhof habe ich ein paar Eimer Farbe, Pinsel und Roller nach Hause geschleppt, und nun soll sich zeigen, ob mein handwerkliches Talent auch für die Renovation einer Wohnung ausreicht.
Ich bastle daran meistens nachts, manchmal auch am Wochenende. Ich kann gar nicht genügend Zeitungen zusammentragen und auslegen, um die Böden und alles Drumrum vor Farbtropfen und Klecksen zu schützen. Ich klettere auf den Küchentisch, und wenn ich mich nun noch auf den Zehenspitzen gegen die Decke strecke, kann ich diese gerade knapp mit dem Farbroller berühren und weisseln. Ein beträchtlicher Anteil Farbe allerdings hängt in meinen Kleidern, auf den Armen und Schuhen.
Der Geruch betäubt mich fast. Doch die Fenster kann ich nicht dauernd offen halten. Also habe ich die Wahl, einer Lungenentzündung zu erliegen oder an der Sucht nach Dämpfen von Verdünnern einzugehen.
Schliesslich ist meine Wohnung zur Übergabe bereit. Nun ja, eine Gesellenprüfung hätte ich mit meinem Werk nicht bestanden, so kunstgerecht ist sie weder renoviert noch geputzt.

Aber der Hausbesitzer, dieser Engel, übernimmt sie ohne jegliche Bemerkung. Mehr noch: er hat mich eingeladen, während der letzten Tage bis zu meinem endgültigen Abschied in einer kleinen Pension, die ebenfalls ihm gehört, zu wohnen.
Die Möbel und Gemälde, zumindest die mit Wert und Familiengeschichte, sind bei einem Spediteur eingelagert und können auf Abruf in die Schweiz transportiert werden. Andere Einzelstücke, etwa die in meinen beiden andern Wohnungen, habe ich bereits an die Untermieter verkauft. Astrid ist überglücklich, dass sie für wenig Geld zu einer alten Truhe, zu Teppichen und zwei Fauteuils gekommen ist. Es ist mir nicht schwergefallen, mich von diesen Sachen zu trennen, denn Astrid hat es verdient, und bei ihr weiss ich sie in guten Händen.
Nun heisst es Abschied nehmen, Abschied von München, Abschied von geliebten Freunden − der gewohnten Umgebung ein für allemal adieu sagen! Im Bundesbahn-Hotel habe ich einen grossen Tisch reservieren lassen. Und alle sind gekommen, alle, die mir hier ans Herz gewachsen sind. So unendlich dankbar ich für ihre Zuneigung bin, so schwer machen sie mir die Trennung. Der Hauswirt ist mit seiner Frau gekommen. Sie hat Blumen für mich mitgebracht und fragt mich allen Ernstes, ob ich es mir nicht doch noch einmal überlegen und in München bleiben wolle. Astrid ist noch nicht da, obwohl sie versprochen hat, zum Bahnhof zu kommen.
Ein Kellner reicht ein Tablett mit Appetithäppchen herum und nimmt die Bestellung für die Getränke auf. Da ist ja auch die kleine, etwas bucklig gewordene und dadurch noch kleiner scheinende Else, der ich den Spitznamen «Telefonierfreundin» gegeben habe, weil ich sie jederzeit, auch mitten in der Nacht, anrufen konnte, wenn ich mich allein fühlte und Kummer hatte. Wo nur Astrid bleibt?
Dort kommt die gute, herbe Irmgard, die immer bereit gewesen ist, mich zu trösten, und die mir mit Rat und Tat zur Seite gestanden hat. Ja, und hier sitzt der Kohlbauer Walter von der Tiroler Alm. Vor Kummer kann er kaum reden. Er ist alt und gebrechlich geworden, unser Gartenarchitekt, der zu Ivors Lebzeiten vor unserem Haus den vielbewunderten Felsengarten angelegt und uns mit Heilkräutern jeder Art versorgt hat. Nur Astrid fehlt noch. Ob ihr etwas zugestossen ist?

Werner und Niza sind meiner Einladung auch gefolgt, das ist lieb von ihnen. Beide sind aus der Filmbranche, eigentlich die letzten noch, die ich nicht aus den Augen verloren habe und mit denen ich viele schöne Stunden verleben durfte. Nun werden auch sie aus meinem Gesichtskreis verschwinden.
«Ach, seien Sie doch nicht traurig, Frau von Radvany», tröstet mich mein Anwalt Dr. Martin, der zwischen zwei Gerichtsterminen zum Hauptbahnhof geeilt ist, «München und Zürich liegen ja kaum eine Flugstunde voneinander entfernt.» Er hat meine Gedanken genau erraten und überreicht mir zum Abschied eine Wunderorchidee. Wenn noch mehr Blumen kommen, denke ich, werde ich einen Kübel Wasser mit ins Abteil nehmen müssen, damit sie die Reise überleben.
Alle begleiten mich zum Bahnsteig, mit Ausnahme von Dr. Martin, den die Geschäfte ins Gericht zurückrufen. Der TEE-Zug steht bereits da. Trotz des Bahnhoflärms höre ich plötzlich eine Stimme rufen: «Diane! Diaaane!» Astrid hastet herbei, völlig aufgelöst und ausser Atem.
«Blacky war nicht zu beruhigen», keucht sie, «sie hat an der Tür gekratzt und gebellt und wollte partout mitgehen.» Ich hatte mir lange überlegt, ob ich den Hund mit übersiedeln soll, aber ich wollte ihn in seiner angestammten Umgebung belassen und vertraute ihn Astrid an, da sie sich beide mögen.
Werner stemmt das Gepäck in den Zug, nachdem er sich vergewissert hat, dass die Wagennummer mit meiner Reservationskarte übereinstimmt. Der Schaffner, der gerade vorbeigekommen ist, bückt sich nach meiner letzten Tasche am Boden. Eine Durchsage und ein scharfer Pfiff lassen uns aufhorchen: «Bitte einsteigen und die Türen schliessen», heisst es.
«Nun ist es so weit, Diane!» sagt Astrid. Sie drückt mich mit resolutem Griff an ihre Brust, und wir beide heulen drauf los. Ein letzter Händedruck meiner andern Freunde, noch eine Träne, und der Zug setzt sich langsam in Bewegung. Astrid läuft nben meinem Fenster her. Sie hat wieder ihr riesiges Taschentuch entfaltet und winkt. Der Zug wird schneller, Astrid bleibt stehen. Sie wirft sich das Tuch übers ganze Gesicht, so dass sie nichts mehr sehen kann. Ich lasse mich in den Sessel fallen und fahre in eine neue, unbekannte Zukunft.

13. Kapitel: Schmerzhaftes Zurück zu den Wurzeln

Mein Schwiegersohn Ralph erwartet mich wie verabredet in Zürich am Bahnsteig. Sein Stiefsohn Bobby begleitet ihn. Bevor ich die beiden richtig begrüssen kann, winkt Ralph ab. Er schaut besorgt, seine Augenbrauen sind zusammengekniffen.
«Mercedes ist im Spital», flüstert er mir zu.
Diese Hiobsbotschaft versetzt mich in Panik. Jahrelang war ich nun nur auf mich selbst angewiesen und hatte kaum je einen Kontakt zu meiner Familie. Jetzt trete ich wieder in ihren Kreis zurück und was passiert? Schon die erste schlechte Nachricht wirft mich aus dem Gleis.
Das fängt ja gut an, denke ich, und einen Sekundenbruchteil lang meldet sich München in meinem Hirn – ob ich nicht doch hätte dort bleiben sollen?
«Was hat sie denn?» frage ich.
«Sie hat sich gestern früh einen Fuss gebrochen. Es wurde eine ziemlich komplizierte Geschichte. Professor Landolt, ein Freund von uns, war glücklicherweise verfügbar und hat sie gleich operiert.» Ralph winkt einen Dienstmann herbei, der mein Gepäck auf einen Karren mit lauten Eisenrädern lädt.
Jetzt endlich komme ich dazu, Ralph und Bobby, der seinen Kopf schief hält und mich ungeniert kritisch begutachtet, zu begrüssen.
«Mercedes hatte immer schon Sorgen mit ihren sensiblen Knochen», sage ich und hänge mich bei Ralph ein. Der Dienstmann bahnt sich mit seinem lauten Karren einen Weg durch die Menschenmenge zum Parkplatz. «Wenn sie als Kind hinfiel, hatte sie mit Sicherheit gleich einen Ellbogen oder einen Knöchel verstaucht.»
Wir fahren mit Ralphs Limousine zu einem schmalbrüstigen Hotel am Bellevueplatz, wo ich «für einige Tage» ein Einzelzimmer bestellt habe.
«Du hättest dir nun wirklich ein besseres Haus leisten sollen», sagt Ralph vorwurfsvoll, als er mich mit Bobby bis zum ersten Treppenabsatz begleitet. «Wir warten auf dich im Restaurant», sagte er missmutig und steigt die Stufen wieder hinab.

Das Zimmer, das mir zugewiesen wird, ist winzig. Alle Zimmer hier müssen winzig sein. Entweder hat es genügend Platz für mich oder für mein Gepäck, nur nicht für beides. Kein Bad im Zimmer, sondern irgendwo auf dem Flur, zu benützen von allen Gästen auf der Etage. Und der Kleiderschrank ist so eng, dass ich kaum etwas aufhängen kann.
Habe ich denn ganz vergessen, dass ich nicht nur aus reichem, sondern auch vornehmen Haus stamme?
Das Abendessen im gutbürgerlichen Restaurant ist hervorragend. Das Siedfleisch mit den Senffrüchten schmilzt wie Butter auf der Zunge, die Brötchen dazu sind locker und knusprig, und der Rotwein im Offenausschank, eine «Réserve du Patron», ist zwar keine Sensation, aber immerhin ein ehrlicher, fruchtiger Tropfen.
Ich finde keinen Schlaf. Das winzige, aber auch preislich billige Kämmerlein bedrückt mich, die Zimmerdecke scheint mir auf den Kopf zu fallen. Ralph hatte schon recht, ich hätte mir etwas Besseres leisten sollen.
Hinzu kommen die plagenden Fragen, die Muttersorgen. Die ganze Nacht hindurch wiederholen sie sich: Was ist mit Mercedes los? Stimmt Ralphs vage Andeutung von Komplikationen bei der Operation? Schon wieder ertappe ich mich, dass ich meine Rückkehr aus München bereuen könnte und mache mir deshalb Vorwürfe.
Das Zimmer ist viel zu warm, aber dennoch friere ich am ganzen Körper. Ich bin froh, als die Morgendämmerung heraufzieht. «Endlich!», sage ich laut, obwohl mir niemand zuhört. Ich stehe auf und öffne das Fenster einen Spaltbreit. Wo bin ich nur? Ich muss mich konzentrieren. Ich sehe einen Hinterhof, Gerüche aus einer Küche ziehen herauf. Aber von frühstücken im Zimmer ist keine Rede. Wo denn auch? Meine Körperpflege versuche ich an dem kleinen Waschbecken stehend zu bewerkstelligen, ziehe dann ein zeitloses, hochgeschlossenes Deux-pièces von Chanel an und nehme das Frühstück im Hotelrestaurant ein. Gerade als ich den letzten Schluck Kaffee zum Mund führe, tritt Ralph an meinen Tisch. Gemeinsam fahren wir zum Rotkreuzspital, um Mercedes zu besuchen. Neben dem Eingang hat eine Blumenfrau ihre Blechdosen mit frischen Röschen, Gerberas, Margeriten,

Nelken und Blütenzweigen aufgestellt. Ich lasse einen bunten Strauss zusammenstellen und bestehe darauf, dass ich ihn bezahle, obwohl Ralph bereits in seiner Jacke nach der Geldbörse greift. Mercedes liegt blass und erschöpft in ihren Kissen. Sie ist von der Narkose noch viel zu schwach, um sich mit uns zu unterhalten, aber ihren Augen sehe ich an, dass sie sich über meinen Besuch freut. Die Krankenschwester nimmt mir den Blumenstrauss ab und stellt ihn in eine passende Vase.
Mercedes richtet sich etwas auf und sagt mit dünner Stimme, sie habe Durst.
«Das ist eine übliche Folge der Anästhesie», erklärt die Schwester und reicht der Patientin ein Glas mit lauwarmem Tee. Wir wollen nicht lang hier bleiben, um zu vermeiden, dass sich Mercedes ermüdet. Deshalb verabschieden wir uns bald.
Als ich wieder neben Ralph in seinem Wagen sitze, meint er, ich solle sofort aus jenem Hotel ausziehen, allein schon wegen des Gepäcks, das ich nirgends richtig unterbringen kann.
«Ich rate dir, Mama, ins ‹Butterfly› in der Nähe des Sees umzusiedeln. Das ist zwar auch kein grosses Hotel, aber sehr gepflegt und mit guten Leuten. Ausserdem ist es nur zwei Gehminuten von unserem Haus entfernt.»
Seine Argumente überzeugen mich, und da ich nicht weiss, wie lang es dauern wird, bis sich eine Wohnung für mich findet, lohnt sich der Umzug bestimmt.
«Ach, Sie wollen uns schon wieder verlassen, Frau von Radvany?» fragt der Mann am Empfang überrascht, als ich um die Rechnung bitte.
«Ja, Monsieur, leider haben sich die Umstände ganz plötzlich anders entwickelt, als sie eigentlich vorgesehen gewesen wären.» Ich gebe diese Erklärung absichtlich so kompliziert, um mit den wahren Gründen nicht herausrücken zu müssen, die sicher eine Diskussion über Komfort und Zimmergrundriss in Relation zum Übernachtungspreis ausgelöst hätten.
Ich atme auf, als im «Butterfly» mein Gepäck ausgeräumt ist. Die leeren Koffer sind in einem Gepäckraum verstaut worden, so dass mich ihr Anblick nicht mehr stören kann. Rasch habe ich mich so häuslich eingerichtet, dass ich mich auch auf längere Zeit wohlfühlen werde.

In erster Linie gilt es nun, eine Wohnung zu einem vernünftigen Mietpreis zu finden. Das ist in keiner Stadt einfach, aber in Zürich schier unmöglich. Jeden Morgen trinke ich in einem Restaurant gleich um die Ecke meinen Kaffe, blättere in allen verfügbaren Tageszeitungen und suche den Wohnungsmarkt ab nach einem passenden Objekt.
Ich verbringe Wochen damit, von Adresse zu Adresse zu eilen, von Stadtquartier zu Stadtquartier. Vor jeder freien Wohnung stehen die Leute zu Dutzenden Schlange. Sich für eine Bleibe einzureihen in der Hoffnung, das grosse Los zu ziehen, ist für sie zur Routine geworden. Viele sitzen auf den Treppenstufen, verzehren ihr Butterbrot oder lesen in einem Buch. Verschiedene Gesichter kenne ich von früheren Besichtigungsterminen, man begrüsst sich bereits wie alte Bekannte.
Aber es geschieht nichts, ausser dass ich abends jeweils todmüde im Hotel ankomme und ein kleines Vermögen vertelefoniert habe.
Ich bin dabei, meine vage Absicht, mich in der Nähe von Mercedes und ihrer Familie niederzulassen, zu begraben, als wieder einmal so etwas wie ein Zufall dazwischenfährt. Ich sitze in meinem Zimmer beim Frühstück und streiche gerade ein Stück Butter auf das Hörnchen, da dringt ein fürchterlicher Knall von draussen herein. Ich öffne neugierig die Balkontür, die zu einer Seitenstrasse geht. Aber es ist nichts besonderes zu sehen ausser einem gelb bemalten Baukran.
Ich will mich wieder zurück an den Frühstückstisch begeben. In diesem Moment schiesst es mir durch den Kopf: ein Baukran? Das ist's! Wo ein Baukran steht, da wird gebaut. Ich will mir sofort Namen und Adresse des Bauherrn holen und mit ihm Kontakt aufnehmen.
Aufgeregt und noch im Stehen trinke ich die Tasse aus, schlüpfe nicht einmal richtig in den Mantel, sondern hänge ihn mir nur über die Schultern und eile hinaus. Weil der Lift besetzt ist, laufe ich die Treppe hinunter. Im Nu stehe ich an der Baustelle und schaue zur Schrifttafel hinauf. In dem Augenblick, da ich einen Notizblock aus meiner Handtasche nehmen will, um mir die Firma Adolf Schuler und ihre Telefonnummer zu notieren, höre ich jemanden meinen Namen rufen.

«Suchen Sie eine Wohnung, Frau von Radvany?» Es sind Agnes und Heinz Pfeiffer, die mich sehr herzlich begrüssen. Ich habe das Ehepaar erst gestern abend bei einer Einladung von Mercedes und Ralph kennengelernt, zwei ganz reizende junge Leute. Sie wohnen, wie mir der Mann sagt, hier gleich ein paar Schritte weiter. Die Liegenschaft ist mir schon aufgefallen – ein etwa hundertjähriges, mehrstöckiges Einfamilienhaus mit einer herrlichen Terrasse. Wenn das Innere genauso gepflegt ist wie das Äussere, woran ich nicht zweifle, dann muss es eine Wonne sein, dort zu wohnen.
«Wir kennen den Bauherrn und Grundbesitzer, er ist ein guter Freund von uns», sagt Frau Pfeiffer und zupft mich am Ärmel.
«Kommen Sie mit uns, wir nehmen ein Gläschen.»
In dem Restaurant, das mir schon zu einer Art Stammkneipe geworden ist, bestellt ihr Mann eine Flasche Weisswein. So früh schon Alkohol? Ich zerzause grosszügig meine Bedenken und feiere jetzt schon meine zukünftige Wohnung.
Agnes Pfeiffer setzt mir einen Brief auf, ein Empfehlungsschreiben. Darin bittet sie den Bauherrn und Freund, der Mutter einer sehr guten Bekannten aus allerbester Familie wenn irgendwie möglich die Chance zu geben, in seiner sich im Bau befindlichen Liegenschaft im Seefeld eine Wohnung zu bekommen. «Drei bis vier Zimmer», ergänze ich flüsternd, und Frau Pfeiffer schreibt dieses Detail gleich in den nächsten Satz hinein: «Am idealsten, lieber Dölf, wäre Frau von Radvany mit einer 3- bis 4-Zimmerwohnung gedient.»
Ein paar Tage später habe ich den Mietvertrag in der Tasche. Ich bekomme die Vorzugswohnung mit drei Zimmern auf dem Attikageschoss. Aus welchen Ressourcen ich die Miete bezahlen werde, weiss ich noch nicht, vorläufig reicht offenbar der Hinweis auf meine Abkunft noch aus. Einen Haken hat dieses Geschäft allerdings: Das Haus steht noch immer erst in seinen Grundmauern. Ich werde gut und gern ein Jahr warten müssen, bis meine Wohnung bezugsbereit sein wird.
Mercedes, die nach ihrem Unfall noch an einem Stock gehen muss, ist begeistert: «Du hast ein Riesenglück gehabt, Mutti, gratuliere! Es ist wunderbar, dich künftig in unserer Nähe zu haben.»

Das Jahr Wartezeit bis zum voraussichtlichen Einzugstermin verbringe ich in einem «Apartment House» mit kleinen, möblierten Wohnungen, das sich ebenfalls ganz in der Nähe von Mercedes' Heim befindet.

Die Welt ist wieder in Ordnung!
Ist sie es wirklich?

Mercedes teilt mir bei einem gemeinsamen Gang in das Stadtzentrum, wo wir wie immer nach den Besorgungen in einer Konditorei sitzen, fast beiläufig mit, dass sie beabsichtigt, aufs Land zu ziehen. Ich weiss, sie hat an meiner Stelle von meiner Mutter eine beträchtliche Summe geerbt. Und nun will sie sich damit ein Haus bauen. Da Ralph seine florierende Aktienhandelsagentur verkaufen und sich vorzeitig in den Ruhestand zurückziehen will, scheint die Gelegenheit günstig.
Ich kann nichts anderes tun als zuhören und die Tatsachen akzeptieren. Trotzdem bin ich sehr traurig. Wie habe ich mich gefreut, so nahe bei meiner ältesten Tochter, ihrem Mann und meinem Enkel leben zu können. Daraus wird nun nichts.
Plötzlich komme ich mir in Zürich fremd und einsam vor. Eigene Freunde habe ich noch nicht, und alles um mich herum scheint sich feindselig gegen mich zu richten.
München? Schon wieder kommt mir dieser Gedanke. Dummes Zeug, ich habe doch zu München alle Brücken hinter mir abgebrochen. Bis auf eine – Astrid. Sie hat den Transport meiner restlichen Möbel nach Zürich organisiert. Sie will mir beim Einzug in meine neue Wohnung und beim Einrichten helfen und ist mit ihrem lotterigen Autoveteran sogar pünktlich zur Stelle. Der Möbelwagen steht vor meiner Haustür, und zwei kräftige, bayrische Kerle, die ihr Bier erst nach getaner Arbeit trinken wollen, tragen die Schränke, den französischen Tisch und die Stühle zu mir herauf in den dritten Stock. Astrid gibt das Kommando, wo die Dinge provisorisch abzustellen sind, und ich packe die Kisten aus mit dem Besteck und Porzellan, den Nippes und Büchern.
Ein Steinwurf weiter weg steht ebenfalls ein Möbelwagen. Während der unsere entleert wird, ist jener beladen worden und wird jetzt verriegelt. Ralph fährt seine Limousine vor,

Mercedes und Bobby steigen zu. Sie fahren weg, ihr Möbelwagen stösst eine Abgaswolke von sich und setzt sich ebenfalls in Bewegung.
Mich trifft es wie ein Dolchstoss.
Astrid hat meinen stechenden Schmerz wohl bemerkt. «Mach dir nichts draus, Diane», sagt sie, legt mir ihren Arm auf die Schultern und führt mich zurück ins Haus.
«Ihretwegen bin ich doch nach Zürich übergesiedelt», wende ich ein.
Wie gern wäre ich eigentlich in meine Geburtsstadt gezogen. «Es gibt hier einfach keine passende Wohnung für dich», hat mir Sabine immer wieder versichert. Ich begriff. Solange Sam lebt, will man mich in Basel nicht. Meine Gegenwart könnte die Vorgänge stören, wenn es dort zum Erben kommt. Und es wird weiss Gott nicht wenig zu verteilen geben. Doch die Aufräumarbeit, die hier noch vor uns liegt, verscheucht meine düsteren Gedanken.
Eigentlich hat die gute Astrid ja recht. Es beginnt für mich ein neuer Lebensabschnitt, der Eintritt ins Alter ist nicht aufzuhalten. «Jetzt bist du wieder frei, hast Ballast über Bord geworfen und bist dein eigener Herr und Meister», sagt sie. Meine Schwester Jenny hat mir aus Basel einige Erinnerungsstücke zukommen lassen. Darunter befindet sich ein Porträt von Grosspapa und Grossmama Van der Meer. Auch eine Miniatur mit der Darstellung meiner Mutter ist dabei und andere Konterfeis, von denen ich nicht weiss, um wen es sich handelt. Das ist gut so, denn es soll mich nichts weiter an meine Familie erinnern. Als die Kisten und Kartonschachteln der Umzugsfuhre im grossen ganzen geleert sind und die Zügelmänner sich verabschiedet haben, heben Astrid und ich mit vereinten Kräften sämtliche Zimmertüren aus den Angeln, fahren sie mit dem Aufzug in den Keller und verstauen sie in dem zu meiner Wohnung gehörenden Abteil. Denn da ich allein wohne, brauche ich mich nirgends in ein Zimmer einzuschliessen, brauche also keine Türen und Schlüssel.
«Das wird meine letzte Wohnstätte sein», sage ich zu Astrid und wische mir mit dem Ärmel meiner Schürze den Schweiss von der Stirn.

Nachdem alle Gegenstände ihren festen Platz bekommen haben und ich nicht mehr suchen muss, wenn ich etwas brauche, stürze ich mich mit Elan ins Töpfern, mein Hobby, das mir ausser künstlerischer Anerkennung einen willkommenen Zustupf zu meiner Rente bringt.
Ein Brief aus Basel? Wer kann der Schreiber sein? Ich lege ihn vorläufig zu der andern Post in meiner Handtasche. Wie jeden Morgen gehe ich ins Café Canard, trinke meinen Espresso und lese die Korrespondenz. Nach dem Überfliegen der Schlagzeilen in den Zeitungen nehme ich mir die Basler Nachrichten vor, die mir aus Tradition zum Leibblatt geworden sind und die ich deshalb abonniert habe. Meine erste Lektüre gilt immer den Todesanzeigen − man kann nie wissen, ob jemand aus unseren Kreisen darunter ist.
Thomas, der Kellner, bringt mir meinen Kaffee und stellt ein Körbchen mit noch warmen Blätterteighörnchen, die man hier «Gipfeli» nennt, dazu, obwohl ich sie nicht bestellt habe. Ich geniesse den ersten heissen Schluck aus dem Tässchen und krame nach der Post, die ich auf dem Tisch ausbreite. Komisch, denke ich, die Schrift auf dem Brief aus Basel kenne ich nicht. Ich studiere eine Weile lang die Anschrift, sie ist klar, sympathisch und grosszügig. Entgegen meiner sonstigen Vorsicht öffne ich den Umschlag, ohne zu zögern, denn plötzlich fällt mir ein, dass ich einer Galerie meine Töpferarbeiten und Tonskulpturen zum Verkauf angeboten habe.

Liebe Heimwehbaslerin
Für Ihre lieben Zeilen bedanke ich mich sehr herzlich, und ich freue mich, Sie am kommenden Mittwoch hier zu treffen. Ihre Kunstwerke sind gerade aus der Brennerei zurück und warten auf Sie. Ausserdem habe ich von dem weissen Ton − den gibt es doch nur bei uns − für Sie auf die Seite getan. Ich bin jetzt schon neugierig, was daraus entstehen wird. Ich bewundere Sie aufrichtig, dass Sie in Ihrem Alter noch so fleissig und schöpferisch tätig sind.
Also auf bald, liebe Heimwehbaslerin,
herzlichst Ihre Suzy Gantenbein

Heimwehbaslerin? Bin ich das wirklich? Wie kommt diese Suzy Gantenbein, die mich nicht näher kennt, auf diesen Ge-

danken? Heimweh habe ich als solches nie empfunden, und trotzdem könnte ein derartiges Gefühl mit im Spiel sein angesichts meiner häufigen Besuche in Basel in der letzten Zeit.
Ich schüttle den Kopf, und Thomas, der gerade in meine Richtung schaut, glaubt, dies sei das Zeichen, mir einen zweiten Espresso zu bringen.
Ja, wie oft habe ich nun Basel inkognito besucht, nur um ein bisschen bummeln zu gehen und die Orte aufzusuchen, die mich an gute Zeiten erinnern? Heimwehbaslerin?
Trotz der schrecklichen Ereignisse mit Intrigen, Tyrannei, Mordversuchen und Enterbung, die beinahe mein Leben zerstört hätten, fühle ich nach vierzigjähriger Abwesenheit einen unwiderstehlichen Drang, meinen Geburtsort wieder aufzusuchen; es ist, als müsste ich mich mit meiner Heimatstadt versöhnen. Aber wie kommt diese Suzy Gantenbein darauf? Wie hat sie herausgefunden, dass ich eine unerklärliche Sehnsucht habe, die mich immer und immer wieder nach Basel treibt? Sie weiss nichts aus meiner Vergangenheit, und trotzdem spürt sie mit haarscharfem Instinkt, dass bei mir irgend etwas einfach nicht stimmt. Meine eigenen Familienangehörigen fragten mich nie nach meinem Leben im Ausland mit Ivor, meinem zweiten Mann. Für sie war und bin ich eine Fremde, Abtrünnige, eine Aussätzige und daher Ausgestossene.
Am verabredeten Mittwoch nehme ich den Zug nach Basel. In einer grossen Plastiktüte nehme ich zwei Fasnachtsfiguren mit, zwei Elsässer Waggis, um sie Suzy Gantenbein zum Brennen zu bringen. Auch heute weiss niemand, ausser sie natürlich, dass ich hier bin. So wird es wieder ein unbeschwerter Erinnerungstag, ein paar Stunden nach Lust und Laune zu verbringen in meinem Basel mit seiner Altstadt und den Künstlervierteln. Ich liebe die verschnörkelten Gässchen mit ihren alten Häusern ganz besonders, und diese Erwartung hebt meine Stimmung.
Ich komme zum Klosterberg, nachdem ich einen Blick auf die Elisabethenkirche geworfen habe, die ja mein Ururgrosspapa gebaut hatte. In «Suzy's Galerie», zu der ein Geschäft für kunsthandwerkliche Utensilien gehört, warten viele Kunden auf einen Ratschlag. Manche von ihnen kaufen nichts, keine Farben, keine Pinsel, keine Leinwand und keine Knetmasse,

sondern brauchen nur einen fachmännischen Tip. Aber das stört Suzy Gantenbein nicht. Sie ist mit allen gleich freundlich und gibt ihr Wissen gern weiter.
Sie sieht mich nähertreten, entschuldigt sich bei einer jungen Frau, die unschlüssig ist, welche Staffelei sie anschaffen soll, und kommt auf mich zu.
«Frau von Radvany, wie schön, dass Sie gekommen sind!» ruft sie in einem aufrichtig herzlichen Ton. Wir verabreden uns zum Ladenschluss im «Klosterberg-Stübli», gleich ein paar Schritte nebenan. Das ist mir sehr recht, denn dort bin ich sicher, keinem mir bekannten Gesicht zu begegnen.
Um die verbleibende Zeit zu überbrücken, beschliesse ich, in die Konditorei Spillmann zu gehen, wohin ich als Kind an der Hand von Grossmutter, der «Queen», manchmal pilgerte und Törtchen essen durfte, soviel ich in den Bauch hineinzustopfen vermochte.
Sofort fühle ich mich als das Mädchen von damals und starre auf den Rhein, der sich nicht einmal von den Brückenpfeilern, die sein Wasser aufschlitzen, aus der Ruhe bringen lässt.
«Was darf ich Ihnen bringen?» Eine weisshaarige, liebenswürdige Bedienung steht vor mir, blickt mich an und ist einen Moment lang sprachlos. Dann verzieht sich ihr Mund zu einem feinen Lächeln: «Ja, sind Sie nicht die...»
«...doch doch, die bin ich», sage ich verlegen. Nun hat man mich also doch erkannt. Die Bedienung eilt zum Büffet und kommt mit einem Kännchen Kaffee und einem Schälchen mit kleinem Ofengebäck zurück. Sie kennt die Gesichter früherer Gäste noch nach fast fünfzig Dienstjahren bei den Spillmanns. Da ich zu dieser Zeit fast allein im Lokal bin, kommen wir ein wenig ins Plaudern und erzählen uns über gemeinsame Basler Bekannte.
Mich regt dieses kleine Gespräch an, und so gehe ich den Rheinsprung hinauf, vorbei am «Blauen Haus», dem Stammsitz von Queens Vater, dessen Vater der Urgrossvater von Sam und mir war. Ich öffne das grosse Tor und schwenke meinen Blick über den Vorplatz. Im Gebäude ist jetzt die Vormundschaftsbehörde von Basel.
Mein Spaziergang führt mich am Münster vorbei. Hier habe ich Sam geheiratet. Gleichzeitig wie Jenny den Edi.

Da fällt mir eine Geschichte ein, die man mir nach der Hochzeit erzählte:
Alle Marktfrauen hatten damals prophezeit, eine Doppelhochzeit könne kein Glück bringen. Der Marktplatz vor dem Rathaus war leer von Ständen, aber voll von Neugierigen, die sich das einmalige Schauspiel unserer Hochzeit nicht entgehen lassen wollten. Dicht gedrängt standen sie rechts und links des Portals, um nichts zu verpassen, wenn die Brautpaare in ihrer märchenhaften Pracht erscheinen würden.
«Es ist wie bei Fürstens», sagte die Gemüsefrau Bethli, die jeden und die jeder kannte, «wenn das nur gut geht, zwei Brüder, zwei Schwestern, und alle miteinander verwandt, wenn auch weitläufig!»
Die Pfefferli, eine dicke und sehr geschwätzige Marktfahrerin, drängte, sich mit ihren fleischigen Armen einen Pfad bahnend, nach vorn in die erste Reihe.
«Mein Gott!» schluchzt sie, «die zwei Mädchen kannte ich schon, als sie noch ganz klein waren und mit ihrer Köchin Kathy auf den Markt zum Einkaufen kamen.»
Es läuft ihr eine Freudenträne über die prallen Wangen direkt in den Mundwinkel.
«Ob die Bräute wohl mit Schmuck behangen sein werden, mit Perlenketten und so? Die sollen nämlich zu den reichsten der Reichen weiterum gehören», sagte ein anderer fast andächtig.
«Du Anfänger!» schalt ihn einer hinter ihm, «die Superreichen tragen ihren Wohlstand doch nicht öffentlich zur Schau.»
«Die Mutter der beiden Stackenhorst-Bräute ist mehrfache Millionärin», berichtete jetzt die Gemüsefrau Gerber, «die hat immer Glück gehabt mit ihren Männern, hab' ich gehört, weil sie von denen immer ganz schön erben konnte.»
Jetzt meldete sich die Hürzeler, die auf dem Markt Pilze verkaufte: «Ihr letzter Verblichener soll ihr ja ein enormes Vermögen hinterlassen haben.»
«Woher willst du das wissen?» Die Pfefferli drehte sich nach der Hürzeler um.

«Oh, nicht nur du weisst über alles Bescheid, auch unsereins bekommt hin und wieder etwas mit», sagte die Hürzeler beleidigt.
Frau Bürkli, eine wohlhabende Bäuerin aus der Basler Landschaft, gab sich vornehm, schliesslich belieferte sie die reichen Familien mit Obst und Beeren aus eigener Kultur. «Ich bin mit der Köchin Kathy so gut wie befreundet, du könntest dich noch wundern, was die so alles hört und sieht. Ich weiss mehr als ihr alle zusammen, das kannst du mir glauben, Pfefferli!»
Nun platzte der Pfefferli der Kragen: «Glaubst wohl, du seist was Besseres, hä?» giftelte sie, «und im übrigen bin ich für dich immer noch Frau Pfefferli, merk dir das!»
Frau Bürkli zog ihren Pelzkragen zurecht, den sie, mitten in der Woche, an ihrem Sonntagsmantel trug. Sie war im Nebenamt Hebamme und kannte sich in der Gesellschaft erstaunlich gut aus. Sie stammte aus einer uralten Bauerndynastie und konnte stolz sein auf ihre Vorfahren. Die trieb es in Zeiten der Hungersnot in fremde Kriegsdienste und erwarben Ansehen und Beute. In den Kreisen von Frau Bürkli ging es immer korrekt und ehrenhaft zu, keine Spielsucht, keine Scheidungen, keine Skandale. Man hielt zusammen.
«Auch wenn die Stackenhorsts vielfache Millionäre sind, so sind sie doch nicht besser oder schlechter als andere Leute. Ich persönlich habe nur Gutes erfahren», liess Frau Bürkli ihre Umgebung wissen.
«Hast du das gehört?» keifte die Pfefferli und lachte schallend.
«Jetzt gib doch endlich Ruhe!» brummte der alte Diener Huber gutmütig und schob sich wegen des drohenden Streits vorsorglich zwischen die beiden Tratschmäuler.
«Du kannst doch überhaupt nicht mitreden! Jahrelang warst du bei hohen Herrschaften im Dienst und dann haben sie dich entlassen, weil du undankbar bist und jetzt kannst du als Almosenempfänger kaum von deiner Rente leben», spottete Frau Bürkli.

«Ich bin am Bahnhof Dienstmann geworden, weil die Herrschaften den Lohn nicht erhöhen wollten. Ich habe Frau und zwei Kinder, und jedes Jahr ein Balg dazu. Das muss bezahlt werden», verteidigte sich Huber und schaute sich nach Zustimmung um.
«Aber die Wohnung hast du umsonst gehabt, immerhin.»
«Die zwei Zimmer über den Stallungen wurden halt zu klein ...»
«... und als Gepäckträger verdienst du vielleicht das Doppelte, nur ist es nicht mehr so vornehm wie zuvor, stimmt's?» Die Bürkli, mit dem Reichtum solidarisch, gab nicht auf.
«Ach was, das mit eurer Vornehmheit. Ich pfeife drauf, Hauptsache, ich bin im Alter versorgt.»
«Hast recht, Huber», meldete sich die Pfefferli wieder, «für die Herrschaften sind wir drittrangig, gerade gut genug, um für sie zu schuften. Und das soll eine Ehre sein? Bah!» Mit ihren ungelenken Fingern schneuzte sie sich die Nase, deren Zierlichkeit nicht zur übrigen Körperfülle passen wollte.
«Die Patrizierfamilien haben ihr Gutes. Sie bleiben unter sich, heiraten unter sich und so bleibt ihr Vermögen in ihren eigenen Familien», dozierte die Bürkli.
«Verteidigst sie noch!» schrie die Pfefferli, und das Publikum war endgültig in zwei Lager gespalten. Einige grinsten und freuten sich über das Gezänk der beiden Frauen. «Diese Vetternehen sind Inzucht. Immer wieder bringen sie Kinder zur Welt, die nicht ganz richtig sind im oberen Stübchen, taubstumm oder mit einem zu grossen Kopf. Es wäre besser, frisches Blut käme in ihre Adern.»
Einige wussten, andere munkelten bloss, dass Frau Bürkli das uneheliche Kind eines dieser Hochwohlgeborenen sei, und sie schien stolz darauf zu sein.
«Ach, was du nicht alles weisst, Pfefferli!» Die Bürkli warf sich in die Positur der Überlegenen. «Als Hebamme habe ich mehr Ahnung als du. Reiche wird es immer geben und Leute, die für sie arbeiten.»

«Jaja, Reiche wird es immer geben», spottete die Pfefferli, «nur dass der ehrenwerte Vater dann nichts mehr von seiner Bastardin wissen will.»
«Was sagst du da?» Die Bürkli rollte die Augen vor Wut und schnappte nach Luft. «Du bist und bleibst eine ungebildete Person, eine Proletin bist du, jawohl!»
Das war jetzt der Pfefferli zuviel. Sie fuchtelte mit ihrem Schirm wild um sich und schlug der Bürkli den Hut über die Stirn, so dass sie nichts mehr sehen konnte.
In diesem Augenblick ging ein Raunen durch die Menschenmenge. Man stiess und schob sich, jeder wollte zuvorderst stehen, um die Brautpaare an der Spitze der Wagenkolonne aus allernächster Nähe betrachten zu können.
Sam hatte mich nach der Trauung auf der Rückfahrt zum Hochzeitsempfang von der Seite angeschaut und mich, während ich den Schleier zurechtzupfte, gefragt: «Hast du dein Jawort nicht gegeben?»
Ich schwieg.
«Oder habe ich es überhört?»
Ich liess ihn im Glauben, mein Ehegelöbnis überhört zu haben, so wie auch der Pfarrer der Meinung gewesen sein musste, das Jawort sei zwar gefallen, er habe es nur nicht verstanden. Dabei hatte ich es wirklich nicht über die Lippen gebracht. Und so gesehen, war ich eigentlich nie mit Sam verheiratet, jedenfalls nicht vor Gott.

Viele Gedanken beschäftigen mich, bis ich das «Klosterberg-Stübli» erreicht habe, wo ich mit Suzy Gantenbein verabredet bin. Sie sitzt bereits in einer Ecke und lächelt mir entgegen.
«Bin ich zu spät?» frage ich, um Verzeihung bittend.
«Nein, durchaus nicht, Frau von Radvany. Es war im Geschäft gegen Feierabend fast nichts mehr los, und so konnte ich ein paar Minuten früher gehen.»
Ich habe ziemlichen Durst, deshalb bestelle ich statt Kaffee ein Glas Weisswein.
«Die beiden Waggis-Figuren, die Sie mir heute gebracht haben, kommen in einer Woche aus der Brennerei zurück», sagt

Frau Gantenbein, «sie sind ja wunderschön.» Sie zögert, doch ich merke, dass sie noch etwas anfügen will.
«Ihre Figuren, die wir für sie gebrannt haben, können Sie noch heute abend mitnehmen, doch ...», wieder hält sie einen Augenblick inne, «... doch wäre es mir eine grosse Ehre und ein Vergnügen, wenn ich sie in meiner Galerie ausstellen und zum Verkauf anbieten dürfte.»
Nun war es an mir zu zögern. «Glauben Sie denn im Ernst, es könne sich jemand dafür interessieren? Ich habe sie doch nur zum Zeitvertreib gemacht.» Meine Bescheidenheit ist echt.
«Ich würde sogar noch etwas weitergehen», sagt Suzy Gantenbein dann, «wir könnten die einzelnen Figuren in einer limitierten Zahl von Abgüssen vervielfältigen, das wäre für uns beide ein gutes Geschäft.»
Der Gedanke ist gar nicht übel. Warum eigentlich nicht? Mir tun sich Perspektiven auf: künstlerische Kreativität, Überwachen der Produktion, Handsignieren der Keramiken, Vernissagen in Anwesenheit berühmter Kolleginnen und Kollegen ...
Das Selbstvertrauen in mir wächst. In dieser Beschwingtheit beschliesse ich, meine jüngste Tochter Sabine und ihren Gatten René in ihrem Basler Heim aufzusuchen. Im Hinblick auf eine einträgliche Zukunft leiste ich mir ein Taxi.
Die Überrumpelung ist perfekt. Sabine und René starren mich in der offenen Haustür an, als stünden sie einem Phantom gegenüber.
«Du, Mutti?» lacht Sabine, als sich ihr Erstaunen gelöst hat. Aber auch ich bin überrascht. Es ist ein neuerbautes, wunderschönes Haus. Als Mamas Erbin hat Sabine nun doch noch wenigstens diese Villa in die Ehe einbringen können. Sie hat mir schon früher einmal zu verstehen gegeben, dass ihr Vater und die Stiefmutter Mamai ihr «rein gar nichts zur Hochzeit geschenkt hätten, nicht einmal die Aussteuer, wie das der Brauch verlangt hätte». Und dabei seien sie am Anfang ihrer Ehe recht knapp bei Kasse gewesen. «Das trifft sich aber gut», sagt René, «meine Eltern werden heute abend zum Essen kommen. Sie werden sich freuen, dich wiederzusehen.»
Es wird tatsächlich ein gemütlicher, harmonischer Abend. Madeleine, Renés Mutter, ist ja mit mir direkt verwandt – ihre Urgrossmama war die Schwägerin meiner Grossmama.

Wir haben uns viel zu berichten. Madeleine und ich erzählen von unserer Kindheit, wir hatten die gleiche Schule besucht, nur war sie zwei Jahre jünger als ich und ging mit meiner Schwester Jenny in die gleiche Klasse.
Ich habe das Gefühl, Sabine näher zu kommen. Das macht mich glücklich. Irgend etwas hat sich in ihr verändert. Sie, schon seit ihrer Kindheit selbstsicher, ehrgeizig wie ihr Vater und intellektuell, gibt sich mir gegenüber freier als unter Sams Regime. Aber gerade dieses Thema bleibt tabu: kein Wort über Sam, aber auch von Ivor von Radvany will niemand etwas hören.
Da es spät geworden ist, nehme ich die Einladung an, über Nacht hier zu bleiben, nachdem mein ursprünglicher Einwand, nicht einmal mit dem Nötigsten für die Körperpflege ausgerüstet zu sein, in den Wind geschlagen worden ist. «Was brauchst du denn ausser einer Zahnbürste? Alles andere kannst du doch von uns haben», sagt Sabine und verspricht, am Morgen beim Einkaufen des Frühstücks gleich auch an meine Sorgen zu denken. Während ich mich im Gästezimmer zum Schlafen bereit mache, fasse ich den spontanen Entschluss, anderntags, vor der Rückfahrt nach Zürich, auch meine Schwester Jenny zu besuchen.
«Komm zum Lunch!» hat sie am Telefon gesagt, «wir freuen uns, dich zu sehen.»
Jenny und Edi, ihr Mann, machen den Eindruck, sich aufrichtig auf mein Kommen zu freuen. Wir unterhalten uns glänzend, wie unter alten Freunden. Wie einer unausgesprochenen Abmachung folgend, sprechen wir weder von Mama noch von Sam. Doch beim Apéro, meinem trockenen Martini mit grüner Olive, den mir Edi ohne erst lang zu fragen serviert, platzt Jenny heraus: «Nun sind wir endlich erlöst von diesem Teufel. Schade ist nur, dass er bis zuletzt Mama ausnützen und berauben konnte.»
Sie erntet einen zornigen Blick von Edi, dem dieser Ton als Gentleman nicht passt. Doch Jenny ist in Fahrt geraten: «Sam war der grösste Feigling, den man sich denken kann. Ging über Leichen und machte faule Geschäfte, und selbst seine militärische Position missbrauchte er für seine persönliche Karriere. Und kaum hatte Mama die Augen geschlossen, ver-

liess er unter fadenscheinigen Entschuldigungen das Land und ... und ...»

«Jenny!» mahnt Edi, «wir wollen doch nicht, wir haben doch abgemacht ...»

«Hast ja schon recht, aber es ist noch nicht aller Tage Abend», lacht Jenny viel- und nichtssagend und trinkt ihr Glas aus. Sie ist unversöhnlich, denke ich, als ich im Zug nach Zürich sitze. Hass liegt mir fern. Aber bei Jenny habe ich den Eindruck, sie könne die Ungerechtigkeiten, die ihr Mama angetan hatte, nie vergessen. Vor allem hat sie die Schmach noch nicht überwunden, dass Mama sie enterbte, weil sie auf meiner Seite gestanden hatte.

Erst einige Monate später begreife ich Jennys letzte Bemerkung. Die Nachricht schlägt wie ein Blitz ein. Jennys Sohn, Louis, hat mit einem Prozess die Enterbung seiner Mutter, und damit indirekt auch von mir, angefochten. Er hat es ohne jede Vorwarnung getan, im Gegenteil: bis zum Tag der Einreichung der Klage hat er mich immer wieder um Einsicht in meine Scheidungsakten gebeten, ohne mir je den Grund seiner Neugier zu enthüllen.

Da ich damals Mamas Testament nicht anfocht und ich mit einer bescheidenen Rente zum Schweigen gebracht werden konnte, bleibe ich dieses Mal verschont. Verklagt sind Mamas Enkelkinder sowie Sams Witwe Olga als Hauptnutzniesserin der üppigen Erbschaft.

Epilog

Ich habe meine Geschichte niedergeschrieben. Jetzt übergebe ich sie der Vergangenheit. Was aus der Testamentanfechtung geworden ist? Ich weiss es nicht, sie hat mich nicht mehr interessiert, mögen sich meine Verwandten die Haare gerauft und die Augen ausgekratzt haben oder nicht.
Mein Leben hat mich gelehrt, und aus dem Erlebten habe ich gelernt. Ich habe mich selbst geschaffen, so wie ich jetzt bin: bald 89jährig, ein völlig veränderter Mensch. Ich bin nicht mehr die Diane, die ich einstmals war.
Viel Ballast habe ich über Bord geworfen. Dank meiner Gelehrsamkeit berührt mich alles nur noch am Rande.
Und doch ist meine Vergangenheit allgegenwärtig. Ich bin in Gedanken wieder auf dem Maienrain, dem Gut, das Sam mit scheinbar viel Liebe, Zuversicht und Hoffnung für uns gekauft hatte. Mein letztes Gespräch mit Sam ist mir noch lebhaft in Erinnerung. Ich frage mich, wie mein Leben nach meiner Scheidung wohl verlaufen wäre, wenn die letzte Auseinandersetzung eine andere Richtung genommen hätte. Vieles führte zum Scherbenhaufen: ein falsch verstandenes Wort, ein im Raum stehengelassenes Missverständnis, unüberlegte, in der Aufregung ausgestossene Unhöflichkeiten.
Heute weiss ich, dass unsern Kindern und mir viel Leid erspart geblieben wäre, hätte Sam den Mut aufgebracht, sich von Mama loszusagen, offen und ehrlich mit mir zu reden, mich ins Vertrauen zu ziehen und mich als seine Frau und Verbündete anzusehen. Im Grunde wollten wir das Gleiche, nämlich eine friedvolle Familie sein und mit prächtigen Kindern auf dem Maienrain leben.
Es sollte anders kommen. Ich sehe Sam vor mir. Unser entscheidendes Gespräch. Lange sprach keiner ein Wort. Dann sagte Sam: «Diane, hast du meinen Brief erhalten?»
«Ich habe ihn bei mir», antwortete ich. «Du schlägst mir eine Reise in den Süden vor, du bittest mich, zu dir zurückzufinden. Aber kein Wort verlierst du darüber, dass du Mama als deine Geliebte aufgeben willst.» Ich nahm den ganzen Mut ei-

ner Verzweifelten zusammen: «Du kannst doch von mir nicht ein Leben zu dritt verlangen!» schrie ich ihn an.
Sams Gesicht erstarrte. Diese Tonart war er von mir nicht gewöhnt. Hätte er in diesem Moment nicht das erlösende Wort finden sollen?
Sein Schweigen war die Antwort. Er schien zu verstehen, dass er nicht beide haben konnte und sich zu einem Entweder-Oder durchringen musste.
Er entschied sich für Mama und ihr Vermögen, mit welchem er – ehrgeizig, wie er war – sich seinen Traum von Macht erfüllen konnte. Mit dem Geld, das ihm von Mamas Konten in Fülle zur Verfügung stand, konnte er seine Minderwertigkeitskomplexe elegant übertünchen.
So stand er vor mir, unschlüssig, den Kopf gesenkt. Als er aufsah, trafen mich seine Augen. Sein Blick war noch stechender als sonst und signalisierte, dass die Würfel gefallen waren. In verächtlichem Ton sagte er: «Du wirst es nicht leicht haben, Diane. Mama warnte dich wiederholt und sagte dir, dass wir dir alles geben werden, wenn du nur bleibst. Aber dieser Vorschlag scheint keinen Eindruck auf dich gemacht zu haben.»
Meine Töchter machten mir stille Vorwürfe. Ich hätte bei Sam bleiben sollen, meinten sie, dann würde der Maienrain eines Tages ihnen gehören und nicht ihrer Stiefmutter Olga.
Natürlich ahnte ich, dass überall Gefahren lauerten, aber naiv und unerfahren, wie ich allein auf mich gestellt in die Welt hinaustreten musste, machte ich mir keine Geldsorgen. Völlig ahnungslos im Umgang mit Geld, wiegte ich mich sogar im Glauben, Mama könne unmöglich so hartherzig sein und mich mittellos im Regen stehen lassen. Stattdessen war mein Ruin ihr Ziel, sie verfolgte und verleumdete mich bis zu ihrem Tod.
Trotz aller Entbehrungen in den vielen Jahren als Ausgestossene meiner Familie erlebte ich auch viele glückliche Tage. Meine zweite Ehe mit Ivor von Radvany war zuweilen harmonisch, aber meistens aufregend. Seine Unrast, sein Lebensstil und sein weltmännisches Auftreten waren Blendwerk, dem sich so leicht niemand entziehen konnte, am wenigsten ich selbst. Sein Hofieren anderer Frauen trieb mich in die Eifersucht. «Eifersucht wurzelt nicht im Verstand, sondern in der

Natur dessen, der leidenschaftlich liebt und Stolz empfindet.»
Ja, wo habe ich diesen Satz her?
Ich habe Ivor geliebt.
Ich habe in meinem Leben oft geliebt. Ich spreche jetzt nicht von Erotik und Sexualität. Oh nein, Sex hat für mich kaum mit Liebe zu tun. Ich meine die echte, tiefe Zuneigung von Menschen, die eine Zeitlang zusammen den gleichen Weg gehen. Als Kind liebte ich Berthe, unser Kindermädchen. Nur sie liebte ich, und ich liebte sie mit der ganzen Hingabe einer Mädchenseele. Auch heute noch liebe ich sie, und ich weiss, dass sie mir gerade jetzt zur Seite steht, und dass es zwischen uns keine Grenze, keinen Tod gibt.
Ich liebte Papa, obschon ich nicht genau weiss, warum. Er war ein strenger, äusserst korrekter Vater, der freilich niemals auf dem Boden umherkroch, um mit uns Kindern zu spielen. Ich litt, als er uns für immer verliess.
Dann liebte ich Willi, den ich wegen der Standesdünkeln unseres Clans nicht heiraten durfte. Da ist Professor Neidhart, Philosoph und Parapsychologe, der mein Interesse für Hellseherei und Astrologie weckte. Und da sind meine vielen Freundinnen und Freunde, die mich in meiner Unerfahrenheit in den meisten Lebenslagen mit Hingabe und Opferbereitschaft nicht untergehen liessen.
Meine Liebe schliesslich zum Modellieren: ich sitze vor einem Klumpen Ton, meine Finger beginnen wie von selbst zu formen. Es kommt mir vor, als sässe ich neben mir und schaute mir zu, wie Körper, Köpfe und Figuren entstehen.

Mein Leben ist reichlich ausgefüllt. Ich habe mich von der Last des irdischen Besitzes getrennt.

Ich bin frei.

Ende

Liebes- und Lebensgeschichten bei Zytglogge

Diane d'Henri
Die Frau des Geliebten der Mutter
Hinter den Fassaden der Aristokratie

Die Geschichte Diane d'Henris ist kein Ausnahmefall. Ende letzten, Anfang dieses Jahrhunderts wurden überaus zahlreiche Ehefrauen von Fabrikanten, Kommerzienräten und Bankiers, sofern sie sich dem herrschenden Frauen- und Familienbild nicht unterwerfen wollten, ausgegrenzt, als hysterisch erklärt und in Anstalten eingeschlossen. Das Buch entblösst nicht nur die Ränke und Tricks, mit denen die Basler Aristokratie immer wieder ihre Fassaden zu erhalten wusste, sondern verrät auch einiges über die Erziehung und mangelhafte Bildung grossbürgerlicher Töchter. *Lilo Weber, LNN*

Anne César
Haupt-Männer
Roman

Die Handlung spielt während der Kriegs- und Nachkriegsjahre in der Stadt und Agglomeration Bern. Die schöne, junge Jeanne möchte gesellschaftlich aufsteigen, ist sich jedoch bewusst, dass sie das Ziel aus alleiniger Kraft kaum erreichen wird. Als intelligente, fortschrittliche Frau wirft sie ihre anerzogenen Moralvorstellungen von sich und mimt die Muse verschiedener erfolgreicher Männer. Durch sie erhält sie Einblick in die sogenannt «bessere Gesellschaft» von Bern. So wandelt sie sich vom Landmädchen zur selbstbewussten jungen Frau. Keiner ihrer Haupt-Männer bemerkt, dass sie mit einem Kindheitstrauma belastet ist. Erst nach einem körperlichen und seelischen Zusammenbruch, hervorgerufen durch die extreme Aufopferung für einen ihrer Geliebten, findet Jeanne zu ihrem eigenen «Ich». *ekp., Bund*

Marie-Anne Wolf
Gütsch–Saigon
Roman

Ein in der Ich-Form gehaltener Agententhriller liegt vor uns, der wechselweise in der Schweiz (Gütsch ist ein Aussichtspunkt bei Luzern) und in Vietnam spielt. Doch der äusserst spannende Thriller ist nur die «Story», in die die Autorin eine Familientragödie hineinwebt, die ihr auch als Hintergrund dient für Gedanken und Beobachtungen über ihre Mitmenschen. *pan., Der Bund*

Liebes- und Lebensgeschichten bei Zytglogge

Gisela Rudolf
Seine Wohnung in Florenz
Roman

«Das beschriebene Ich kommt aus einer wohlbehüteten Familie und ist mit einem jungen Arzt verheiratet. Zeit, vielleicht zu viel Zeit, hat die junge Frau, nach romantischen Liebesbeziehungen zu hungern, aber nach Beziehungen auch, die ihren Gefühlen entsprechen, die ehrlich sind und den Wert der bewussten Existenz – ohne materielle Güter – des Menschen in den Vordergrund stellen. Zwangsläufig erinnert sie sich dabei an idealistische Erlebnisse, die sie einst zur Frau reifen liessen. Sie reist nach Florenz und sucht, nach vorerst tiefen Skrupeln, die Wohnung ihrer ersten romantischen Liebe auf.»
Der Zürcher Oberländer

Karin Rüttimann
Das geschenkte Jahr
Ein Abschied

«Die Schriftstellerin Karin Rüttimann beschreibt in ihrem Roman ‹Das geschenkte Jahr› die Situation einer Frau, deren Leben sich durch den unerwarteten Tod ihres Mannes von einer Sekunde auf die andere total verändert. Abschied nehmend versucht sie, den Toten in einer Form zu verinnerlichen, die gleichzeitig ein neues, hoffnungsvolles Leben ohne ihn erlaubt.» *Weltwoche*

Elisabeth Hunzinger
Frühling im Herbst
Eine Grossmutter und der kanadische Traum

«Nach ihrer ersten Ehe, die – wie man zwischen den Zeilen liest – nicht gerade die glücklichste gewesen sein dürfte, lernte sie 1969 den Kanadier Ted kennen. Es entspann sich eine herzliche Freundschaft zwischen den beiden. Gegenseitige Zuneigung und Toleranz kennzeichnet diese Partnerschaft. Subtil werden die Konflikte angetönt. Man erlebt die Entscheidungen, die die Autorin als Frau und Mutter fällt, mit, erfährt aber gleichzeitig, wie ausgefüllt jede Lebensphase sein kann, sofern der einzelne sie bejaht.» *bh., Oltner Tagblatt*

Liebes- und Lebensgeschichten bei Zytglogge

Esther Spinner
Die Spinnerin
Eine alltägliche Geschichte

«Esther Spinner liefert eine sachliche, beinahe kühle Bestandesaufnahme. Sie erzählt in einer ehrlichen und behutsamen Sprache, die ohne jedes Pathos und ohne jede Wehleidigkeit das ‹fortschreitende Abhandenkommen des Glücks› und die angedeutete Neugeburt einer alltäglichen Frau nachzeichnet.» *Der Bund*

Franz Stadelmann
Dieselstrasse
Roman

«Peter Walter, ein gestandener, ruhiger Fahrer, nimmt auf einen seiner Teheran-Transporte Christine, die Tochter seines Chefs, mit. Christine, die Soziologie studiert und eine Abschlussarbeit über Fernfahrer schreiben will, verliert im Laufe der Wochen ihre theoretische Distanz, verliebt sich in Peter, den wortkargen Wolf, und trennt sich von ihrem überheblich-intellektuellen Freund. Eine stille, unaufwendige Liebesgeschichte ist das, zurückhaltend und realistisch beschrieben.» *Verena Stössinger-Fellmann, Vaterland*

Helen Stark-Towlson
Anna und Goliath
Menschen im Altersheim

«Im Zentrum der liebevollen und diskreten Beobachtung steht die achtzigjährige Anna. Ihr Einzug ins Altersheim wird für sie zuerst zu einer späten Lebenskrise, allmählich gewinnt sie dann wieder festeren Boden unter die Füsse, und wie sich noch − kann man das so handfest sagen: eine Liebesgeschichte? anspinnt zwischen ihr und dem ebenso alten, Goliath genannten ehemaligen Gärtner, da beginnt der spät verpflanzte Baum noch einmal letzte Blüten der Zuneigung zu treiben.» *Charles Cornu, Bund*